서문문고
56

삼국지 (2)

김 광 주 옮김

차 례

삼국지 2

21. 꿀물을 마시고 싶다

曹 操 煮 酒 論 英 雄
關 公 賺 城 斬 車 冑

마등(馬騰)의 말은 별다른 말이 아니었다. 유현덕이 지금 서울에 와 있는데, 어째서 불러내지 않느냐는 것이었다.

동승(董承)이 말했다.

"그는 황숙이라고는 하지만, 근래에 조조의 눈치만 살피고 있소. 그리 쉽사리 가담하지 않을 것이오."

"지난번에 사냥을 나가서 조조가 여러 대신들의 만세 소리를 받고 있었을 적에, 관운장이 현덕의 뒤에 있다가 칼을 뽑아 들고 조조에게 덤벼들려고 했는데, 이것을 유현덕이 눈짓을 해서 말리는 광경을 나는 목격했소. 이것은 현덕에게 조조를 죽이고 싶은 생각이 없는 탓이 아니고, 그때에 조조의 심복들이 그 자리에 너무나 많이 있었기 때문에 힘이 부족한 것을 겁낸 까닭이었으리다. 동국구께서 한번 의사를 타진해 보시면 반드시 응할 것입니다."

마등의 말을 듣더니, 오석(吳碩)이 말했다.

"너무 조급히 서두를 일이 아니오. 서서히 상의하기로 합시다."

여기까지 의견이 일치되자 여러 사람은 그대로 헤어졌다. 이튿날 밤에 동승은 조서를 품 속에 간직하고 현덕의 저택을 찾아갔다. 인사를 마치고 자리에 앉으니 관운장·장비도 한옆에 시립했다.

유현덕이 술대접을 하고 밤중에 찾아온 까닭을 물으니, 동승이 대답했다.

"지난번에 사냥을 나갔을 때, 관운장이 조조를 죽이려고 하자 장군께서 눈짓을 해서 말리신 것은 무슨 까닭이었소?"

현덕은 얼굴빛이 당장 변했다.

"동국구께선 그것을 어찌 눈치채셨소?"

"다른 사람들은 눈치채지 못했는지 몰라도 나는 분명히 목격했소이다."

현덕은 어쩔 수 없다 생각하고,

"내 아우는 조조의 지나친 행동거지에 자기도 모르는 사이에 격분했던 까닭이었소."

하니 동승은 소맷자락에 얼굴을 파묻고 흐느껴 우는 것이었다.

"조정의 신하가 모두 관운장만 같다면 천하가 어지러울 까닭이 없으련만……."

현덕은 조조가 일부러 속을 떠보려고 보낸 인물이나 아닌가 해서 시치미를 뚝 뗐다.

"조승상께서 나라를 다스리고 계신데 천하가 어지럽다 걱정하실 것은 없지 않소?"

동승은 침통한 표정을 하고 벌떡 일어섰다.

"유장군께서는 한나라의 황숙이시기 때문에 나의 심정을 솔직히 털어놓은 것이오. 어찌 그다지 마음에도 없는 말씀을 아무렇게나 하시오?"

"동국구를 의심해서 대단히 죄송하게 됐소!"

그제서야 동승은 품 안에서 비밀조서를 꺼내어 현덕에게 보였다. 현덕이 비분강개함을 참지 못하고 있으니 다시 여러 사람이 서명한 명단도 보여 주었다.

"동국구께서 이렇게 국적 토벌의 조서까지 받으셨다면, 나 역시 견마지로도 사양치 않으리다."

마침내 현덕도 '좌장군 유비'라고 당당히 서명을 해서 동승에게 돌려주었다. 동승이 열 명을 채웠으면 일하기 수월하겠다는 의사를 표시하자 현덕은,

"결코 조급히 서두를 일은 아니오. 경솔히 하여 누설되지 않으시도록……."

하며 두 사람은 밤이 5경이 되도록 이야기를 주고받다가 헤어졌다.

유현덕은 이런 일이 있은 뒤부터 조조의 의심을 사지 않기 위해서 임시로 있는 집의 뒤뜰에다 푸성귀를 심어 놓고 손수 가꾸고 있었다. 관운장·장비가 천하대사는 돌보지 않고 그런 하잘것없는 일을 왜 시작하느냐고 질문할 때마다 현덕이 대답했다.

"이건 자네들이 알 필요가 없는 일일세."

두 사람은 그 이상 추궁할 수도 없었다.

하루는 관운장·장비가 밖에 나가고, 현덕 혼자서 밭에 물을 주고 있는데 난데없이 허저(許褚)와 장요(張遼)가 수십기를 거느리고 정원으로 들어오더니 조승상이 출두하라고 한다는 명령을 전달했다.

현덕이 두 사람을 따라서 조조의 관저에 나타나자 조조가

말했다.

"유장군은 요즘 집안에서 무슨 좋은 재미만 보고 계시오?"

현덕은 가슴이 뜨끔했다.

그러나 조조가 현덕을 뒤뜰로 데리고 가더니 하는 소리가 얼토당토않은 말이었다.

자기 집 뒤뜰 매화나무에 열매가 파랗게 열렸다는 것, 그래서 몇 해 전에 장수(張繡)를 토벌하던 때, 병사들이 하도 목이 말라 하길래 채찍으로 앞을 가리키며 저기 매화나무 숲이 있다고 거짓말을 했더니 병사들은 말만 듣고도 입에 침이 괴어서 갈증을 잊어버렸다는 것, 그래서 이제 매화 열매를 보니 문득 현덕을 청하여 정자에서 술이라도 한잔 같이 나누고 싶어졌다는 것이었다.

현덕은 그제서야 두근거리던 가슴을 진정시키고 조조를 따라서 정자로 갔다. 거기에는 벌써 술상이 마련되어 있으며, 푸른 매실이 쟁반에 담겨져 있고 술도 준비되어 있어서, 두 사람은 마주 앉아서 즐겁게 마셨다.

주석이 한창 어우러져 들어가고 있을 때 갑자기 먹장 같은 구름이 하늘을 온통 뒤덮었다. 옆의 한 사람이 하늘의 한 곳을 가리키면서 용이 몸을 휘말고 올라가는 것이 보인다고 하는지라, 조조와 현덕은 난간에 의지하고 서서 그것을 바라다보고 있었다.

"유장군은 용의 변화를 잘 아시오?"

"아직 자세히 모릅니다."

"용의 몸은 커질 수도 있고, 작아질 수도 있소. 하늘로 올라갈 수도 있고, 물 속에 숨을 수도 있소. 몸이 커지면 능히 구름을 불러일으키고 안개를 뿜어내며, 작아지면 먼지 속에 몸을 감출 수도 있소. 하늘로 올라가면 우주를 날아다니고 몸을 감추면 물결 속으로도 파고들어간다 하오. 봄이 한 고비에 이르고 용이 변화를 나타낼 때면, 바로 사람이 뜻을 이루어 사해(四海)를 종횡으로 무찌르고 돌아다니는 것과 같소. 용이란 인간 세상의 영웅과도 비교할 만한데, 장군은 다년간 여기저기 돌아다니셨으니 당대의 영웅들을 잘 아실 것이오. 나에게 좀 가르쳐 주시오.”

현덕은 흥미도 없는 이야기였지만 조조의 비위를 맞추어 주지 않을 수 없어서 몇 사람을 지적해 봤다. 회남(淮南)의 원술, 하북(河北)의 원소, 구주(九州)에서 명성을 떨치고 있는 유표(劉表), 강동(江東)의 영수(領袖) 손책, 익주(益州)의 유장(劉璋), 그리고 장수(張繡)·장로(張魯)·한수(韓遂) 등등.

그랬더니 조조는 이 여러 사람들의 결점이나 단점을 들추어내어서 간단히 말해 치우며, 이 중에는 한 사람도 가히 영웅이라 일컬을 만한 인물이 없다고 냉소하는 것이었다.

조조가 손가락으로 현덕과 자기를 가리키면서 말했다.

“당대에서 천하의 영웅이랄 수·있는 인물은 유장군과 그리고 나요!”

이 말을 듣자 현덕은 가슴이 섬뜩해져서 손에 들고 있던 젓가락을 땅바닥에 떨어뜨렸다. 바로 이 때에 천둥 번개가 요란하게 일어나며 비가 죽죽 마구 퍼부었다. 현덕이 태연자약하게 젓가락을 집어들며 말했다.

“아, 천둥 번개가 어찌나 심한지, 그만 승상 앞에서·추태를 보여 드렸습니다.”

조조는 통쾌하게 웃어젖혔다.

"핫! 핫! 핫! 천하의 대장부도 역시 천둥 번개란 두려운 것일까!"

"성인도 신뢰풍렬(迅雷風烈)이면 필변(必變)이라 했거늘 어찌 두렵지 않겠습니까?"

현덕이 이렇게 조조의 말 때문에 젓가락을 떨어뜨린 사실을 슬쩍 둘러쳐 버린 것을 조조는 무슨 뜻인지도 모르고 그대로 지나쳐 버렸다.

비가 뜸해졌을 때, 난데없이 두 사나이가 뒤뜰에 침입하여 측근자가 말리는 것도 물리치고 보검을 손에 든 채 정자 앞으로 뛰어들었다. 조조가 얼핏 바라보니, 바로 관운장과 장비였다. 두 사람은 성 밖에 나가서 사냥을 하고 돌아온 길이었는데, 현덕이 허저와 장요에게 끌려갔다는 말을 듣자 당황하여 승상부로 달려왔다가 후원에 있다는 말을 듣고 달려든 판이었다. 그런데 현덕이 조조와 마주 대하고 앉아서 술을 마시고 있으니, 칼을 손에 든 채 주춤하고 그 자리에 서 버렸다. 무슨 일이냐고 조조가 묻는 말에 관운장이 천연스럽게 대답했다.

"승상께서 형님과 술을 들고 계시다기에, 주흥이나 돋우어 드리기 위해 검무(劍舞)라도 추어 드릴까 하고 달려온 길입니다."

"이건 홍문회(鴻門會)가 아니니까 항장(項莊)도 항백(項伯)도 소용없소."

홍문회라 하는 것은, 진나라가 멸망하던 해(BC 206년)에 한나라의 고조(高祖) 유방(劉邦)과 항우(項羽)가 홍문에서 주연을 베풀고 있을 때, 항우의 종제인 항장이 유방을 죽이려고 검무를 추었고, 유방을 구출하려던 항백 역시 검무를 추고 있

을 때 유방의 부하 번쾌(樊噲)가 뛰어들어 유방을 구출했다는
옛날 일을 비유하는 말이었다.

조조가 껄껄대고 웃으니 현덕도 따라 웃을 수밖에 없었다.

"저 두 번쾌에게도 술을 주어라!"

눈치 빠른 조조, 이렇게 슬쩍 비꼬아서 말을 하니 관운장·
장비도 꿇어앉아서 술잔을 받았다.

얼마 있다가 연석을 물리자 현덕도 두 사람과 함께 돌아왔다.

"하마터면 우리 둘은 놀라서 죽을 뻔했소!"

관운장이 이렇게 말하자 현덕은 젓가락을 떨어뜨렸던 일을
두 사람에게 이야기해 주었더니 무슨 의미인지 잘 알아듣지
못했다. 현덕이 또 설명해 주었다.

"내가 푸성귀를 가꾸고 있는 것은 조조의 눈을 속이려고 하
는 노릇인데, 어둔 밤중의 홍두깨 격으로 덮어 놓고 영웅이라
고 떠드니 하도 쑥스러워져서 그만 젓가락을 떨어뜨린 것일
세. 조조가 무슨 의심이라도 품게 되면 큰일이겠기에 천둥 번
개를 핑계하고 어물어물해 버린 거지!"

조조는 그 이튿날도 현덕을 초청해서 둘이 술을 마시고 있
었다. 원술의 동정을 살피러 보냈던 만총이 돌아왔다는 보고
를 받고, 조조는 곧 불러들여서 결과를 물어 봤다. 만총의 말
에 의하면 공손찬이 원술에게 패하여 처참한 최후를 마쳤다는
것이었다. 현덕은 깜짝 놀라 자세한 이야기를 해달라고 했다.

공손찬은 원소와의 몇 차례 싸움에 패하여 기주(冀州)로 물
러간 다음에, 성을 쌓고 성벽을 단단히 하고 역경루(易京樓)
라는 높이 10장(丈)이나 되는 누각을 짓고, 좁쌀 30만 석을

성 안에 저장해 둔 다음 농성을 하면서 빈번히 군사를 내보내서 싸움을 시키고 있었다. 그런데 결국은 원소의 군사에게 포위를 당하게 되어, 공손찬 자신이 진두에 나섰다가 사방에서 몰려드는 복병 때문에 병력의 절반을 상실했고, 게다가 또 원소의 군사들이 공손찬의 본진인 누각 밑까지 갱도(坑道)를 파고 불을 질렀기 때문에 공손찬은 몸을 피할 겨를도 없이 처자를 죽이고 자기도 목을 매어 죽어 버려서, 한 집안이 몽땅 재가 돼 버리고 말았다는 것이었다.

이렇게 되자 원소는 공손찬의 군사까지 수중에 넣고 위세가 대단하며, 한편 원소의 아우 원술은 회남에서 온갖 영화를 혼자 누리며 백성과 병사들은 전혀 잊어버리고 있기 때문에 민심이 이탈돼 가고 있는 까닭에, 원술이 원소에게 사람을 보내서 제호(帝號)를 양보했다. 원소가 옥새까지 갖고 싶다고 해서 그것을 원술이 친히 전해 주려고 회남을 버리고 하북으로 돌아가려는 중이라 하며, 이 두 사람이 협력하면 일이 시끄러워질 테니 조승상은 시급히 손을 쓰는 것이 좋으리라는 만총의 보고였다.

현덕은 공손찬이 이미 세상을 떠났다는 말을 듣자 그가 자기를 천거해 준 옛날 일을 회상하면서 슬픔에 잠기지 않을 수 없었다. 또 한편 조자룡(趙子龍)의 안부도 간절히 알고 싶었다.

이 순간에 현덕은 비장한 각오를 했다.

'좋은 기회다! 여기에서 탈출을 하려면, 이번 기회를 놓치면 두 번 다시 얻기 어려울 것이다!'

이런 생각을 하고 현덕은 자리에서 선뜻 일어서며 말했다.

"원술이 원소에게 의지하려고 떠나간다면 반드시 서주를 통과할 것입니다. 군사만 풀어 주시면 내 친히 도중에까지 나가서 그를 잡아오겠습니다."

조조의 얼굴에는 만족한 미소가 떠올랐다. 서슴지 않고 대답했다.

"좋소! 그러면 내일 성상께 상주하고 곧 군사를 일으켜 떠나가도록 하시오."

이튿날, 현덕이 헌제를 배알하고 이런 뜻을 아뢰자 조조는 보병·기병 5만을 주어서 주령(朱靈)·노소(路昭)에게 현덕과 동행하도록 명령했다.

현덕이 헌제와 작별의 인사를 하게 되니, 헌제는 눈물이 글썽글썽해서 그를 전송했다. 현덕은 거처하던 집으로 돌아와서 시급히 출진할 채비를 차리고, 장군의 인(印)을 허리에 차고 길을 재촉하여 떠났다. 동승은 십리장정(十里長亭)까지 따라 나와서 현덕을 전송했다. 현덕이 말했다.

"국구께서는 아무 걱정 마시고 참아 주시오. 이번 떠나가는 길에 반드시 좋은 소식을 전해 드릴 수 있으리라고 믿습니다."

동승도 말했다.

"유장군도 유의하셔서 천자께서 생각하심에 어긋나지 않도록 해주시오."

이렇게 말하고 두 사람은 작별했다.

관운장·장비가 말 위에서 물었다.

"형님, 이번 출진은 왜 급히 서두시는 거요?"

"나는 새장 속에 든 새였네. 그물 속에 들어 있는 물고기였어. 이번에 떠나는 길은 마치 물고기가 큰 바다로 뛰어드는 거요, 새가 푸른 하늘로 날아가는 것과 같은 일일세! 이제는 새장이나 그물의 속박을 받지는 않을 걸세!"

현덕은 이렇게 말하면서 관운장과 장비더러 주령·노소에게 명령해서 군사를 빨리 전진시키도록 명령하라고 했다.

이때 곽가(郭嘉)와 정욱(程昱)은 지방의 전량(錢糧) 상황을 시찰하고 돌아왔는데, 조조가 이미 현덕을 파견하여 군사를 서주로 출동시켰다는 말을 듣고 당황하여 조조에게 질문했다.

"승상께서는 어찌하여 현덕에게 군사를 풀어 주셨습니까?"

"원술을 도중에서 가로막자는 계획이오."

정욱이 말했다.

"지난번에 유현덕이 예주(豫州) 목(牧)으로 있었을 적에 우리들이 그를 죽이자고 했더니 승상께서는 받아들이지 않으시더니, 이제 또 군사를 풀어서 그에게 주시는 것은 마치 용을 바다에 놓아주고 호랑이를 산으로 보내시는 것과 같습니다. 나중에 다시 수중에 넣으시려 해도 만만치 않을 겁니다."

곽가도 말리고 나섰다.

"승상께서 설사 유현덕을 차마 죽이실 수 없다 하시더라도 그를 놓아 보내시다니 될 말입니까? 옛사람도, 하루라도 적을 마음대로 놓아준다는 것은 만세지환(萬世之患)이라고 했습니다. 승상께서도 통찰하시기 바랍니다."

조조가 그 말이 옳다 생각하고 허저에게 명하여 군사 5백 명을 거느리고 시급히 현덕을 쫓아가 도로 데려오라 하니, 허저는 당장에 응낙하고 떠나갔다.

현덕이 군사를 전진시키고 있는데 갑자기 후방에서 먼지가 뽀얗게 일어나는 것을 보고 관운장·장비에게 말했다.

"조조의 군사들이 추격해 오는 게 분명하지!"

즉시 두 사람에게 영채를 마련하도록 하고 각각 무기를 들고 좌우 양편에서 대기하도록 명령했다. 현덕을 쫓아온 허저는 무시무시한 진용을 바라다보면서 말을 내려 영채 안으로 들어왔다.

현덕이 대뜸 물었다.

"공께선 무슨 일로 여기 오셨소?"

"승상의 분부로 왔소이다. 급히 상의할 일이 있으니, 수고스럽지만 곧 되돌아오시라고 하십니다."

"장수란 밖에 있어서는 군명(君命)이라 할지라도 받을 수 없을 경우가 있다 하오. 나는 천자께 배알했고, 승상에게도 여러 말을 들었으니까 새삼스럽게 상의할 일은 없을 것이오. 빨리 돌아가셔서 이렇게 전달해 주시오."

허저는 그 이상 무슨 말을 더 할 수가 없었다. 현덕은 조조와 지극히 친한 사이일 뿐더러, 현덕을 죽이고 오라는 명령은 없었으니 그대로 돌아가는 수밖에 없었다. 허저가 돌아와서 보고하는 말을 듣고 조조는 여러 가지 망설이기는 했으나 주령과 노소가 붙어 있다는 점에서 안심을 하고 두 번 다시 유현덕의 뒤를 쫓고자 하지 않았다.

마등은 유현덕이 떠난 지 얼마 안 되어서 변경지대인 서량주(西凉州)로 돌아갔고, 현덕이 서주에 도착했을 때, 벌써 정보가 날아들었다.

원술이 극도로 사치와 방종된 생활만 계속하니 뇌부(雷薄)·진란(陳蘭)은 숭산(嵩山)으로 들어가 버렸고, 원소에게 제위를 양보하려던 원술은 원소에게서 직접 와 달라는 통지를 받고 군사와 궁중의 물건들을 수습해 가지고 서주를 통과하려고 한다는 것이었다.

유현덕은 관운장·장비와 모든 준비를 갖추었으며, 결국 양군은 서주에서 맞부딪치지 않을 수 없었다. 원술의 선봉 기령(紀靈)이 결사적으로 싸웠으나 장비를 당해 낼 도리가 없이 말에서 뒹굴어 떨어졌고, 원술이 친히 선두에 나서자 주령·노소가 좌익에서, 관운장·장비가 우익에서 협공을 가하니, 원술의 군사는 대패하여 시체가 산과 들을 뒤덮고 피가 흘러 강이 될 지경이었다.

그러나 그뿐이랴. 숭산에 틀어박혔던 뇌부·진란까지 뛰쳐 나와서 금은·양식 등을 약탈하여 수춘(壽春)으로 되돌아서려 했지만, 도둑의 무리들의 습격을 받아 강정(江亭)에 머무르게 됐는데, 살아난 병력은 불과 1천여 명이었다.

여름도 한 고비에 다다른 무렵이었다.

겨우 간직하고 있는 보리 30석을 병사들에게 나누어 주고 나니 원술의 가족들은 먹을 것도 없이 차례차례 굶어 죽고 말았다. 제왕을 꿈꾸던 원술의 최후는 실로 처참했다. 밥이 모래알 같아서 목구멍을 넘어갈 리 없었고, 목이 하도 말라서 음식을 맡아보는 사람에게 꿀물을 좀 가져오라 하여 갈증을 면해 보려고 했더니 대답하는 말이,

"핏물밖에 없는데 어떻게 꿀물을 구해 오란 말씀이십니까?"

원술은 침상 위에 앉은 채 소리를 버럭 지르더니 땅바닥에 쓰러지며 피를 한 말이나 더 되게 토하고 죽어 버렸다.

때는 건안(建安) 4년(199년) 6월.

원술이 세상을 떠나자, 여강군(廬江郡)의 서구(徐璆)는 그 유족을 하나도 남기지 않고 죽여 버린 다음, 옥새를 빼앗아

가지고 허도로 올라와서 조조에게 바쳤다. 조조는 크게 기뻐하여 그를 고릉(高陵) 태수로 봉했으며, 이때부터 옥새는 조조의 수중에 들어가고 말았다.

한편, 유현덕은 원술이 죽었다는 소문을 듣자, 그 즉시 조정으로 상주문을 보내고 조조한테도 편지를 했다. 주령·노소를 허도로 돌려보냈으나 군사는 그대로 거느리고 서주를 방비하도록 분부했고, 자기는 성 밖으로 나와서 흐트러진 백성들의 민심을 수습하기에 전력을 기울이고 있었다.

주령과 노소가 허도로 돌아와서 유현덕이 서주에서 군사를 물리지 않고 있다는 보고를 하니, 조조는 비밀리에 차주(車胄)에게 사람을 보내서 선후책을 강구하도록 명령했다. 차주가 다시 진등(陳登)을 불러서 상의했더니, 진등은 성 밖에 나가 있는 유현덕이 돌아오는 길에 복병을 숨겨 두었다가 쉽사리 잡도록 하라는 계책을 말해 주고, 당장에 이 사실을 부친 진규(陳珪)에게 보고했다. 진규는 사전에 아들에게 이 사실을 현덕에게 연락해 주라고 명령했다. 진등이 말을 달려가는데 공교롭게도 밖에서 돌아오는 관운장·장비를 만나는 바람에 사태가 이만저만하게 되었다는 것을 자세히 알려 주었다.

관운장과 장비는 현덕보다 몇 걸음 먼저 성으로 돌아오게 되었다. 성미 급한 장비는 당장에 성을 공격하고 쳐들어가자는 것이었다.

관운장이 말했다.

"저편에서 놈들이 성 밖에 있는 옹성(雍城)에서 우리를 기다리고 있다니까, 지금 나갔다가는 도리어 불리하니 서서히 하기로 하세. 내가 차주를 유인해 내서 죽여 버릴 계책이 섰으니까 걱정 말게. 밤중에 조조의 군사가 서주에 도착한 것처럼 속이고 차주란 놈을 유인해 내서 처치해 버릴 테니까."

이 말을 듣고서야 장비는 흥분을 참고 잠시 주저앉았으며, 그들의 부하들은 조조의 군사와 똑같은 깃발을 전부터 준비해 놓고 있었다. 군복이나 갑옷이 또한 똑같은 것이었는지라, 그날밤 3경이 되어서 성 아래로 몰려들어가 문을 열라고 고함을 질렀다. 성 위에서 누구냐고 묻자, 조승상이 파견하신 장문원(張文遠)의 군사라고 대답했다. 이런 보고를 받은 차주가 시급히 진등을 불러서 상의했다.

"맞아들이자니 의심을 받기 쉽고, 또 섣불리 굴다가 계책에 빠지게 될지도 모르니 난처하오."

차주는 성 아래가 칠흑같이 어두워서 잘 분간키 어려우니 날이 밝은 다음에 태도를 결정하려고 망설이고 있었으나, 성 아래서는 성화같이 악을 쓴다

"유현덕이 알게 되면 큰일이오! 어서 성문을 열어 주시오!"

차주는 결국 속아넘어가고 말았다.

그 이상 버티기 어려워서 마침내 갑옷을 입고 말을 타고 병사 1천여 명을 거느리고 나갔다. 성문을 활짝 열어젖히고 구름다리를 단숨에 건너가서,

"문원 장공은 어디 계시오?"

하고 소리를 질렀다.

이때 관운장, 불빛이 번쩍이는 사이 긴 칼을 힘있게 움켜잡고 말을 달려 차주에게 덤벼들었다.

"이놈! 괘씸한 놈! 우리 형님을 죽이려고 섣불리 수작을 하다니, 네놈이 먼저 죽어 봐라."

차주는 대경실색, 몇 합을 싸우지도 못하고 도저히 감당하기 어렵다는 판단을 내리자 말머리를 돌려서 뺑소니를 쳤다. 구름다리까지 왔을 때, 진등이 화살을 빗발치듯 퍼부었다. 성벽을 밖으로 돌아서 도주해 볼까 했으나, 뒤를 쫓아서 덤벼드는 관운장, 한 칼에 말 위에 앉은 차주의 목을 뎅겅 베어 던졌다. 땅에 뒹구는 차주의 목을 손에 들고 성문 앞까지 되돌아온 관운장은 성 위를 향해서 크게 외쳤다.

"반적(反賊) 차주란 놈을 내가 죽여 버렸다. 죄없는 여러 사람들은 우리에게 항복하면 죽이지 않을 것이다!"

관운장은 차주의 목을 손에 든 채로 유현덕이 돌아오기를 기다려서 여태까지의 경과를 자세히 보고했다. 현덕이 깜짝 놀라며 물었다.

"조조가 나타나면 어찌할 작정인가?"

"내가 장비와 함께 처치해 버리겠소!"

현덕은 이번 사태를 여간 우려하지 않았다. 그러나 서주성 안으로 들어서니 장로(長老)며 백성들이 모두 길바닥에 꿇어 엎드려서 그를 영접했다. 부(府)에 도착하여 장비를 찾아보았더니, 그는 벌써 차주의 일가를 몰살시켜 버리고 난 뒤였다.

"조조의 심복을 죽였으니, 어떻게 무사할 수 있겠나?"

현덕의 말을 듣더니 진등이 말했다.

"나에게 한 가지 계책이 있습니다. 조조를 능히 물리칠 수 있습니다!"

이야말로 호랑이 굴에서 단신이 뛰쳐나왔는데도 또 묘한 계책이 있어서 낭연(狼煙)을 꺼 버리겠다는 것이다.

22. 천하에 뛰어난 문장(文章)

袁曹各起馬步三軍
關張共擒王劉二將

진등이 유현덕에게 계책을 말했다.

"조조가 가장 겁내고 있는 것은 원소입니다. 원소는 기주(冀州)·청주(青州)·유주(幽州)·병주(幷州)등 여러 고을에 위력을 펼치고, 그 병력이 백만, 수하에 문관·무장을 무수히 거느리고 있으니 사람을 파견하여 그에게 서신을 보내서 협력을 구하면 좋으실 겁니다."

"원소하고는 여태까지 특별한 우정 관계가 있는 터도 아니오, 또 아우 원술을 쳐부순 지 얼마 안 되는데 도저히 응할 것 같지 않소."

"이 고장에 원소와 3대에 걸쳐서 절친하게 지내시는 분이 계십니다. 그분께서 편지 한 통만 써 주신다면 원소도 반드시 가담해 줄 것입니다."

현덕이 그 사람이 누구냐고 물었더니 진등이 대답했다.

"그분은 유장군께서 평소부터 깍듯이 존경하시는 분입니다. 잊어버리시지는 않으셨을 텐데요."

"아, 바로 정강성(鄭康成)선생 말씀이 아니시오?"

"맞히셨습니다!"

정강성은 이름이 현(玄), 글을 좋아하고 재간이 많은 사람으로서 일찍이 마융(馬融)의 문하에서 수업한 사람이다. 마융은 글을 가르칠 때는 언제나 붉은 휘장을 쳐 놓고 그 앞에 문하생들을 모아 놓았다. 자기 등뒤에는 노래부르는 기생을 앉혀 놓고, 또 좌우에는 시녀들을 죽 둘러앉혔다. 정현(鄭玄)은 3년이나 공부하는 동안에 여자들에게 곁눈질 한 번 한 일이 없었기 때문에, 마융이 기특히 여기고 수업이 끝나서 돌아가게 됐을 때 탄식하면서 이런 말을 했다고 한다.

"나의 학문의 심오한 점을 터득한 사람은 아마 정현 하나뿐일 게다!"

정현의 집안에 있는 시녀들도 모두 모시(毛詩)에 능통했다. 어떤 시녀 하나가 정현의 말을 거역하여 뜰 앞에 꿇어앉아 벌을 받게 됐을 때, 그 동무 하나가 조롱을 했다.

"그렇게 까불더니 진흙 속에 앉게 됐구나(胡僞乎泥中)."
했더니 그 시녀가 당장에 대꾸했다.

"사정을 하러 갔다가 화풀이만 당했다(薄言往愬, 逢彼之怒)."
그 풍아함이 이런 정도였다.

환제조(桓帝朝) 때 정현은 상서(尙書) 벼슬에 올랐는데, 그 후 십상시의 난리를 만나서 벼슬을 버리고 고향인 서주에서 은거 생활을 하고 있었다. 현덕은 탁군(涿郡)에 있을 때 그를 스승으로 섬긴 일이 있었는데, 서주의 목(牧)이 된 이후에도 항시 그의 집을 찾아가서 가르침을 받았고, 무척 존경하는 사이였다.

현덕은 그를 생각하자 크게 기뻐하며 즉시 진등과 함께 그의 집을 찾아가서 편지를 한 통 써 달라고 부탁했다. 정현도

그 자리에서 쾌히 승낙하고 편지 한 통을 써서 현덕에게 주었
다. 현덕은 손건(孫乾)에게 명령하여 그 편지를 곧 원소에게
전달하게 했다.

편지를 다 읽고 난 원소가 생각했다.

'유현덕은 나의 아우를 쳐부숴 없앤 놈이니 본래는 가담할
수 없는 일이지만, 정현선생의 부탁이 있으니 도와 주러 가지
않을 수 없다.'

그래서 문무백관을 모아 놓고 조조 토벌의 시비를 상의했더
니, 모사 전풍(田豊)이 간했다.

"끊임없는 난리 때문에 백성은 지칠 대로 지쳤고, 군량도
떨어져 가는 이때 대군을 또 일으키신다 함은 신중히 고려하
실 문제입니다. 우선 사신을 파견하셔서 천자께 공손찬을 토
벌하여 승리를 거둔 사실을 아뢰시고 나서, 다음으로 조조가
우리들의 왕로(王路)를 가로막는다는 상주문을 올려서 군사를
여양(黎陽)에 내보내어 주둔하게 하시고 다시 하내(河內)에서
는 선박을 증가하고 군기를 정비하여 정병을 변경 각지에 주
둔하게 하심이 좋겠습니다. 이렇게 하면 3년 이내에 대사는
결정될 것입니다."

모사 심배(審配)가 또 말했다.

"그렇지 않습니다! 원공의 신무(神武)로써 하삭(河朔)의 강
성(强盛)을 진압한 이상, 군사를 일으켜 조조를 토벌하기는
여반장입니다. 시일을 지연시킬 필요가 어디 있습니까?"

모사 저수(沮授)가 나섰다.

"적을 제어하고 이기는 계책은 강성한 데만 있는 게 아닙니
다. 조조의 법령은 이미 실행되고 사졸들도 훈련이 잘 돼 있으

니 공손찬이 앉아서 포위당하기를 기다리던 것과는 딴판입니다. 이제 말씀드리는 좋은 계책을 버리시고 명분도 서지 않는 군사를 일으키신다면 원공을 위해서도 부당한 일인가 합니다."

모사 곽도(郭圖)도 한 마디 했다.

"아닙니다. 조조 때문에 군사를 푸는 것이 어째서 명분이 서지 않습니까? 공께서는 이제야말로 마땅히 대업을 결정지으셔야 합니다. 곽상서(郭尙書)의 말을 받아들이셔서 유현덕과 함께 대의에 입각하여 국적 조조를 토벌한다는 것은 위로 천의(天義)에 합치는 일이요, 아래로는 민정(民情)에 합치는 일이니, 실로 천만다행입니다!"

네 사람의 논쟁이 시비를 가릴 수 없어서 원소도 망설이기만 하고 있을 때 허유(許攸)·순심(筍諶)이 나타나서, 원소는 정현의 편지를 받았다는 사실과 조조 토벌의 가부를 상의했더니, 두사람이 일제히 말했다.

"이제 공께서는 중(衆)으로써 과(寡)를 이기고 강함으로써 약함을 공격하셔서 한적(漢賊)을 토벌하시고 왕실을 떠메고 일어서시려면 군사를 일으키셔야만 됩니다."

"두 사람의 소견이 내 마음과 똑같군!"

원소는 당장에 군사를 일으킬 일을 상의하고, 우선 손건을 돌려보내서 이런 뜻을 정현에게 전달하게 하고 또 유현덕에게도 준비를 갖추라고 연락했다. 또 심배·봉기를 총지휘(統軍)로, 전풍·순심·허유를 모사로, 안량(顔良)·문추(文醜)를 장군으로 삼고 마군(馬軍) 15만, 보병 15만, 도합 정병 30만을 일으켜 여양을 향하여 떠나도록 명령을 내렸다.

떠나기로 결정되었을 때, 곽도가 나타나서 말했다.

"공께서는 군사를 크게 일으켜 조조를 토벌하시게 됐으니 반드시 조조의 비행을 샅샅이 들추어서 각 군으로 격문을 뿌리셔서 죄과를 성토하셔야 합니다. 그래야만 명분이 정정당당해질 겁니다."

원소는 그 말대로 서기(書記) 진림(陳琳)에게 격문을 기초하라고 명령했다. 진림은 자가 공장(孔璋)으로, 평소부터 재명(才名)이 있어서 환제(桓帝) 때는 주부(主簿)를 지낸 일이 있었다. 하진(何進)에게 간언을 해서 용납되지 못했고, 또 동탁의 난리를 만나서 기주로 피난 가 있는 것을 원소가 기실(記室) 자리를 주어서 쓰고 있었다.

격문을 기초하라는 명령이 내리자 당장에 써 내놓으니 실로 천하의 명문이었다.

대개 듣자면, 명주(明主)는 위험한 일을 잘 헤아려서 변고를 제압하고, 충신은 어려운 일을 근심하여 권(權)을 세운다 한다. 그러므로 비상한 인물이 있은 연후에야 비상한 일이 있는 것이며, 비상한 일이 있은 연후에야 비상한 공고를 세울 수 있는 것이다. 대체로 비상하다는 것은 비상한 인물만이 헤아릴 수 있는 바이다.

전에, 진나라는 강했으나 임금이 나약해 조고(趙高)란 자가 권세를 잡고 조정의 권력을 전제하고 상과 벌을 제 마음대로 했으나, 당시의 사람들은 겁을 집어먹고 감히 바른 말을 하지 못했으니, 마침내 망이궁(望夷宮)에서 조고에게 살해를 당하여 조종(祖宗)이 전멸하고 그 오욕이 오늘날에 이르러서도 길이 세감(世鑒)이 되어 있는 것이다. 여후(呂后)의 말년에 이르러 여산(呂産)·여록(呂祿)이 정사를 멋대로 휘둘러, 안으로는 이군(二軍)을 겸하고 밖으로는 양(梁)·조(趙) 두 나라를 통치하여 만기(萬機)를 임의로 결단하고, 일을 결정함에 궁중을 무시하고 상하가 뒤죽박죽이 되어서 나라 꼴이 한심스럽기 이를 데 없었다.

이때에 강후(絳侯—周勃)·주허후(朱虛侯—劉章)가 군사를 일으키고 분노하여 역적을 주살하고 태종(太宗)을 세웠다. 그래서 왕도(王道)가 흥륭(興隆)했고 광명이 현융(顯融)했으니 이는 바로 대신입권(大臣立權)을 명백히 표시하는 사실이다.

사공(司空) 조조의 조부 중상시(中常侍) 조등(曹騰)은 좌관(左悺) 서황(徐璜)과 더불어 요사스런 짓을 함부로 하고 탐욕과 방종, 정사를 그르치고 백성을 학대했다. 아비 조숭(曹嵩)은 양자가 되어서 뇌물로써 벼슬자리를 얻었으며 금은 주옥으로 여련(輿輦)을 휘감고 온갖 것을 권문(權門)으로 끌어들여 정사(鼎司—三司)의 지위를 절도질하고 중기(重器)를 뒤집어 엎어 버렸다.

조조는 또 제멋대로 방종한 뜻을 품고 협박을 일삼아 황제를 천도케 하고 궁중을 무시하고 왕실을 모욕했으며, 법기(法紀)를 패란(敗亂)케 하였고, 앉은 채로 삼대(三臺—尙書·御史·謁者)를 좌지우지했으며, 조정의 정사를 전제하고 작상(爵賞)을 마음대로 형벌과 살육을 입이 벌어지는 대로 해버렸고, 사랑하는 자에게는 오종(五宗)이 혜택을 입게 했고, 미워하는 자는 3족을 멸했다. 무리를 이루고 불평을 말하는 자는 면전에서 살해해 버렸고, 불평을 품고 복의(腹議)하는 자는 아무도 모르게 죽여 버렸다. 백료(百僚)들은 입을 다물고, 길을 가며 서로 눈짓을 할 뿐, 상서(尚書)는 조회(朝會)를 기록할 뿐이요, 공경(公卿)은 사람 수효만 채우는 물건이 되어 버렸다.

조조는 또한 발구중랑장(發丘中郞將), 모금교위(摸金校尉)라는 관직을 특별히 두어서 닥치는 대로 금은 보물을 탈취하고 남의 해골을 아무데나 동댕이쳤다. 몸이 삼공(三公)의 위치에 처해 있으면서도 도둑과 같은 짓을 감행하여 나라를 더럽히고 백성을 해롭게 하여 그 악독함이 인귀(人鬼)보다 더하다!

이제 한나라 황실은 쇠퇴하여 강기(綱紀)가 이절(弛絕)되었으나 성조(聖朝)에는 일개의 보필할 만한 인물이 없고, 팔과 다리가 서로 절충할 만한 힘이 없고, 장안의 마음 있는 신하들도 모두 머리를 수그리고 날개를 처뜨리어 의지하고 믿을 곳이 없다. 비록 충의지신이 있다손치더라도 포학한 신하의 협박을 받고 있으니, 어찌 그 충의를 발휘해 볼 수 있으랴!

또 조조는 수하의 정병(精兵) 7백을 가지고 궁궐을 포위하고 지키며 겉으로는 숙위(宿衛)라고 핑계대지만 사실에 있어서는 천자를 구금하고 있는 것이니 찬역(篡逆)의 싹이 이로써 움트고 있음이 두려운 바이다. 이제야말로 충신된 자 간뇌(肝腦)로 땅을 문지르며 일어설 때요, 열사된 자 공을 세울 때니 어찌 힘쓰지 않을 것이냐. 조조의 목을 얻는 자는 5천 호의 후(侯)에 봉하고 5천만의 상금을 주리라. 각 장군영하(將軍領下)의 부(部)와 곡(曲)·편장(偏將)·장교 제리(將校諸吏) 가운데서 투항한 자는 그 죄를 묻지 않겠다. 이 은혜로운 소식을 널리 선포하고 부상(符賞)을 골고루 분별하여 천자께서 구박하는 어려움에 빠지셨음을 모든 사람에게 알리고자 하는 바이다.

원소는 이 격문을 읽고 자못 기뻐했다. 그 즉시 명령을 내려서 각 주와 군으로 발송케 하고 관진(關津) 각처와 교통의 요소마다 붙이도록 했다.

이 격문이 허도에도 뿌려졌다.

조조는 두통이 나서 침상에 누워 있었다. 측근자가 가져다 준 이 격문에 눈을 옮기자, 당장에 등줄기에 냉수를 끼얹는 것같이 소름이 오싹 끼쳤고, 전신에 식은땀이 비오듯했다. 두통이 문제가 아니었다. 자리에서 벌떡 미친 사람같이 일어났다. 옆에 있던 조홍을 돌아다보며 떨리는 음성으로 물어 봤다.

"이 글을 쓴 자는 누굴까?"

"진림(陳琳)이 썼다고 알려져 있습니다."

"흐음!"

조조는 한참 동안이나 침통한 표정을 하더니 이윽고 껄껄 웃으면서 입을 열었다.

"글 줄이나 잘하는 자에게는 반드시 무략(武略)으로 손발이 맞아야 하는 법인데, 진림의 글이 비록 잘 됐다고는 하지만 원소는 무략이 부족하니 어찌할 것이오?"

드디어 여러 모사들을 소집해 가지고 적을 맞아 싸울 것을 상의했다.

이때, 북해의 태수로 가 있는 공융(孔融)이 이 소식을 듣고 조조를 만나 보러 왔다.

그가 말했다.

"원소의 세력은 대단합니다. 그와 더불어 싸울 것이 아니라, 화해를 구하는 것이 좋을까 합니다."

이 말을 듣더니 순욱(荀彧)이 반대하고 나섰다.

"원소는 무용지물이오. 화해를 구할 필요가 어디 있겠소?"

"원소는 영토가 넓고 백성이 강하오. 그의 부하 허유·곽도·심배·봉기 같은 사람들은 모두 지모가 있는 사람들이오. 전풍·저수는 모두 충신이요, 또 안량·문추 같은 사람은 3군에서 뛰어나는 맹장들이오. 그밖에도 고람(高覽)·장합(張郃)·순우경(荀于瓊) 등은 모두 일대의 명장들인데 어째서 원소를 무용지물이라 하시오?"

순욱이 웃으면서 말했다.

"원소의 군사는 비록 그 수효는 많다고 하지만 군율이 어지러워졌고, 전풍은 강직해서 상관의 말을 잘 듣지 않고, 허유는 욕심이 많아서 미련하고, 심배는 고집만 세고 꾀가 없으며, 봉기는 과감하지만 쓸모가 없소. 이 몇 사람들은 서로 의견이 일치되기 어려운 형편이니 반드시 내분이 생길 것이오. 안량과 문추는 필부(匹夫)의 하잘것없는 용기에 지나지 못하니 한번 싸우기만 하면 당장 잡을 수 있고, 그 나머지는 모두 변변치 않은 위인들이니, 백만 명이 있다 해도 겁낼 만한 것이 뭐이 있겠소?"

공융은 시무룩해서 묵묵히 있을 뿐. 조조가 호탕하게 웃어 젖혔다.

"순문약(荀文若─순욱)의 생각에 과히 어긋남이 없을 거요."

결국, 유대(劉岱)를 선봉으로 내세우고, 왕충(王忠)에게 후군을 명령하여 병력 5만을 맡기고, 승상의 기치를 높이 올리게 하여 서주로 유현덕을 토벌하러 떠나 보내기로 결정했다.

이 유대란 자는 본래 연주(兗州)의 자사 노릇을 하고 있었는데, 조조에게 연주를 공격당하자 항복해 버린 위인이었다.

조조는 그를 부장으로 기용하고 있었는데, 이번에 왕충과 같이 군사를 통솔시킨 것이다.

한편, 조조 자신은 20만 대군을 거느리고 여양으로 진출하여 원소의 군사를 막아 버릴 작정이었다.

이때 정욱이 이상한 말을 했다.

"유대·왕충을 가지고는 일을 치를 것 같지 않습니다."

조조가 말했다.

"그들이 유현덕의 적수가 될 수 없음은 나도 잘 알지만, 우선 허장성세(虛張聲勢)를 해보자는 것뿐이오."

이렇게 대답하고 나서, 유대·왕충에게 간곡히 부탁을 했다.

"경솔히 쳐들어가기만 하면 안 되오. 내가 원소를 격파하고 다시 유현덕을 치러 군사를 끌고 갈 때까지 기다려야 하오."

유대와 왕충은 군사를 거느리고 떠났다.

조조도 친히 군사를 몰고 여양으로 출진하여 양군은 80리를 격한 지점에서 서로 대진했다. 두 진지가 똑같이 참호를 깊이 파고 보루만 높이 쌓아올리고, 나와서 대결하려 들지는 않았다. 이런 상태로 8월부터 10월까지 끌었다.

애당초부터, 허유는 심배가 군사를 지휘하는 것을 못마땅하게 여겼고, 저수는 저수대로 원소가 자기 계책을 용납해 주지 않는 것을 원망했고, 제각기 마음속에 불평 불만을 간직하고 있던 차라서, 애써서 나가 싸우려 들지 않았으며, 원소 역시 믿음직하게 생각지 않아서 군사를 내보내 주려고 생각지 않았던 것이다.

그래서 조조는 항복한 여포의 부장 장패(臧覇)에게 청주·서주 방면을 든든히 지키게 했고, 우금(于禁)·이전(李典)을 황하(黃河) 하변에 머무르게 했으며, 조인(曹仁)에게 대군을 총지휘하게 하여 관도(官渡)에 주둔시킨 것이었다. 그리고 조조 자신은 일군을 거느리고 허도로 돌아와 버리고 말았다.

유대와 왕충은 병력 5만을 거느리고 서주에서 백 리쯤 떨어진 지점에다 진을 쳤다. 그러나 본진에다 조승상의 깃발만 휘날려 놓고 그 이상 전진하려 들지는 않았으며, 하북(河北)의 전황에만 신경을 집중시키고 있었다.

한편, 유현덕은 조조의 심중을 알 수 없어서 역시 경솔히 움직이려 들지 않고 하북의 정세만 살피고 있었다.

이때, 별안간 조조에게서 사람이 파견되어 왔다. 유대·왕충더러 군사를 전진시키라는 것이었다. 두 사람은 진중에서 상의했다. 유대가,

"승상께서 성을 공격하라는 명령인데, 공이 먼저 나서시오."

하니 왕충이 말했다.

"승상께서는 공더러 선두에 나서라고 명령하신 게 아니오."

"그렇다면 제비를 뽑아서 누구든지 먼저 나서기로 합시다."

결국, 제비를 뽑아 보니 왕충이 선(先) 자를 뽑는 바람에 어쩔 수 없이 군사의 절반을 거느리고 서주로 쳐들어갔다.

유현덕은 적군이 쳐들어온다는 정보를 입수하자, 진등을 불러서 상의했다.

"원소는 여양에 진을 치고 있기는 하지만, 모사들의 불화 때문에 군사를 전진시키려 들지 않고, 조조가 있는 곳도 잘 모르오. 듣자니 여양의 진지에는 그의 깃발이 꽂혀 있지 않다는데 이곳에는 그것이 꽂혀 있으니 어찌된 까닭일까?"

"조조는 궤계백출(詭計百出), 반드시 하북에 치중해서 친히 감독하고 있을 겁니다. 그래서 일부러 기호(旗號)를 내세우지 않고 이곳에다 기호를 세워 두는 체하는 겁니다. 내 생각으로는 조조는 반드시 여기 있지 않습니다."

"두 아우님들 중에서 누가 진상을 탐지하러 가 주겠소?"

장비가 말했다.

"내가 가고 싶소."

"자네는 위인이 우락부락하고 너무 성급해서 가면 안 되네."

"조조가 있기만 하다면 붙잡아 가지고 오겠소."

관운장이 말했다.

"내가 가서 동정을 살펴보겠소."

"운장이 가 준다면 나도 마음을 놓을 수 있네."

이리하여 관운장은 병력 3천을 거느리고 서주를 나왔다. 때는 첫겨울이라서 음산한 구름이 뒤덮이고 눈발이 어지럽게 휘날리는데, 군마는 눈을 무릅쓰고 진을 쳤다.

운장이 말을 달려 칼을 움켜잡고 내달으며 왕충더러 선뜻 나서라고 호통을 쳤다. 왕충이 나와서 말했다.

"승상이 이곳에 나타나셨는데 어째서 항복하지 않는가?"

관운장이 말했다.

"승상께 출진토록 해라. 내 할말이 있으니."

"승상께서 어찌 그대 같은 인물을 간단히 만나 보실 것인가?"

관운장은 대로하여 말을 달려 앞으로 쳐들어갔다.

왕충도 창을 휘두르며 덤벼들었다.

두 필의 말이 맞부딪칠 지경으로 접근한 찰나에, 관운장은 재빨리 말을 훌쩍 날려서 빠져 달아났다.

그것을 결사적으로 추격하는 왕충.

산기슭을 돌아서는 순간, 관운장은 비호같이 말머리를 돌리더니 천지가 진동할 듯한 큰 목소리로 호통을 쳤다. 그리고 긴 칼을 휘두르며 육박해 들어갔다. 왕충이 감당하기 어려워서 말을 달려 도주하려는 것을, 긴 칼을 왼손으로 바꿔 잡더니 오른손으로 왕충의 갑옷에 두른 띠를 벌컥 움켜잡고 안장에서 끌어 내렸다.

무슨 물건 짝이나 다루듯 왕충을 한편 겨드랑 밑에 끼고 쏜살같이 본진을 향해서 말을 달리니 왕충의 군사들은 사면팔방으로 뿔뿔이 흩어져서 도주하는 도리밖에 없었다.

관운장은 왕충을 앞장세우고 서주로 돌아와서 현덕의 앞에 나섰다.

현덕이 물었다.

"그대는 누구요? 현재 무슨 직에 있는가? 감히 조승상이라 사칭하다니?"

"어찌 감히 사칭을 했겠습니까? 허장성세하라는 조승상의 명령을 받들고 의병(疑兵) 작전을 써본 것이고 승상께서는 이곳에 계시지 않습니다."

현덕은 왕충에게 의복과 술, 음식을 주어서 잠시 감금해 두도록 명령하고, 유대를 붙잡은 다음에 다시 선후책을 상의하도록 했다.

관운장이 말했다.

"나는 형님이 저자와 화해하실 의사가 있는 줄 알았기 때문에 일부러 산채로 잡아온 것이오."

현덕이 대답했다.

"나는 장비가 성급하고 무뚝뚝해서 왕충을 죽여 버릴까 두려워했기 때문에 보내지 않았던 걸세. 이런 위인은 죽여 봤댔자 이로운 것이 없으니까 살려 둬 가지고 화해에 써 먹는 게 좋을 걸세."

장비가 불쑥 나서며 말했다.

"둘째형이 왕충을 붙잡았으면 나도 가서 유대를 산채로 잡아오겠소!"

현덕은 두 눈이 휘둥그래졌다.

"죽여 버리기라도 한다면 산통을 깨뜨려 버리는 결과가 될 테니, 자넨 그만두는 게 좋을 걸세."

한번 욱 하고 고집을 부리기 시작한 장비인지라 그대로 호락호락 주저앉을 리 없었다.

"원 제길! 만약에 그놈을 죽여 버리게 되면, 내 목을 대신 내놓으면 될 게 아니겠소!"

현덕은 말리다 못해서 드디어 3천의 병력을 맡겨 주었고, 장비는 그 길로 군사를 거느리고 떠나갔다.

저편에서는 유대가 왕충이 잡혀간 것을 알게 되자, 진지를 견고히 지키기만 할 뿐 통 나와서 싸우려 들지는 않았다.

장비는 매일 유대의 진지 앞에 가서 온갖 욕설을 퍼붓고 어떻게든지 유인해 내려고 애썼지만, 그것이 만만치 않은 장비라는 것을 알게 되자, 유대는 점점 더 죽은 듯이 틀어박혀서 나올 기색이라곤 추호도 보이지 않았다.

며칠 경과하도록 이 지경이고 보니, 호언장담하고 달려온 장비는 초조하지 않을 수 없었다. 머리를 짜고 또 짜며 이 궁리 저 궁리하던 장비는, 무릎을 탁 치고 만면에 회심의 미소를 띠었다.

"됐어! 이래도 이놈이 옴쭉도 않고 있지는 못하겠지!"

그날밤 2경만 되면 결단코 야습을 감행하리라고 진중에다 헛소문을 퍼뜨려 놓았다. 그리고 낮에는 진종일 영채 안에서 술만 마시고 취한 체하고 있었다. 병사 하나를 잡아다 놓고 대단치도 않은 잘못을 꾸짖어서 한바탕 야단을 치고 때려준 다음 영채 안에 묶어 놓고 호통을 쳤다.

"오늘 밤중에, 내가 싸우러 나갈 때에는 네놈을 깃발에 제사나 지낼 겸 죽여 버릴 테다!"

그리고 나서 아무도 모르게 측근자를 시켜서 그 병사를 풀어 주게 하고 도망치도록 했다. 이 병사는 꽁꽁 묶였던 밧줄이 풀어지자, 살며시 진지를 탈출해서 유대의 진지로 뺑소니를 쳤다. 물론, 그날밤 2경이면 장비가 야습을 감행한다는 계획을 자못 의기양양하게 유대에게 고해 바쳤다.

매를 맞아서 중상을 입은 채 탈출해 나온 적병이 이미 자기 진영에 항복하고 들어왔으니 그가 하는 말을 정말이라고 믿지 않을 수 없었다.

유대는 마침내 진지를 텅 비워 놓고, 전체 군사들을 영채 밖에다 잠복시켜 버렸다.

그날밤 장비는 물샐 틈 없는 작전계획을 세웠다. 군사를 3분해 가지고 한 가운데 서게 되는 30명을 시켜서 야습의 선봉으로 내세우고 불을 지르게 했다.

그리고는 좌우 옆의 군사들을 시켜서 살짝 적진의 배후로 돌아들어가게 해놓고, 치밀어오르는 불길을 신호로 일제히 쳐들어갈 작정을 했다.

그날밤 3경쯤 돼 올 무렵에 장비는 친히 정예 부대를 거느리고 미리 돌아가서 유대의 퇴로를 막아 버리고, 한 가운데 서 있는 30명의 병사들이 적진으로 쇄도해 들어가면서 불을 질렀다.

유대가 배치해 놓은 복병들이 우르르 몰려 나와서 덤벼들려고 했지만, 장비가 먼저 손을 써 놓은 좌우 옆의 군사들이 일제히 공격을 가하는 바람에 유대의 군사는 우수수 흩어져서 장비의 병사의 수효가 얼마나 되는지도 모르니 섣불리 덤비지도 못하고 지리멸렬이 돼 버리고 말았다.

유대는 간신히 목숨만 살아난 일부의 군사들을 거느리고 쥐구멍이라도 찾아서 뺑소니를 치려고 했다.

이때 공교롭게도 앞에서 달려드는 장비와 맞닥뜨렸다. 좁디좁은 길인 까닭에 그 이상 달아날 도리도 없어 장비와 대결해 보았지만, 단 1합도 못 싸워서 장비의 손에 붙잡혀 버렸고, 나머지 병사들도 모조리 항복했다.

장비는 사람을 서주로 급히 파견하여 첩보(捷報)를 전달시켰다. 장비가 싸움에 이겼다는 소식을 듣고 현덕이 관운장에게 말했다.

"장비는 여태까지 자칫하면 난폭한 짓만 해왔는데, 이번같은 계책을 쓸 수 있게 됐다니 나도 안심하겠는걸!"

현덕이 친히 성 밖으로 나가서 장비를 영접했더니 장비는 제법 우쭐했다.

"형님은 나더러 무지막지하다고 하지만 오늘 싸운 일은 어떻소?"

"내가 호되게 야단을 치지 않았더면 자네가 그런 계책을 쓰려고 했겠나?"

장비는 이 말을 듣더니 껄껄대고 통쾌하게 웃었다.

현덕은 유대가 꽁꽁 묶여 끌려온 것을 보고 급히 말을 내려 줄을 풀어 주었다.

"아우 장비가 잘못 생각하고 심히 무례한 짓을 했소이다. 죄송하오."

그를 서주성 안으로 맞아들이고 왕충도 불러내서 잘 대접했다.

"먼젓번에는 차주가 나의 목숨을 노렸기 때문에 어쩔 수 없이 토벌했는데, 조승상께서는 내가 모반하고 있다고 오해를 하셔서 두 분을 파견했지만, 나는 승상께 큰 은혜를 입고 있는 몸이니 거기 보답할 생각뿐이지 어찌 모반할 꿈인들 꾸겠소? 허도로 돌아가시거든 나를 위해서 잘 말씀해 주시오."

그들 두 사람은 목숨을 살려 준 은혜에 감격하여 물불을 헤아리지 않고 현덕을 위해서 힘쓰겠다 맹세했으며, 현덕도 바로 그 이튿날 두 사람과 나머지 군사를 모두 성 밖으로 전송해서 내보냈다.

유대와 왕충이 10리 길도 못 갔을 때, 북소리가 요란하게 들리더니 장비가 눈을 부릅뜨고 나타났다. 한번 붙잡은 적병을 놓아 보낼 수 없다는 것이었다. 바로 뒤쫓아서 관운장이 나타나서 현덕의 명령을 존중하라는 의미로 가까스로 장비를 권고해서 두 사람을 돌려보냈다.

관운장과 장비가 돌아와서 현덕에게 말했다.

"조조는 반드시 쳐들어올 것이오!"

이 말을 듣더니 손건도 서주는 공격하기 쉬운 고장이니 오래 머무르지 말고, 군사를 나누어서 소패(小沛)와 하비(下邳)를 지키는 한편 군사를 정비해서 조조의 공격에 대비하자고 했다.

현덕은 그 말대로 관운장에게 하비를 지키게 하고 감(甘)·미(糜) 두 부인도 그곳에 자리잡고 있게 했다. 감부인은 본래가 소패 사람이었고, 미부인은 바로 미축의 매씨였다. 손건·간옹·미축·미방에게 서주의 수비를 명령하고, 현덕은 장비와 함께 소패에 주둔했다.

유대와 왕충은 허도로 돌아가 유현덕에게 모반할 마음이 없다고 했더니, 조조는 대로하여 측근자에게 당장 그들을 끌어내어 목을 베라고 명령했다.

이야말로 개가 호랑이와 싸울 수 없고, 물고기가 용과 싸운다는 게 당치도 않다는 격이다.

23. 독약을 먹이려다

禰 正 平 裸 衣 罵 賊

吉 太 醫 下 毒 遭 刑

조조가 유대와 왕충을 죽이겠다고 날뛰는 판에 그것을 말린 사람은 공융이었다.

"그들은 유현덕을 대적할 위인이 못 됩니다. 만약에 그들의 목을 벤다면 장병들의 마음이 이탈될 것입니다."

조조는 공융의 의견대로 그들의 죽을 죄를 용서해 주어 작록(爵祿)을 빼앗는 데 그치고, 자기가 친히 현덕 토벌의 군사를 일으킬 작정을 했다.

그러나 때가 마침 엄동설한이어서, 공융은 또 시기가 적당하지 않다는 이유로 현덕 토벌을 내년 봄으로 미루더라도 늦지 않다 권고하고, 우선 사람을 파견해서 장수(張繡)와 유표(劉表)를 수하에 넣도록 하는 것이 급선무라고 역설했다.

조조는 공융의 의견을 옳게 여기고, 우선 유엽(劉曄)을 장수에게 보내서 설득시켜 보기로 했다.

유엽은 양성(襄城)에 도착하자 먼저 가후(賈詡)를 찾아갔다. 가후는 유엽을 자기 집에 머무르게 하고, 그 이튿날 장수에게 가서 조조가 유엽을 파견해서 귀순하라는 권고가 왔다는 연유를 이야기해 주었다.

이런 이야기를 하고 있는 중인데, 돌연 원소에게서도 사람이 파견되어 왔다는 소식이 들어왔다. 장수가 그 사람을 안으로 불러들였더니 한 통의 편지를 내놓았다. 편지의 내용은 역시 귀순을 권하는 것이었다.

가후는 거침없이 냉소를 터뜨렸다.

"그대는 돌아가서 원공께 말씀해 주시오. 자기 아우도 믿지 못하는 위인이 어찌 천하의 국사(國士)를 거느릴 수 있겠느냐고 하더라고……."

이렇게 말하면서 원소의 편지를 북북 찢어 버리고 심부름 온 사람을 쫓아 보냈다.

원소의 힘이 조조를 누를 지경인데 그렇게 무례한 짓을 해서 쓰겠느냐는 장수의 말에 가후는 서슴지 않고,

"조조 편에 붙으면 그뿐이오!"

하면서, 조조에게 복종하는 게 유리하다는 세 가지 이유를 구체적으로 설명했다.

첫째로는, 천자의 칙명에 의하여 천하를 다스리는 사람이라는 점. 둘째는, 원소는 세력이 굉장해서 우리들이 웬만한 병력을 가지고 가서 복종한댔자 대단하게 여기지 않을 것이지만, 조조는 세력이 그만 못하니까 우리가 자기 편이 돼 주면 기뻐하리라는 점. 셋째로는, 조조는 천하를 수중에 넣고 싶은 야망이 있으니, 그의 덕망을 널리 세상에 알리려고 애쓴다는 점이었다.

장수는 가후의 의견대로 유엽을 만났다. 유엽이 침이 마르도록 조조를 찬양하고, 조승상은 옛날의 원한 같은 것은 깨끗이 잊어버린 지 오래라고 하며 귀순하기를 역설하니, 장수도 크게 기뻐하며 그 즉시 가후를 따라서 허도로 올라와 조조에

게 투항했다.

조조는 관대하게 장수를 받아들여서 그를 양무장군(揚武將軍)에 봉했으며, 가후를 집금오사(執金吾使)에 임명했다. 그리고 당장에 유표에게 투항을 권고하는 서신을 장수보고 쓰라는 명령을 내렸다. 그러자, 가후가 문필의 재간이 뛰어난 사람을 시키라는 이유로 반대하니, 다시 순유가 공융을 천거했다.

그래서 공융은 이런 방면의 가장 적임자라 해서 예형(禰衡 一字는 正平)이란 사람을 천거하겠다고 천자께 장문의 상주문까지 올렸다.

공융의 상주문에 의하면 예형이란 사람은 나이 겨우 24세. 성품이 선량하고 재간이 발군(拔群). 한번 눈에 스친 글이면 당장에 줄줄 외고, 한번 귀로 들은 일이면 마음속에 새겨서 잊어버리는 일이 없고, 사려하는 바 신(神)과 같으며, 충성심과 뜻이 결백하기가 상설(霜雪)과 같고, 선을 보면 자기의 미흡함을 부끄러워하고, 악을 미워하기 원수같이 여긴다는 인물인데, 확실히 보기 드문 인물이었다.

상주문이 천자를 거쳐서 조조에게 내려오자, 조조는 당장에 예형을 불러들였다. 초대면의 인사가 끝난 다음 조조는 자리를 권하려고 하지 않았다.

예형이 하늘을 우러러 탄식했다.

"천하가 넓다고 하지만, 사람다운 위인은 하나도 없구나!"

"내가 수하에 거느리고 있는 수십 명은 모두 당대의 영웅들인데 인물이 없다니 무슨 말인고?"

"그건 누구 누구를 말씀하시는 것이오?"

"심려원모(心慮遠謀)의 순욱·순유·곽가·정욱, 그 용맹에 있어 당해 낼 자 없는 맹장 장요·허저·이전·악진, 종사(從事)로 유명한 여건·만총, 선봉의 명장 우금·서황, 천하의 기재(奇才) 하후돈, 맹장 조인, 어째서 인물이 없단 말이냐?"

예형이 껄껄대고 냉소하며 말했다.

"공의 말씀은 틀립니다. 이 인물들은 제가 모두 잘 알고 있습니다. 순욱은 조상·문병에나 쓸 만하고, 순유는 분묘지기, 정욱은 문지기, 곽가는 글이나 읽는데, 장요는 북이나 두드리는데, 허저는 소나 말을 기르는데, 악진은 공문서 따위를 읽거나 조서를 읽는데, 이전은 편지 심부름이나 하는데, 여건은 칼이나 갈고 달구는 대장장이로, 만총은 술지게미나 퍼먹는 데, 우금은 목수나 미쟁이로, 서황은 개·돼지나 잡는데 각각 쓸 만하고, 하후돈은 뻐기기만 하는 대장군, 조인은 돈이나 먹자는 태수, 그 나머지야 모두 바지·저고리뿐이 아니면 밥통·술통 들이나 고기 주머니들 뿐입니다."

조조가 발끈 화를 냈다.

"그러면 너는 무슨 대단한 재간이 있단 말이냐?"

"천문 지리 통하지 않는 게 없고, 삼교구류(三敎九流) 모르는 것이 없소. 위로는 임금이 되자면 요순(堯舜)이 될 만하고, 아래로는 공자·안연의 덕을 짝지을 만하니 어찌 속된 사람들과 함께 논할 수 있겠소!"

너무나 제멋대로 지껄이는 괘씸한 태도에 분개한 장요가 옆에 서 있다가 칼을 뽑아서 목을 베려고 했다. 그것을 조조가 말려서 장고잡이를 시키게 됐다. 예형은 허명만 퍼뜨리고 다니는 자로서 제 재간을 지나치게 믿고 있는 놈이니 이렇게 장고잡이를 시켜서 한번 망신을 주자는 조조의 꾀였다.

그 이튿날, 조조는 성대한 연석을 마련하고 예형더러 북을 치라고 명령했다. 예형은 옷도 갈아입지 않고 입고 온 옷을 그대로 걸치고 연석에 나타나더니 〈어양삼과(漁陽三撾)〉 한 곡을 쳤는데 그 음절이 매우 묘했다. 좌객들은 그 소리를 듣고 감격하여 눈물까지 흘렸다.

"왜 의복을 갈아입지 않았느냐?"

고 옆에 있던 사람이 한 마디 했더니, 예형은 당장에 옷을 훌훌 벗어버리고 알몸으로 여러 사람 앞에 섰다. 좌객들이 으악 소리를 지르며 소맷자락으로 얼굴을 가리자 예형은 다시 바지를 주워 입었다. 조조가 벌컥 소리를 질렀다.

"조정 안에서 이게 무슨 무례한 짓이냐?"

"임금을 속이고 괴롭게 구는 짓이야말로 무례한 짓이오! 나는 나의 부모님한테 받은 몸을 내놓고 내가 결백하다는 것을 보였을 뿐이오!"

"네놈이 결백하다고 한다면 더러운 사람이란 누구냐 말이냐?"

"그대가 어리석고 현명한 것을 분간 못하는 것은 눈이 흐리멍덩해졌기 때문이요. 시서(詩書)를 읽지 않는 것은 입이 더러워진 것이요, 충언을 용납하지 않는 것은 귀가 더러워진 것이요, 고금에 통하지 못하는 것은 몸이 더러워진 것이요, 제후를 받아들이지 못하는 것은 뱃속이 더러워진 탓이요. 항시 찬탈의 마음만 먹고 있는 것은 마음이 더러워진 증거요, 나와 같은 천하의 명사를 장고잡이를 시킨다는 것은 양화(陽貨)가 중니(仲尼―공자)를 업신여기고, 장창(藏倉)이 맹자를 욕하는 것과 같을 뿐이오! 왕이 되려는 패업(覇業)을 하려는 이가 이렇게 사람을 멸시하시오?"

이런 모욕적인 언사를 듣고도 꾀가 많은 조조는 예형의 목을 베지는 않았다. 그리고 그 자리에서,

형주(荊州)로 심부름을 보낼 것이니 유표가 투항해 오도록 만들기만 하면 공경(公卿) 대우를 하겠다고 하고는, 문무백관들을 시켜서 동문 밖에까지 전송하도록 명령을 내렸다.

예형은 형주에 도착해서 유표와 대면하기는 했으나, 그의 덕망을 칭찬해 주는 체하면서도 비웃음과 풍자만 늘어놓으니 유표는 마땅치 않아서 강하군(江夏郡)에 가서 황조(黃祖)를 만나라고 명령했다. 예형이 조조에게 욕을 뵈어 주었는데 조조가 죽이지 않은 것은 자기의 덕망을 상실하기 싫다는 약은 꾀에서였고, 그것을 남에게 시켜서 죽이게 하자는 계획임을 간파한 유표였기 때문에, 황조에게로 떠맡겨 버리자는 배짱이었다.

바로 이때, 원소에게서도 사람이 왔다. 유표는 과연 어느 편에 붙어야 옳을지 몰라서 망설이기만 하면서 여러 모사들과 상의한 끝에, 결국 종사 중랑장(從事中郞將) 한숭(韓嵩)의 의견을 받아들여서 그를 허도에 파견해서 동정을 살펴보기로 했다. 한숭의 의견이란 조조의 수하에는 쟁쟁한 맹장들이 많아서 어느 때고 원소를 쳐부수고 강동(江東) 땅에도 토벌하러 나설 것이니, 일찌감치 형주를 내준다는 조건 아래 조조에게 붙어 두는 것이 현명한 방법이라는 것이었다.

한숭은 유표의 곁을 떠나 허도로 올라가서 조조를 만났다. 조조는 한숭을 시중(侍中)에 임명하고 영릉(零陵) 태수를 봉해 주었다. 그래 가지고 유표를 다시 설득시키기 위해서 한숭을 형주로 되돌려보냈다. 한숭은 돌아와서 유표를 만나 보고 조정의 성덕(盛德)을 찬양하고, 유표더러 그의 아들을 조정에

내보내어 벼슬자리에 나가도록 하라고 권고했다.

유표가 그 말을 듣더니 격분했다.

"너는 다른 배짱을 가졌구나!"

하고 한승의 목을 베려고 했다. 옆에 있던 괴량(蒯良)이 나서서 가까스로 말려 그대로 용서해서 돌려보내도록 했다.

이렇게 복잡한 가운데, 황조가 예형을 죽여 버렸다는 소식이 유표에게 전달되었다.

황조를 찾아간 예형은 어느 날 술상 앞에 마주 앉아서 술을 마시게 되었다. 둘이 다 거나하게 취했을 때, 황조가 예형에게 이런 말을 물었다.

"공은 허도에서 인물다운 인물이 누구라고 생각하시오!"

예형이 대답했다.

"굵직한 인물은 공융, 좀팽이로는 양표(楊彪)의 아들 양덕조(楊德祖). 두 사람외에는 별로 인물다운 인물은 없다고 생각하오."

"나 같은 사람은 어떻소?"

"그대는 마치 묘중지신(廟中之神)같이 제사만 받아먹고 영험이라곤 통 나타낼 줄 모르는 사람이오."

"네놈은 나를 흙이나 나무로 만든 물건인 줄 아느냐!"

황조는 격분을 참지 못하고 당장에 칼을 뽑아 예형의 목을 베어 버렸다.

유표는 예형이 죽은 것을 알자, 한탄하여 마지않으며 앵무주(鸚鵡洲) 근처에 매장하게 했다.

조조는 예형의 목이 달아난 것을 알고 웃음을 금치 못했다.

"돼먹지도 않은 선비녀석이 주둥이를 놀리고 까불더니 제

목숨을 제 손으로 끊어 버렸구나!"

　이렇게 말하면서, 유표가 투항해 오지 않자 한번 혼을 내주기 위해 군사를 동원시키겠다고 하니 순욱이 말했다.

　"먼저 원소를 토벌하고, 그 다음에 유현덕을 쳐부수시면 강한(江漢) 땅은 단숨에 진압할 수 있을 겁니다."

　한편 동승은 유현덕이 떠나가고 나서 주야로 왕자복(王子服) 등과 상의를 해봤으나 손을 댈 만한 좋은 계책이 없었다. 건안 5년(西紀 200년) 원단에 조하(朝賀)의 자리에서 조조의 횡포가 점점 더 격심해지는 꼴을 보고 분개한 나머지, 동승은 병이 나고 말았다.

　천자는 국구(國舅)가 병이 났다는 것을 알고 태의(太醫―侍從醫務官長)를 파견했다. 이 태의는 낙양 사람으로 성이 길(吉), 이름이 태(太), 자는 칭평(稱平)이었는데, 사람들은 흔히 길평(吉平)이라고 불렀다. 당대에 드물게 보는 명의였다. 길평은 동승의 관저에 가서 약을 지어 가며 병을 치료해 주고, 낮이나 밤이나 곁을 떠나지 않았다. 언제나 동승이 왜 그런지 긴 한숨을 내 쉬는 것을 보고도 그 까닭을 물어 볼 수가 없어서 궁금하게 지냈었다.

　정월 보름날(元宵節) 밤의 일이었다. 태의 길평이 집으로 돌아가려는 것을 동승이 붙들어 앉히고 술상을 벌였다. 밤이 깊도록 두 사람은 술을 마셨는데, 동승은 피곤함을 못 이겨 의복을 입은 채 잠이 들어 버렸다. 그리고 꿈을 꾸었다.

　꿈 속에서, 돌연 왕자복이 나타나서 거사할 기회가 왔다고 서둘렀다. 오늘밤, 조조는 승상부에서 정월 보름날 축하연을 열고 있으니 포위를 하고 습격해 버리면 쉽사리 성공하리라는 것이었다.

동승은 어찌나 기뻤던지 집안 식구들까지 무장을 든든히 시켰다. 밤이 깊어서 2경을 알리는 북소리가 들리자 동승은 보검을 들고 술상이 벌어진 조조의 방으로 뛰어들어 "조조야, 꼼짝 말고 있거라!" 하고 고함을 지르며, 목을 단숨에 치니 조조는 찍 소리도 못하고 고꾸라져 버렸다. 이 찰나에 동승은 눈이 번쩍 떠졌는데, 모든 것이 일장춘몽이요, 입으로만 쉬지 않고 잠꼬대를 중얼중얼하고 있는 것이었다. 정신을 차렸을 때에는 길평이 앞에 서 있었다.

"국구께서는 조조의 목숨을 노리고 계십니까?"

동승은 대경실색, 대답할 말을 모르고 얼이 빠져 있는데 길평이 말했다.

"진정하십시오. 저는 일개 의사에 불과합니다만, 한나라 일을 저버린 날이 없었습니다. 매일 국구께서 한탄하시는 모습만 뵙다가 까닭을 여쭈어 볼 수도 없던 차에, 방금 주무시면서 잠꼬대하시는 말씀을 듣고 본심을 알게 됐습니다. 조금도 숨기실 것 없이 저도 힘이 될 수 있는 일이라면 구족(九族)을 멸한다 할지라도 후회하지 않겠습니다."

동승은 소맷자락에 얼굴을 파묻고 울었다.

"그게 진심일까?"

길평은 손가락을 하나 입으로 깨물어서 맹세했다. 그제서야 동승은 안심하고 ·천자의 비밀조서를 길평에게 내보였다. 길평이 선뜻 말했다.

"과히 심려하실 것은 없습니다. 조조의 목숨은 저의 수중에 있습니다. 조조는 늘 두통이 심해서 그럴 때마다 저를 부릅니다. 요 며칠 안에 저를 또 부를 날이 있을 것이니, 그때 독약을 약 속에 조금만 타면 목숨이 없어질 것은 틀림없습니다."

"만약에 그렇게만 성사가 된다면, 한나라 왕실을 구하는 일은 모두 그대에게 맡기겠소."

길평이 돌아가고 동승이 기쁨을 참지 못하며 후당으로 들어가고 있을 때, 뜻하지 않은 공교로운 일이 생겼다. 홀연 하인배 진경동(秦慶童)이 시첩(侍妾) 운영(雲英)과 어두컴컴한 곳에서 무엇인지 속삭이고 있었다.

동승은 대로하여 측근자를 불러서 둘 다 붙잡아 죽여 버리려고 했으나, 부인이 용서해 주라고 간곡히 부탁하는 바람에, 매를 40대쯤 때려서 진경동을 빈 방에다 감금했다. 그랬더니 진경동은 여기에 앙심을 먹고 그날 밤중에 자물쇠를 비틀어 버리고 담을 넘어서 조조의 관저로 도주했다. 그리고는 이즈음 동승의 집안 일을 모조리 고해 바쳤다. 왕자복·오자란·충집·오석·마등, 다섯 사람이 주인과 함께 매일 뭣인지 쑥덕쑥덕하고 있으며, 주인은 흰 비단 한 필을 가지고 있는데, 뭣이 써 있는지 알 수는 없으나, 조조의 목숨을 노리는 것 같고 길평도 손가락을 잘라서 맹세하는 것을 목격했다고 했다.

이튿날, 조조는 두통이 난다고 핑계하고 길평을 불러들였다. 길평은 '드디어 이 국적 놈의 마지막 날이 왔구나!' 하는 생각으로 독약을 준비해 가지고 관저로 들어갔다. 조조는 태연히 드러누워서 약을 지으라고 분부했다. 길평이 독을 탄 약을 조조의 눈앞에서 달여서 권하니 눈치 빠른 조조는 벌써 독약이 들어 있음을 알고 마시려 들지 않았다.

"그대는 유서(儒書)를 읽은 일이 있을 테니 예의라는 것을 알겠지. 인군이 병이 있어 약을 마실 때는 신하가 먼저 맛을 보고, 어버이가 약을 마실 때는 아들이 먼저 마셔 본다 했으니 그대는 나의 심복인데 어째서 먼저 마셔 보지 않는가?"

길평은 일이 이미 다 틀어진 줄 알고 왈칵 덤벼들어서 조조의 귀를 움켜잡고 강제로라도 약을 목구멍에 부어 넣으려고 했다. 그러나 조조가 약삭빠르게 약그릇을 홱 뿌리쳐 버리며 야단법석이 일어났는지라, 조조가 명령할 새도 없이 좌우에서 측근자들이 대들어서 길평을 덮쳐 버렸다.

조조는 힘센 옥졸 20명에게 명령하여 길평을 뒤뜰로 끌어내어 고문 하도록 했다. 길평은 팔다리를 꽁꽁 묶인 채 땅바닥에 내동댕이쳐져 있었는데 태연자약하게 조금도 두려운 빛이 없었다.

조조가 웃으면서 말했다.

"네놈이야 의사의 몸이니 어찌 감히 나를 독살할 생각이나 했으랴? 반드시 다른 놈이 시켰을 것이다. 그놈이 누군지 말만 하면 네놈은 용서해 주마."

길평은 막무가내, 고함을 질렀다.

"네놈은 인군을 속이고 윗사람을 괴롭히는 역적! 온 세상 사람이 모두 너를 죽이고 싶어하는데 어찌 나 하나뿐이랴!"

조조가 재삼 힐문했지만 길평은 끝내 자기 혼자서 한 일이라며 버텼다. 결국 길평은 옥졸들에게 두 시간 동안이나 매를 맞아서 피부가 터지고 살이 찢어져 섬돌을 피로 물들였다. 조조는 그를 때려죽인다면 대증(對證)시킬 수 없는 까닭에 옥졸에게 명령하여 조용한 곳에다 가두게 했다.

 이튿날, 연회를 핑계하고 조조는 대신들을 초청했는데, 동승은 몸이 불편하다고 출석하지 않았다. 왕자복 외에 몇 사람만이 의심을 살까 두려워서 그 자리에 나갔다. 술잔이 한창 돌아가고 있을 때, 조조는 옥졸 20명에게 명령하여 옥에서 칼을 쓴 길평을 뜰 앞으로 끌어냈다.

 "여러분은 모르실 일이요만, 이놈이 악당들과 결탁하여 조정을 배반하고 나를 죽일 음모를 했소. 오늘 하늘이 이놈의 죄를 탄로시키셨으니 여러분도 놈의 자백하는 말을 들어보시오."

 한바탕 호되게 매질을 하니 길평이 기절해서 쓰러져 버리자 얼굴에다 물을 뿌렸다. 길평은 숨을 돌리는 듯하더니 눈을 부릅뜨고 이를 갈며 조조를 매도했다.

 "조조, 역적 놈아! 나를 왜 당장 죽이지 않고 또 무슨 때를 기다리는 거냐?"

 "공모한 놈들은 먼저 여섯 놈들이었는데 너까지 도합 일곱 놈이지?"

 길평은 한결같이 조조를 매도할 뿐.

 왕자복 등 네 사람들은 서로 얼굴만 쳐다보며 바늘방석에 앉아 있는 심정이었다. 조조는 연거푸 때리는 한편 물을 뿜게 했지만 길평이 조금도 수그러지는 빛이 없자, 항복시킬 수 없음을 알고 밖으로 끌어내게 했다.

 여러 사람들이 주석에서 헤어진 후, 조조는 왕자복 등 네 사람만 야연(夜宴)에 남아 있으라 했다. 네 사람은 얼이 다 빠져서 남아 있는 도리밖에 없었다.

 "남아 있으랄 일도 아니지만, 좀 물어 보고 싶은 일이 있기에. 그대들 넷은 동승과 무슨 일을 상의했소?"

왕자복이 대답했다.

"아무것도 상의한 일이 없습니다."

"흰 비단에 써 있는 것은 뭐지?"

왕자복 등이 끝끝내 바른 말을 하지 않자 조조는 진경동을 불러내서 물었다.

"너는 어디서 봤다고 그랬지?"

"네놈들은 사람의 눈을 피해 가면서 여섯 놈이 한데 어울려서 서명을 하지 않았느냐? 아무리 숨기려 들어도 안 된단 말이야!"

진경동이 이렇게 떠들어대니 왕자복이 말했다.

"이놈은 국구의 시첩을 간통했기 때문에 꾸지람을 들었는데, 거기 앙심을 먹고 터무니없는 말을 고해 바쳤으니 이놈의 말을 들으실 필요 없습니다."

조조는 또 호통을 쳤다.

"길평이 독약을 탄 것은 동승이 시킨 짓이 아니면 누가 했단 말이냐?"

왕자복과 그밖의 몇 사람이 끝까지 모른다고 고집을 부리니 조조가 으름장을 놓았다.

"순순히 자백을 한다면 용서할 방법도 있지만, 진상이 드러나면 그대로 두지는 않겠다!"

왕자복과 몇 사람들은 끝까지 그런 일이 절대로 없다고 버티는 바람에 조조는 측근자에게 명령하여 그들을 감금시켰다.

그 이튿날, 조조는 여러 사람들을 거느리고 동승의 관저로 병문안을 갔다. 동승이 마지못해서 밖으로 나와 영접을 하니 조조가 대뜸 말했다.

"어젯밤에는 연회에도 참석하지 않으셨으니 어찌된 일이오?"

"몸이 좀 불편해서 외출을 삼가고 있었소이다."

"그것은 나라를 근심하시는 병이시겠지만……."

동승이 깜짝 놀라며 표정이 이상해지는 것을 보자 조조는 대뜸 물었다.

"국구께서는 길평의 일을 아시오?"

"모르오!"

조조가 싸늘하게 냉소를 터뜨렸다.

"국구께서 어째서 모르신단 말이오?"

조조는 이렇게 반문하더니 좌우의 사람을 불렀다.

"그놈을 이리 끌어내다가 국구의 병환을 고쳐 드리도록 해라!"

동승과 그밖의 몇 사람들은 어찌해야 좋을지 모르고 당황하기만 했다. 얼마 안 되어서 20여 명의 옥졸들이 몰려들어서 길평을 뜰 앞으로 질질 끌어냈다. 길평의 태도는 추호도 변함이 없었다. 여전히 목청이 터져라고 고함을 지를 뿐이었다.

"조조, 역적 놈아!"

조조가 길평을 가리키며 동승에게 말했다.

"이놈이 왕자복 등 네 명의 이름을 실토했기 때문에 이미 정위(廷尉)에게 맡겨 감금했으나 또 한 놈을 아직 잡지 못하고 있소."

다시 길평을 보고 힐문했다.

"누가 나한테 독약을 타서 먹이라고 했느냐? 냉큼 실토하지 못할까?"

"하늘이 나한테 나라의 역적을 죽여 없애라고 하신 것뿐이다!"

조조는 분함을 참지 못하여 또 매를 때리라고 명령했지만,

이미 매를 댈 여지도 없었다.

"네놈의 손가락이 아홉 개밖에 없는 것은 무슨 까닭이냐?"

"입으로 깨물어서 역적을 죽이기로 맹세했기 때문이다!"

조조는 칼을 가져다가 길평의 나머지 아홉 손가락을 잘라 버리게 하고 혓바닥까지 뽑으라고 야단을 치니, 길평은 자백하겠다고 묶은 것을 풀어 달라고 했다. 묶었던 줄을 풀어 놓았더니 길평은 궁궐 쪽을 바라다보고 절을 했다.

"신은 나라를 위하여 역적을 제거하지 못했사오니 이는 하늘이 시키시는 운수입니다!"

말을 마치자 섬돌 모퉁이에 머리를 부딪고 죽었다. 그때가 바로 건안 5년 정월이었다.

조조는 길평의 죽음을 보더니 측근자에게 명령하여 진경동을 끌어냈다.

"국구께서는 이자를 아시오?"

동승이 진경동을 보자 대로했다.

"네 이놈, 여기 있었구나! 당장 목을 벨 놈!"

동승이 아무리 펄펄 뛰며 흥분해도 모든 일은 이미 완전히 탄로났으니 도저히 변명할 도리가 없었다. 조조는 측근자에게 명령해서 동승의 침실에 가서 옥대와 비밀 조서와 서명한 것까지 들추어 내어 증거물을 제시했다.

"동승의 일족을 모조리 잡아서 가두어라!"

추상같은 조조의 명령이었다. 조조는 관저로 돌아와서 헌제를 폐하고 새 인군을 세울 계책을 강구하게 됐다. 이야말로 몇 줄의 조서가 헛된 꿈이 됐고, 한 장의 맹서(盟書)가 화근이 된 셈이다.

24. 잔인한 죽음

國賊行兇殺貴妃
皇叔敗走投袁紹

　조조는 옥대 속에 감추어진 천자의 비밀 조서를 보자, 당장에 여러 모사들을 소집했다. 자기의 목숨을 노린 것이 동승과 그밖의 몇 사람이라고는 하지만, 이렇게 일을 꾸민 데는 동기가 헌제에게 있다 해도 과언이 아니고 보니, 가장 미운 것이 또한 헌제였다.

　"이 기회에 갈아치우자!"

　조조는 앙큼스런 결심을 하고 여러 모사들과 협의한 결과 거침없이 헌제를 폐해 버리고 유덕한 새 인군을 세우자고 강경히 주장했다.

　이때, 정욱이 간했다.

　"공께서 위엄을 사방에 떨치시고 천하를 호령하실 수 있는 것도 한나라 왕실의 명호(名號)를 받들고 계시기 때문입니다. 아직 제후도 원만히 다스리지 못하고 있는 이때에 갑자기 황제 폐립을 시행하신다면 반드시 전란을 일으키는 도화선이 될 것입니다."

　이 말을 듣고 조조는 일단 이 문제를 중지해 버렸지만, 그 대신 잔악 무도한 짓을 제멋대로 해치우고야 말았다.

동승의 무리 다섯 사람과 그들 일족을 남녀노소를 불문하고 모조리 각 성문으로 압송해다가 목을 베어 죽여 버린 것이었다.

이통에 억울하게도 목숨을 빼앗긴 자 도합 7백여 명. 성 안의 관민을 막론하고 이 광경을 본 사람은 눈물을 흘리지 않은 자 없었다.

후세 사람이 동승의 죽음을 슬퍼하는 다음과 같은 시구가 있다.

비밀조서를
금포(錦袍)와 옥대 속에 전하니
천자의 말씀이 금중(禁中) 문 밖으로 새어나오다.
당년에 일찍이
왕가(王駕)를 구출했으며
오늘날 또다시
은혜를 받았도다.
나라를 근심함이
마음속의 병이 되었고
간악한 역적을 뿌리뽑고 싶은 마음
꿈 속 혼백까지 사무쳤도다.
충성된 절개
천년을 두고 남아 있으리니
그 성패야 다시 또 누가 논하여
무엇하리.

密詔傳衣帶　天言出禁門　當年曾救駕　此日更承恩

憂國成心疾　除奸入夢魂　忠貞千古在　成敗復誰論

또 왕자복 등 네 사람의 죽음을 슬퍼하는 후세 사람의 다음
과 같은 시구도 있다.

이름을
한 자 흰 비단에 써넣어
충성된 모의를 맹세했고,
비분강개하여
군부에 은혜를 보답하려 했도다.
변할 리 없는 붉은 담이
가련하게도 백 번 천 번 입만 닳게 했으나,
일편단심이야
이때부터 족히 천추에 남으리라.

書名尺素矢忠謀　慷慨思將君父酬
赤膽可憐捐百口　丹心自是足千秋

조조는 이렇게 처참하게 동승의 무리를 몰살시켜 버리고도
오히려 분노가 쉽사리 사라지지 않았다.
　동승에 대한 나머지 분노와 저주가 궁중으로 불똥이 튀었
다. 조조는 허리에 칼을 찬 채로 당돌하게도 궁중으로 뛰어들
었다.
　동귀비(董貴妃)를 마저 죽여 없애자는 결심을 한 것이었다.
귀비는 동승의 누이동생으로 유난히 헌제의 총애를 받고 있었

으며, 그때 이미 잉태한 지 다섯 달이나 되는 몸이었다.

그날, 헌제는 후궁에서 복황후와 더불어 은근히 동승에 관한 일을 이야기하고 있었으며 여태까지 아무런 소식이 없음을 이상하게 여기고 궁금해했다.

이때, 불쑥 뛰어든 조조.

허리에 칼을 찬 채 뚜벅뚜벅 앞으로 썩 나서며 죄송하다는 기색은 고사하고, 그의 두 눈은 새파란 광채를 발하면서 사람을 잡아 삼킬 것만 같이 노기에 가득 차 있었다.

그 당돌하고 대담하고 교만한 태도에 헌제는 당장 얼굴빛이 핼쓱해졌다.

"동승이 반란을 음모한 사실을 성상께서도 아시옵니까?"

"뭐? 뭐라고? 동탁은 이미 주살하지 않았소?"

"동탁이 아니라 동승 말씀을 드리고 있습니다!"

조조의 음성은 칼날같이 서슬이 시퍼랬다.

"뭐라고? 동승이? 뭣을, 짐은 전혀 모르는 일이오!"

얼떨결에 이렇게 대답하면서, 헌제는 몸을 와들와들 떨었다.

"손가락을 깨무셔서 비밀 조서를 쓰신 일은 잊어버리셨단 말씀입니까?"

헌제는 대답할 말을 잊은 채 묵묵히 입을 다물었다. 조조는 측근자에게 명령하여 동귀비를 불러들이라고 했다.

제왕이 승상에게 애원을 하지 않을 수 없었다.

"귀비는 홀몸이 아니오, 이미 잉태 5개월이나 되는 몸이니, 승상은 가엾게 생각해 주오."

그러나 조조는 눈 하나 깜짝하지 않았다.

"하늘이 도와 주지 않았다면, 이 조조는 벌써 죽은 몸이 되고 말았을 것이오. 이 여자를 그대로 살려 두고 후환을 받으란 말씀이시오?"

옆에서 이 광경을 보고 있던 복황후가 애절한 음성으로 호소했다.

"냉궁(冷宮)으로 쫓아서 벌을 내리고 몸이나 풀고 난 다음에 죽이셔도 늦을 거야 없지 않겠소?"

"역적의 씨를 그대로 남겨 뒀다가 나중에 제 어미의 원수를 갚게 하란 말씀이시오? 흥!"

조조는 이렇게 싸늘하게 거절하면서 마침내 코웃음까지 쳤다.

"원컨대 죽은 후에 시체나마 온전하게 해주시오! 아무데나 함부로 뒹구는 몸이 되지 않도록……."

말을 마치지 못하고, 동귀비는 목이 메어 흐느끼는데도, 조조는 여전히 버티고 서서 흰 비단을 품 속에서 꺼냈다.

그것을 눈앞에 보는 헌제가 만사가 이제 끝났다는 비장한 심정으로 눈물이 왈칵 북받쳐오를 뿐이었다.

"그대는 구천지하(九泉之下)에서라도 짐을 원망하지 마라!"

눈물에 젖은 음성으로 헌제가 이렇게 동귀비에게 한 마디를 하니, 복황후도 따라서 통곡할 뿐이었다.

조조는 노기가 가득 찬 음성으로 또 한번 매섭게 쏘아붙였다.

"아직도 꼴사납게 아양을 떠는 거요?"

당장에 무사에게 호령하여 끌어내라고 했다. 그리고 궁궐 문 밖에서 목을 베어 뒷 사람이 동귀비의 죽음을 슬퍼한 다음과 같은 시구가 있다.

춘전에서 은혜를 받은 일도
역시 허사였으니
슬프도다!
천자의 핏줄이 한때에
나란히 없어지다니.
당당한 인군도 서로 구해 내기 어려우니
얼굴을 가리고
샘솟듯하는 눈물을
바라다볼 뿐이로다.

春殿承恩亦枉然　傷哉龍種並時捐
堂堂帝主難相救　掩面徒看淚湧泉

인군의 앞에서 귀비도 죽여 버리는 조조. 또 다시 감궁관(監宮官)을 불러서 일러두었다.

"이후부터는 외척이건 종족이건, 나의 승낙 없이 함부로 궁중에 출입하는 자가 있으면 그 즉시 목을 베라. 수비를 엄하게 하지 않는 자도 똑같은 죄로 다스린다!"

추상같은 명령을 내려놓고 다시 심복 3천 명을 어림군(御林軍)에 충당하고 조홍에게 지휘의 책임을 맡겨서 엄중하게 궁중을 감시하게 했다.

조조는 가장 중대한 일을 처리한 셈이었다. 그러면서도 그의 마음속은 항시 불안하고 초조했다. 그것만으로는 마음이 놓이지 않는 탓이었다.

하루는 정욱에게 이런 말을 했다.

"이것으로써 동승의 일당은 처치했지만, 아직도 마등과 유현덕이 남아 있소. 이런 위인들도 불가불 처치해 버려야만 되겠소."

"마등은 서량에 제법 든든한 군사력을 지니고 있으니 일조에 쳐부순다는 것은 용이하지 않을 줄 압니다. 그보다는 공로를 표창하는 것처럼 서신을 보내서서 방심하게 한 다음, 이곳으로 유인해 올려다 놓고 처치해 버리는 것이 좋겠습니다. 유현덕으로 말하자면, 서주에 있어서 앞으로는 내밀고 뒤로는 잡아당기는 의각지세(犄角之勢)를 펼쳐 놓고 있으니, 이 역시 쉽사리 쳐부술 수는 없습니다. 하물며 원소가 관도(官渡)로 군사를 내몰고 허도를 넘겨다보고 있는 이때에, 우리 편에서 만약에 동쪽을 치고 나간다면 유현덕이 원소에게 원군을 청할 것이오, 원소도 우리 편의 허를 찌르려고 습격해 올 것이니, 그때는 뭣으로 이걸 막아내겠습니까?"

"그렇지 않소. 유현덕은 그래도 인걸 축에 드는 인물이니 이제 쳐부수지 않고 그 우익(羽翼)이 기운을 쓰게 되기를 기다려 주다가는 급히 손을 대기 어려워질 것이오. 원소는 비록 힘이 세다지만, 무슨 일에나 회의가 많아서 결단을 내리지 못하는 위인이니 그다지 걱정할 거야 뭐 있겠소?"

이렇게 상의하고 있을 때, 곽가가 밖에서부터 들어왔다. 조조가 그에게도 물어 봤다.

"유현덕을 토벌해야겠는데, 원소란 위인이 걱정스러우니 어찌했으면 좋겠소?

"원소는 성질이 느리고 의심이 많은 사람입니다. 그의 모사라는 위인들도 서로 시기 질투가 심해서 걱정스러울 것은 별로 없습니다. 유현덕은 군병(軍兵)을 정비한 지 얼마 안 되니 아직도 중심(衆心)을 복종시키지 못했습니다. 승상께서 군사를 거느리시고 동정(東征)하신다면 단 한 번의 싸움으로도 눌러 버리실 수 있을 겁니다."

곽가에게서 이 말을 듣자 조조는 여간 기뻐하는 게 아니었다.

"바로 나의 의사와 똑같은 말이군!"

조조는 드디어 20만 대군을 일으켜 5로(路)로 군사를 벌여 가지고 서주로 떠났다.

세작(細作—諜者)이 재빨리 이 소식을 탐지하고 서주에 보고했다. 손건은 먼저 하비로 가서 관운장을 만나 이런 사태를 알려 주고, 내친 걸음에 소패까지 가서 현덕에게도 알렸다.

유현덕은 손건과 상의했다.

"일이 이렇게 되고 보면 반드시 원소에게 원군을 청해야만 될 것 같소."

즉시, 편지 한 통을 써서 손건을 하북으로 파견했다.

손건은 먼저 전풍을 만나 보고 상세한 형편을 알려 주고, 원소와의 타협이 성립되도록 힘써 달라고 부탁했다. 전풍은 손건을 데리고 가서 원소를 만나게 해주었고, 그 자리에서 편지도 전달했다.

원소는 웬일인지 용모가 몹시 초췌해 있었다. 의관조차 단정하지 못했다. 그것을 보자 전풍이 깜짝 놀라며 물었다.

"오늘, 주공께서 어찌 되신 일입니까?"

"나는 머지않아서 죽을 거요!"

"주공, 어찌하여 그런 말씀을 하십니까?"

"나는 아들 다섯을 낳았는데 제일 어린 놈만이 내 마음에 꼭 드는 놈이었소. 그런데 이놈이 지금 개창(疥瘡) 병에 걸려서 생명이 위태로우니 내 무슨 마음이 있어서 다른 일을 논하고 싶겠소?"

"지금 조조가 동쪽으로 유현덕을 치려고 해서 허창(許昌)은 텅 비었습니다. 만약에 이 틈을 타서 의병으로 그 허를 찌르고 공격해 들어간다면, 위로는 천자를 보호하고 아래로는 만백성을 구출할 수 있습니다. 이건 정말 쉽사리 얻을 수 없는 기회입니다. 공께서는 결단을 내리시기 바랍니다."

"그게 가장 좋은 방법인 줄은 나도 잘 알지만, 어찌하겠소! 나의 마음속이 어수선해서 일이 제대로 될 것 같지 않으니."

"무슨 어수선한 일이 있으십니까?"

"아들 놈 다섯 가운데서 이놈 하나가 가장 기특한 놈인데, 만약에 손을 쓰지 못해서 무슨 일이 생긴다면 나의 목숨은 끝장이 나는 거요."

원소는 드디어 군사를 동원하지 않기로 결심하고, 손건에게 이렇게 말했다.

"돌아가셔서 유장군에게 이런 까닭을 잘 말해 주시오. 만약에 일이 여의치 않을 경우에는 나를 의지하고 찾아 준다면 서로 도와 나갈 방법도 있소."

전풍은 지팡이로 땅을 두드리며 안타까워했다.

"이렇게 좋은 기회를 만났는데, 어린아이의 병 때문에 놓쳐 버리다니, 대사는 다 틀렸습니다! 원통한 일입니다."

발을 구르고 탄식하면서 물러나갔다.

손건은 원소가 군사를 움직이지 않으려는 것을 알고, 별 도리 없이 낮밤을 헤아리지 않고 계속 길을 재촉하여 소패로 돌아왔다. 현덕을 만나 보고 이런 사정을 보고했다.

현덕이 너무나 뜻밖이라서 대경실색하여 말했다.

"그렇게 됐다면, 이제 어찌했으면 좋겠소?"

장비가 자신만만하게 나섰다.

"형님, 걱정하실 것 없소. 조조의 군사는 먼 길을 고생해 가며 달려왔으니 지쳤을 것이 뻔하오. 그러니까 여기까지 오자마자 당장에 우리 편에서 영채를 습격해 버리면 조조 따위는 쉽사리 쳐부술 수 있소."

"평소에, 자네는 우락부락한 용부(勇夫)로만 여겼더니 저번에 유대를 붙잡았을 때에 제법 계책을 썼고, 이번에 말하는 계책도 병법에 들어맞는 것일세."

현덕은 장비의 계책을 받아들여 군사를 갈라 가지고 영채를 습격하기로 했다.

한편, 조조는 군사를 거느리고 소패에 다다랐다. 그런데 이상한 일이 일어났다. 전진을 계속하고 있는데, 난데없이 광풍이 휘몰아쳐 일더니 요란스런 소리와 함께 한쪽의 아기(牙旗)를 꺾어뜨리고 말았다.

조조는 그 즉시 행군을 멈추고 모사들을 소집해서 길조냐 흉조냐 질문을 했다. 그랬더니 순욱이 대답했다.

"바람이 어느 쪽에서부터 불어와서 무슨 빛깔의 깃발을 꺾어뜨렸습니까?"

"바람은 동남쪽에서 불어와서 한편 모퉁이에 있는 아기를 꺾어뜨렸는데, 빛깔은 청홍(靑紅) 두 가지요."

"그렇다면, 오늘밤에 유현덕이 반드시 영채를 습격하러 올 것입니다."

조조가 머리를 끄덕끄덕하고 있을 때 모개(毛玠)도 앞으로 나서면서 말했다.

"방금, 동남쪽에서 바람이 일고, 청홍색의 아기를 꺾어뜨렸는데 주공께서는 그 길흉을 어떻게 생각하십니까?"

"공의 생각은 어떠시오?"

"저도 역시 오늘밤에 반드시 영채를 습격하는 사람이 있으리라고 생각합니다."

조조는 자못 만족한 듯이 회심의 미소를 빙그레 입가에 띠었다.

"이건 하늘이 나를 도와 주심이다! 당장에 방비를 해야만 되겠다!"

군사를 9대(隊)로 갈랐다. 그 중 한 대만을 남겨서 앞으로 나서서 영채를 꾸미게 하고 나머지 여덟 대는 모두 매복시켰다.

그날밤에는 달빛이 어슴프레했다.

현덕은 왼쪽에 장비는 오른쪽에, 두 갈래로 갈라져서 대열을 짜고 떠났다. 손건 혼자만이 남아서 소패를 지켰다.

장비는 자신만만하게 스스로 계책이 섰다 생각하고, 몸차림을 가뜬히 한 기마병을 거느리고 선두를 달려서 조조의 영채로 돌입했다.

그런데 이상한 일이었다.

쓸쓸하리만큼 텅 빈데다가 인마의 그림자도 별로 찾아볼 수 없었다. 그런데 난데없이 사방에서 불길이 일제히 치밀어오르며 고함소리가 천지를 뒤흔들었다. 계교에 빠진 것을 안 장비가 당황하여 급히 몸을 뛰쳐나가려고 하는 판인데, 조조의 군사가 노도처럼 대거 습격해 왔다.

동쪽에서 장요, 서쪽에서 허저, 남쪽에서 우금, 북쪽에서 이전, 동남쪽에서 서황, 서남쪽에서 악진, 동북쪽에서 하후돈, 서북쪽에서 하후연, 이렇게 팔방에서부터 쇄도해 들어왔다.

장비는 이미 죽음을 각오하고 전후좌우 닥치는 대로 미친 사람같이 치고 찌르고 베고 했지만, 거느린 부하들이 대부분 예전의 조조의 부하였던 까닭에 위험하다는 눈치를 채자 재빨리 적군에게 항복해 버렸다. 장비는 그래도 끈덕지게 악전고투. 서황과 맞닥뜨려서 결사적인 육박전을 전개하고 있는 데 등뒤에서 악진이 또 덤벼들었다.

'이제는 별수없다! 잠시 몸을 피하는 수밖에.'

장비는 이런 판단을 내리고 비호같이 몸을 날려 포위망을 탈출해 놓고 보니 뒤를 따라온 군사는 겨우 수십 기에 불과했다.

소패로 돌아갈 생각을 했지만 이미 퇴로가 적에게 가로막혔으며, 서주나 하비로 몸을 피해 볼까 해도 그 길 역시 적군에게 차단돼 버렸다. 그러니 달리 방법이 없어서 곧장 망탕산(芒碭山)을 향해 달아나 버렸다.

현덕은 군사를 거느리고 영채를 습격하러 나섰다. 그런데 뜻밖에도, 적의 진지 가까이 육박해 들어갔을 때, 별안간 고함소리가 요란하게 일어나더니 배후로부터 일대의 군사가 덤벼들어서 진열의 중간을 끊어 버렸다.

거기다 또 하후돈이 꼬리를 물고 쳐들어왔다. 현덕은 포위진을 돌파하고 도망쳤다. 그러나 하후연이 어디선지 나타나서 뒤를 쫓아왔다.

뒤를 슬쩍 돌아보니, 자기를 따라오는 것은 불과 30여 기. 재빨리 소패로 되돌아갈 생각을 했지만, 그때에 벌써 소패성에서는 불길이 하늘을 찌르고 있었다. 그 광경을 바라다본 현덕은 소패를 버리고, 서주나 하비로 도망칠 생각을 하고 있었다. 그러나 조조의 대군은 벌써 산과 들을 뒤덮고, 현덕의 퇴로를 가로막고 있는 것이었다.

'이제 몸을 피할 방법이 없단 말인가?'

아무래도 살아날 수 있을 것 같지 않았다. 현덕은 또 한번 곰곰 생각했다.

'옳지! 원소가 일찍이 말한 바 있다. 일이 여의치 않을 경우에는 자기를 의지하고 찾아오라고. 이렇게 된 바에야 잠시 그의 신세를 지고 재기할 계획을 세우는 수밖에 없겠다!'

현덕은 이렇게 할 작정으로 청주(靑州)로 향하는 길을 찾아서 재빨리 말을 달렸다. 그러나 바로 그때, 또 이전이 난데없이 나타나서 정면으로 덤벼들었다. 아슬아슬한 찰나였다. 현덕은 비장한 각오를 하고 단기(單騎), 말머리를 북쪽으로 돌려서 뺑소니를 쳤다. 나머지 군사들은 모조리 이전에게 포로가 돼 버리고 말았다.

현덕은 단지 혼자서 청주를 향하여 하루에 3백리 길이나 말을 달렸다. 성 아래까지 도착하자 문을 열어 달라고 고함을 질렀다. 문지기는 성명을 확인하고 나서야 자사(刺史)에게 보고했다. 자사란 바로 원소의 장자 원담(袁譚)이었다.

원담은 평소부터 현덕을 존경해 왔기 때문에 그가 단기로 여기까지 왔다는 보고를 받자, 즉시 성문을 열어서 영접하고 아문으로 안내하며 연유를 물었다.

"부끄러운 일이지만, 싸움에 패하고 달리 몸을 피할 길이 없어서……."

현덕이 자세한 사정을 이야기했더니 원담은 현덕을 잠시 객사(客舍)에서 쉬도록 하고 부친 원소에게 이런 사실을 보고하는 한편, 부하의 병사를 파견해서 현덕을 전송하도록 해주었다. 평원현(平原縣) 경계지대에 이르렀을 때, 원소는 친히 많은 부하들을 거느리고 업군(鄴郡)에서 30리나 되는 먼곳까지 현덕을 영접하러 나와 있었다.

현덕이 감사하다고 절을 했더니 원소가 얼른 답례했다.

"전에는 어린 놈의 병 때문에 구해 드리지 못해서 내심 여간 미안한 게 아니었소. 이제 다행히 만나 뵙게 됐으니 평생 뵙고 싶던 마음이 아주 흐뭇해지오."

"변변치 못한 유비지만, 오래 전부터 공의 문하에 들어오고 싶었소. 그러나 기회를 만나지 못하고 인연이 없어서 뜻을 이루지 못하다가 조조가 공격하는 바람에 처자까지 모두 빼앗기고, 장군께서 사방의 인사를 용납하신다는 생각을 했기 때문에 부끄러움도 무릅쓰고 찾아온 길이오. 받아들여 주신다면 맹세코 은혜에 보답할 생각이오."

원소는 현덕을 후대하고 자기와 동거하기로 했다.

조조는 그날밤에 소패를 수중에 넣고 나서 그 즉시 군사를 몰아 서주를 공격했다. 미축과 간옹은 성을 지켜 내지 못하고 어쩔 수 없이 도주해 버렸고, 진등이 서주를 조조에게 내주었다.

조조는 대군을 거느리고 성 안에 들어가 백성들을 안심시키고 나서 모사들을 소집해 놓고 하비를 공격할 대책을 강구했다. 이때, 순욱이 말했다.

"관운장은 유현덕의 처자를 맡아 가지고 있기 때문에 성을 결사적으로 지킬 것입니다. 재빨리 함락시키지 않는다면 원소가 이 틈을 노리고 빼앗아 버릴 것입니다."

"나는 평소부터 관운장의 무예와 인재를 사랑하고 있었는데, 어떻게 해서 수하에 넣어 내가 써 보고 싶은데, 사람을 시켜서 항복하라고 말해 보는 게 공격하는 것보다 나을 것 같소."

"운장은 의기 심중한 사람입니다. 반드시 항복하려 들지 않을 겁니다. 사람을 시켜서 말을 해봤댔자, 아마 목숨이나 빼앗기고 말 것 같습니다."

곽가 역시 이렇게 말하고 있는데, 또 한 사람이 선뜻 나서는 것이었다.

"나는 관운장과 한 번 만나 본 교분이 있는데, 내가 가서 말해 보도록 해주시오."

여러 사람이 바라다보니, 다른 사람이 아니라 바로 장요였다.

정욱이 이렇게 말했다.

"문원(文遠—장요)이 비록 관운장과 옛날 교분이 있다손치더라도 내가 보건대 그 사람은 말만 가지고 설복시킬 수 있는 사람이 아니오. 나에게 한 가지 계책이 있는데, 이 계책을 써서 그 사람을 앞으로 나갈 수도 없고 뒤로 물러설 수도 없게 만들어 놓고 나서, 문원을 보내서 말해 보도록 하면 그는 반드시 승상께로 돌아올 것이오."

이야말로 와궁(窩弓)을 매만져서 무서운 호랑이를 쏘고, 맛있는 미끼를 마련해서 큰 자라를 낚아 보자는 격이었다.

25. 수염을 담는 주머니

屯 土 山 關 公 約 三 事
救 白 馬 曹 操 解 重 圍

정욱이 말하는 계책이란, 첫째로 관운장은 아무도 당해 낼 자 없는 용맹한 장수이므로, 머리를 쓰고 모략을 쓰지 않고는 도저히 항복시키기는 어렵다는 것이다.

그러니까 유현덕에게서 항복해 온 병사들을 하비로 보내서, 도망쳐서 되돌아온 것처럼 보이게 하고, 나중에 성 안에서 그들과 내통하도록 할 것. 이렇게 해놓은 다음에 관운장을 싸움터로 유인해 놓고, 이편이 지는 체하고 유도작전을 써서 먼곳까지 끌어다 놓고 정예 병사들을 동원해서 그의 퇴로를 막아 버리고 항복시키자는 것이었다.

조조는 이 계책대로, 즉시 서주에서 투항해 온 병사 수십 명을 하비로 보내서 관운장에게 항복하도록 시켰다.

관운장은 그들이 본래 자기 부하로 있던 병사들이라서 그대로 성 안에 둬두고 아무런 의심도 하지 않았다.

그 이튿날, 하후돈이 선봉으로 나서서 병력 5천을 거느리고 도전해 왔다. 관운장이 덤벼들지 않고 잠자코 있었더니 하후돈은 사람을 성 아래로 보내서 미처 입에 담지 못할 욕설을 퍼부으며 관운장을 매도하게 했다.

불끈 성미가 치밀어오른 관운장은 3천의 병마를 몰고 나가서 하후돈과 마주 대결했다.

10여 합을 싸웠을 때 하후돈은 슬쩍 말머리를 돌려서 도망쳤다. 관운장이 그대로 뒤를 추격했더니, 하후돈은 싸우는 체하면서 뺑소니를 쳤다.

관운장은 20리나 쫓아갔는데 하비를 빼앗기게 될까 걱정이 되어서 군사를 거느리고 되돌아서 오려고 했다.

쾅! 난데없이 들려오는 포성.

왼쪽에서 서황이, 오른쪽에서 허저가 달려들더니 퇴로를 가로막았다. 관운장이 덤빌 테면 덤비라는 배짱으로 무작정 밀고 나가니, 이번에는 양편에 숨어 있던 복병들이 경노(勁弩) 백 개를 배치했다가 쏘는 바람에 화살이 황충(蝗蟲)이 날아드는 듯했다.

관운장이 견디다 못해, 또다시 군사를 뒤로 물리려고 했을 때에는 허저와 서황이 앞을 가로막고 버티고 서 있었다.

관운장은 그래도 굴하지 않고 악전고투, 간신히 두 장수를 물리치고 하비로 되돌아가려고 했다. 이때, 하후돈이 또 덤벼들어서 일진일퇴를 거듭하며 격전을 계속했다.

날이 저물 때까지 싸움을 하다 보니, 관운장은 어디로 돌아갈 도리가 없자, 근처에 있는 토산(土山)으로 올라가서 잠시 군사들을 쉬도록 했다.

그러나 조조 편의 군사들은 그 산기슭으로 몰려들어서 물샐 틈도 없이 포위해 버렸고, 산꼭대기에서 멀리 바라보자니 하비성 안에서는 불길이 하늘을 찌르며 뻗쳐오르고 있었다.

이것은 먼저 침투시킨 투항병들이 살며시 성문을 열어 주었기 때문에, 친히 대군을 거느리고 성 안으로 돌입한 조조가 일부러 관운장의 마음을 산란하게 만들려고 불을 지르게 한 것이었다.

관운장은 하비에서 불길이 치밀어오른 것을 보자, 큰일났다 싶어서 밤중에 몇 번이나 산 아래로 쳐내려가 봤다. 그러나 그럴 때마다 빗발치듯 하는 경노의 화살에 견디지 못하고 쫓겨 올라오곤 했다.

이러는 동안에 먼동이 훤하게 터 오기 시작했다. 관운장이 다시 군사를 정비해 가지고 산 아래로 쳐내려갈 작정을 하고 있는데, 난데없이 무사 한 사람이 말을 달려서 산 위로 올라오는 것이었다. 자세히 살펴보니 바로 장요였다.

관운장은 그의 앞을 가로막고 떡 버티고 섰다.

"누군가 했더니, 이건 문원, 나하고 승부를 결해 보려고 여기까지 올라오신 거요?"

"천만에. 옛 정리를 생각하고 오래간만에 이야기라도 해볼까 해서 올라온 길이오."

장요는 칼을 집어던지고는 말에서 내리더니 인사가 끝나자 산에 올라 앉았다.

관운장이 대뜸 말을 꺼냈다.

"공은 나더러 투항하라고 설복시키러 오신 것은 아니겠지?"

"아니오. 전에 내가 위급했을 때 구출해 주신 은혜를 갚고자 찾아온 길이오."

"그렇다면 우리 편을 거들어서 싸워 주겠다고 하시는 거요?"

"그런 건 아니오."

"싸움을 거들어 주러 오신 게 아니라면 뭣하러 오셨단 말이오?"

"유현덕과 장비는 지금 생사도 알 수 없소. 어젯밤에 조승상께서는 벌써 하비를 함락시키셨는데, 성 안의 백성들에게는 꾸지람 한 마디 없으셨고, 또 유현덕의 가족에게는 호위병을 파견해서 병사들이 함부로 접근도 하지 못하게 하셨소. 관공이 걱정하고 계실까 해서 연락이나 해드리려고 온 길이오."

"그렇다면 결국 나에게 항복을 권고하러 오신 거로군. 내가 지금 비록 사지에 빠져서 어쩔 수 없이 이 지경이 되었다고는 하지만, 죽는 일을 그다지 대단하게 여기지는 않소. 빨리 돌아가시오. 돌아가지 않는다면 당장에 목을 칠 테니."

관운장은 분을 참지 못하고 펄펄 뛰었다.

그러나 장요는 도리어 껄껄 웃었다.

"그런 말씀은 천하의 웃음거리밖에 되지 못할 겁니다."

"충의를 위해서 죽는다는 것이 어째서 세상의 웃음거리가 된단 말이오?"

"공께서 여기서 목숨을 버리신다면 그것은 세 가지 죄를 범하시게 되는 거요."

"도대체 세 가지 죄란 뭐란 말이오?"

"애당초 공께서는 유현덕과 의형제를 맺었을 적에 생사를 함께 하겠노라고 맹세하시지 않았소? 그런데도 불구하고 현덕이 싸움에 패했다 해서 공께서 싸워서 목숨을 던지신다면, 만약에 현덕이 다시 나타나서 공의 힘을 빌리고 싶어한다 할지라도 그것이 이루어질 수 없게 될 것이오. 그러니 이것이 바로 죄를 범하는 한 가지가 아니겠소. 또 유현덕은 그의 가족을 공께 부탁했는데, 공께서 지금 싸움에 목숨을 바친다면 현덕의 두 부인은 길거리에서 방황하는 신세가 될 것이니, 공은 현덕에게 배신한 사람이 되어서 두 가지 죄를 범하는 게 되오. 또 셋째로는, 공께서는 무예에 있어서도 남보다 뛰어나고 경사(經史)에도 통하신 분이 유현덕과 함께 한나라 황실을 도와서 일으키실 생각은 하시지 않고, 헛되이 불 속으로 뛰어들어 필부의 용기만을 뽐내신다는 것이 과연 의를 위하는 행동이라 할 수 있겠소. 이 또한 한 가지의 죄를 범하는 것이오. 내 감히 충고하는 바요."

관운장은 잠시 동안 무엇인지 묵묵히 생각했다.

"그러면 나더러 뭣을 어떻게 하란 말이오?"

"조조의 군사에게 4면으로 포위를 당한 이때에 공께서 끝까지 싸우신다면 패하실 것은 필연적이니, 헛되이 목숨을 던진다는 것은 보람없는 일이오. 그러니 우선 조승상께 투항하셨다가 서서히 유현덕의 소식을 탐지해 가지고 거처를 알게 된 다음 그리로 따라가신다 해도 좋지 않겠소? 이것은 첫째로 두 부인의 안전을 도모함이 되고, 둘째로는 도원(桃園)에서 맹세한데 배신하지 않는 결과가 되는 것이며, 셋째로는 앞길이 창창한 생명을 유지해 나가는 길도 되는 것이오. 이 세 가지를 신중히 고려하시기 바라오."

"공은 지금 세 가지 이로운 점을 드셨는데, 그렇다면 나도 약속하고 싶은 세 가지 일이 있소. 조승상께서 이것을 받아들여 주신다면 나도 당장에 무기를 던지겠소. 그렇지만 이것이 용납되지 못한다면 나는 세 가지 죄를 범하게 되는 한이 있더라도 아낌없이 목숨을 던지겠소."

"조승상은 관대하시오. 뭣이나 들어 주실 거요. 그 세 가지 일이란 뭣인지 말씀해 보시오."

"첫째, 나는 황숙과 한나라 왕실을 돕고 일으키기로 맹세한 몸이니까, 내가 투항하는 것은 한나라 임금에게만 하는 것이지 조조에게 투항하는 것이 아니라는 점이고, 둘째는 형수 두 분께서는 유황숙에게 드리는 봉록(俸祿)과 똑같이 드려서 살아가시도록 해야 하며, 상하 어떤 사람을 막론하고 그 문전에 얼씬도 하지 못하게 해줄 것. 또 셋째는 유황숙의 거처가 판명되는 대로 설사 그곳이 천리만리 먼곳이라 할지라도 나는 당장에 달려가야 한다는 것. 이 세 가지 중에서 한 가지라도 용납되지 않는다면 절대로 항복하지 않겠소. 공은 시급히 돌아가셔서 이렇게 회답을 드리시오."

장요는 그렇게 하기로 응낙하고 말을 달려 조조에게로 돌아갔다.

그리고 우선 한나라에는 항복하는 것이지만 조조에게 항복하는 게 아니라는 관운장의 첫째 조건을 말했다.

그랬더니 조조는 웃으면서,

"나는 한나라의 승상이오. 그러니 한나라라는 것은 곧 나를 말하는 것이 되니 그것은 들어 주기로 하지."

라고 말하는 것이었다. 장요는 계속해 말했다.

"그리고 유현덕의 두 부인께는 그의 봉록을 그대로 드려서 사시도록 하고 그 문전에는 어떤 사람도 얼씬 못하게 해달라는 것입니다."

"봉록은 갑절로 올리기로 하지. 사람을 얼씬 못하게 하는 것이 그 집안의 가법(家法)이라면 그야 이상하게 생각할 게 없지."

"또 한 가지 있습니다. 그것은 유현덕의 소식을 알게 되면 당장에 이곳을 떠나간다는 것입니다."

이 말을 듣고는 조조도 머리를 좌우로 흔들었다.

"그렇다면 그가 하자는 대로 다 해주고 결국 아무 의미도 없는 일이 아닌가? 그것만은 받아들일 수 없소."

"승상께서는 옛적의 예양(豫讓)이란 사람의 중인국사지론(衆人國士之論)이란 말을 들으신 일이 있지 않습니까? 전국시대(戰國時代)의 사람 예양은 주군(主君)이 자기를 중인을 대하듯이 대해 주면, 자기도 중인으로서 주군을 섬기고, 국사(國士)로 대해 주면 자기도 국사로서 주군을 섬긴다고 말한 일이 있다지 않습니까? 사람이란 이쪽에서 다루기 탓입니다. 유현덕 같은 사람도 관운장에게 후하게 은혜를 베풀어 준 데 지나지 못합니다. 승상께서도 그보다 더 후히 대접해 주시고 그 마음을 이편으로 돌리게 한다면 관운장이라고 복종하지 않을 까닭은 없습니다."

"오! 과연 그럴듯한 말이오. 그렇다면 그 세 가지를 모두 받아들이기로 합시다."

장요가 다시 토산으로 올라가서 관운장에게 이 뜻을 회답했더니 그가 말했다.

"그렇다면 나는 우선 성 안에 들어가서 형수님들에게 이런 뜻을 여쭙고 나서야 투항할 것이니까, 승상의 군사들을 잠시 뒤로 물려 주시오."

장요는 돌아와서 이런 뜻을 조조에게 전달했다. 조조는 그 즉시 군사를 30리 밖으로 후퇴시켰다. 순욱이 두 눈이 휘둥그래지면서 말했다.

"그건 안 됩니다! 책략을 쓰는지도 모릅니다."

그러나 조조는,

"관운장은 의리를 생명같이 중히 여기는 인물이오. 거짓말을 할 리 없소."

하면서 역시 군사를 뒤로 물려 주었다.

관운장은 군사를 거느리고 하비에 이르러, 성 안의 백성들이 아무런 변동 없음을 확인하고 나서 급히 현덕의 관저로 두 형수를 만나러 갔다. 감·미 두 부인은 관운장이 왔다고 하니 급히 뛰어나와서 영접했다.

관운장은 섬돌 아래 꿇어앉아서 두 형수에게 예의를 깍듯이 했다.

"이번에는 여러 가지로 심려를 하시게 해서 죄송합니다."

두 부인은 남편의 소식이 제일 궁금했다.

"황숙께서는 지금쯤 어디 계신지 모르시오?"

"전혀 알지 못하고 있습니다."

"그러면, 관운장께서는 이제부터 어찌하실 작정이시오?"

"나가 싸우며 돌아다니다가 공교롭게 토산에 올라갔었는데 거기서 포위를 당하고 말았습니다. 장요가 와서 투항하기를 권고하며 나서길래 세 가지 조건을 제안했더니, 조조는 이것을 모두 용납해 주겠다 하고, 특히 군사를 뒤로 물려서 이렇게 성 안에까지 들어올 수 있게 해주었습니다. 그래서 형수님들의 의향을 알아보고 가부간 태도를 결정하려고 왔습니다."

"그 세 가지 조건이란 뭣인가요?"

관운장은 앞서 말한 세 가지 조건을 상세히 형수들에게 설명해 주었다.

그랬더니 감부인이 말했다.

"조조의 군사들은 어제 입성해서 우리들도 인제는 살아날 길이 없다 생각하고 있었더니, 이상하게도 손가락 하나 건드리지도 않고 병정 하나도 침범해 들어오지 않았소. 아우님이 그것을 이미 승낙하셨다면 우리들과 구태여 상의하실 일도 아니리다. 단지 뒷날에 아우님이 황숙을 찾아간다고 했을 때 조조가 혹 승낙하지 않을까, 그것이 걱정스러울 뿐이오."

"그것은 걱정하실 게 없습니다. 그 점에 대해서는 저도 다른 생각이 있으니까요."

"제발, 아우님이 좋도록 잘 처리해 주시오. 우리 여자들과는 상의하실 것도 없이."

마침내, 관운장은 감·미 두 부인과 작별하고 수십 기를 거느리고 조조를 찾아가서 만났다. 조조가 친히 영채 문 밖까지 나와서 영접했고, 관운장이 말을 내려서 꿇어앉으니 조조도 황송한 듯이 답례를 했다.

"패장의 목숨을 건져 주신 은혜 깊이깊이 사례합니다."

"관공의 충의지심에는 평소부터 탄복해 왔는데 오늘에야 이렇게 만나 보게 되었으니 나의 한 가지 소원은 성취한 셈이오."

"문원(文遠) 장공을 통해서 세 가지 일을 말씀드렸는데 거기 대해서 틀림은 없겠습니까?"

"한번 입 밖에 낸 말, 언약을 이행치 않을 리 있겠소!"

"이 관운장은 우리 황숙의 거처를 알게 되는 날에는 물불을 헤아리지 않고 그분을 찾아 달려갈 작정입니다. 그때에는 아마 떠나는 인사도 여쭙지 못하게 될지 모르니 이 점은 미리 양해해 주시기 바랍니다."

"유현덕장군이 살아 있다면 관공은 반드시 따라가야겠지만, 아마 난군(亂軍) 중에서 세상을 떠났을지도 모르오. 공은 마음을 턱 놓고 그의 소식을 알아보도록 하시오."

조조는 관운장을 데리고 헌제 앞에 나가서 배알케 했다.

헌제는 관운장에게 편장군(偏將軍)의 자리를 주었으며, 이에 조조는 감사의 뜻을 표시하고 자리를 물러났다.

그 이튿날, 조조는 성대한 잔치를 베풀고 여러 모사·무사들을 모아 놓고 관운장을 빈객으로 상좌에 앉혔으며, 가지가지 비단이며 금은 식기를 선사했다.

관운장은 그것들을 모조리 두 형수들에게 주어서 간직하도록 했다.

관운장이 허창(許昌)에 도착하면서부터 조조는 그를 유난히 정중하게 대면했다. 그리고 사흘에 한 번씩 소연(小宴)을, 닷새에 한 번씩 대연(大宴)을 베풀어 주고 미인들을 열 명씩이나 관운장의 시중을 들라고 옆에 두어 주었다.

그러나 관운장은 이 미인들을 모두 안으로 들여보내서 두 형수들을 받들게 했다. 또 사흘에 한 번씩은 꼭 안으로 들어가서 두 형수의 방문 밖에 정중하게 서서 안부를 물어 봤으며, 두 부인들이 남편의 소식을 물어 보고 이제 그만 돌아가라고 할 때까지는 그 자리를 뜨지 않았다.

이런 사실을 알게 된 조조는 관운장의 사람된 품에 거듭 감탄하여 마지않았다.

조조는 관운장이 입고 있는 푸른빛 전포(戰袍)가 초라한 것을 보고, 새로 비단 전포를 한 벌 몸에 맞추어서 지어 주었다. 그랬더니, 관운장은 새옷을 속에다 입고 여전히 그 낡은 전포를 겉에 입는 것이었다.

그래서 그 까닭을 물어 봤더니, 그 낡은 옷은 유현덕이 준 것이기 때문에 입고 있으면 그의 얼굴을 대하는 듯하다고 했고, 또 승상에게 새옷을 받았다고 헌옷을 버릴 수는 없다는 것이었다. 조조는 관운장의 의리를 지키는 마음에 탄복하면서도 한편으로는 달갑게 생각지 않았다.

언제나 관운장은 유현덕의 두 부인과 기쁨도 슬픔도 같이 나눴다.

한번은 감부인이 유현덕에 대한 불길한 꿈을 꾸었다고 눈물을 흘리는 바람에 관운장도 두 눈에 눈물이 글썽했었다.

이 눈치를 챈 조조가 연방 웃어 가며 관운장을 위안해 주고 술을 권했다.

관운장은 술기운이 거나해지자, 그 긴 수염을 쓰다듬으며 이런 말을 했다.

"구차스럽게 살아 있으면서 나라를 위하여 은혜를 보답하지도 못하고, 또 형님을 배반하고 있으니 하잘것없는 인생이오!"

조조가 농담 삼아 물었다.

"운장, 공의 수염은 몇 가닥이나 되오?"

관운장이 대답했다.

"아마 수백 가닥은 될 겁니다. 해마다 가을이 되면 대여섯 가닥씩 빠지니 겨울에는 얄따란 헝겊으로 주머니를 만들어서 끊기지 않도록 넣어 둡니다."

조조는 이 말을 듣고 수염을 넣어 두라고 얇은 비단으로 주머니를 만들어서 관운장에게 선사했다.

그 이튿날 아침에 조례(朝禮) 의식 때, 헌제는 관운장이 가슴 앞에 주머니를 늘어뜨리고 있는 것을 보고 무엇이냐고 물었다.

이에 관운장이 아뢨다.

"소신은 수염이 대단히 많아서 승상께서 주머니를 선사해 주셨기에 이렇게 담아 두는 것이옵니다."

헌제가 그 자리에서 주머니를 떼어 보라고 하니, 그 수염이 아랫배에까지 치렁치렁 늘어질 지경이었다.

"허어! 그거 참! 실로 미염공(美髥公)이라 해야겠군."

헌제가 이런 말을 한 뒤부터 사람들은 관운장을 미염공이라 부르게 됐다.

조조는 또 관운장의 말이 비쩍 말라서 모양새가 없는 것을 보고 적토마(赤兎馬)를 그에게 선사했다. 평소에 별로 남에게 고맙다는 인사를 하는 법이 없는 관운장이 이때만은 정중하게 사례의 말을 하니 조조는 약간 불쾌했다.

미인을 안겨 주어도 무뚝뚝하게 말이 없던 관운장이 말을 주니까 사의를 표명하는 것은, 사람을 말만큼도 여기지 않는다는 괘씸한 생각이 들었기 때문이었다.

그러나 관운장은 다른 배짱이 있었다.

조조가 어째서 사람보다 말이 그다지 소중하냐고 물었더니 관운장의 대답이 그럴듯했다.

"저의 말은 하루면 천리 길을 달릴 수 있다고 생각하고 있었지만, 오늘 다행히 적토마 같은 좋은 말이 수중에 들어왔으니, 우리 형님의 소식을 알게 되는 날에는 하루면 충분히 대면할 수 있을 테니까요."

조조는 악연실색.

그러나 아무리 후회해도 한번 준 말을 도로 빼앗을 수는 없었다.

조조가 후대를 해주면 해줄수록, 관운장의 마음은 유현덕에게만 쏠렸다.

조조는 까닭을 알 수 없어서, 장요를 보내서 관운장의 심경을 한번 타진시켰다. 이렇게 잘 대우하는데 왜 현덕에게로 달아날 생각을 버리지 못하느냐는 것이었다.

이 말에 대해서 관운장은 유현덕에게는 큰 은혜를 졌으며 생사를 같이하기로 맹세했으니 어쩔 수 없는 일이라 했다. 그리고 조조에게도 큰 공로를 세워 놓고야 떠나가지 경솔히 배신 행위는 하지 않겠다고 대답했다.

과연 의리를 생명같이 여기는 인물이라고 조조가 탄복했더니 옆에서 순욱이 말하기를,

"공로를 세워 놓고야만 떠나가겠다 했으니, 그에게 공로를 세우지 못하도록 하면 떠나가지 못할 겁니다."

라고 하는 것이었다.

조조도 그럴듯한 말이라고 고개를 끄덕끄덕했다.

이른 봄이 되었다.

유현덕은 원소에게 몸을 의지하고 있으면서 답답한 나날을 보내고 있었다. 처자는 조조의 수중에 있고, 아우들의 소식도 모르고, 나라를 위해서 싸워 볼 수도 없고 해서 그의 괴로운 심정은 이루 형언하기 어려웠다.

하루는 원소가 봄이 되고 했으니 조조를 토벌하러 나서 보겠다고 현덕에게 상의했다.

현덕은 물론 역적을 없애 버리겠다는 데는 강력히 찬성했다.

드디어 원소는 모사 전풍의 간언도 강경히 물리치고 대장 안량(顔良)을 선봉으로 내세우고 대군을 몰아 여양(黎陽)에 도착했다.

동군(東郡)의 태수 유연(劉延)이 이 소식을 급히 허창으로 전달하니, 조조는 시급히 이에 응할 대책을 협의했다.

관운장이 이때라 생각하고 자기를 선봉에 내세워 달라고 청해 보았으나, 조조는 그대의 힘까지 빌리지 않아도 된다고 슬쩍 피해 버리고, 친히 15만의 대군을 몰아서 백마현(白馬縣)으로 진출시켜 토산을 등에 지고 진을 쳤다.

산 앞에 펼쳐진 평천광야(平川曠野)의 땅을 멀리 바라보자니, 안량의 전부(前部) 정병 15만이 당당히 진을 치고 있었다.

조조는 깜짝 놀라며 옛날의 여포 수하의 장수였던 송헌(宋憲)을 돌아보고 말했다.

"그대는 여포의 수하에 있었을 적에도 쟁쟁한 맹장이었으니 한번 안량과 승부를 결해 보는 게 어떻겠소?"

송헌은 조조의 말이 떨어지기가 무섭게 창을 옆에 끼고 말 위에 올라 진두로 내달았다.

저편에서도 안량이 긴 칼을 손에 움켜잡고 문기(門旗) 아래 말을 멈추고 있더니, 송헌의 말이 가까이 덤벼들자, 버럭 고함을 질러 말을 뛰게 해놓았다. 3합도 싸우지 않아서 긴 칼이 한번 번쩍하고 새파란 광채를 발사하는 찰나에 보기 좋게 송헌의 목을 베어 버렸다.

"흐음! 대단한 솜씨인걸!"

조조도 멀리서 바라보다가 혀를 내두르며 감탄했다.

"친구의 원수는 내가 갚고야 말겠소!"

격분해서 말 위에 올라 내닫는 것은 위속(魏續)이었다. 진두로 쏜살같이 달려나간 위속은 온갖 욕설을 퍼부으면서 안량을 매도했다.

안량은 묵묵히 입도 벌리지 않고 대들어 서로 싸운 지 단지 1합에 위속의 목을 베어 말 위에 뒹굴게 했다.

"자, 누구 또 나가서 저 안량과 대결할 사람은 없느냐?"

조조는 당황해서 외쳤다.

이번에는 서황이 뛰어 나갔지만 겨우 20합을 싸우고 도망쳐 왔다.

조조는 하는 수 없이 군사를 수습해 가지고 영채로 돌아왔으며 안량도 자기 진지로 물러갔다. 조조는 바로 눈앞에서 장수 둘을 잃고 나니 내심 암담하기 이를 데 없었다.

이때, 안량을 대적해 낼 인물은 오직 관운장 한 사람밖에 없다고 정욱이 제의했다.

"하지만, 그에게 공로를 세우게 해준다면 당장에 우리 곁을 떠나가고 말 테니……."

"만약에 유현덕이 아직도 살아 있다면 원소에게 몸을 의지하고 있을 것이므로, 지금 만약에 관운장을 시켜서 원소의 군사를 쳐부수면 원소는 반드시 유현덕을 의심하고 죽여 버릴 것입니다. 유현덕이 죽은 다음에야 관운장인들 갈 곳이 없을 게 아닙니까?"

조조는 그제야 마음이 놓여서 기뻐하며 사람을 보내서 관운장을 불러오라고 했다.

관운장이 형수들에게 작별 인사를 하러 갔더니, 형수들이 부탁했다.

"이번에 나가시거든 황숙의 소식을 꼭 좀 알아 주시오."

관운장은 가슴에 북받치는 뭉클하는 심정을 꾹 누르고, 청룡도를 움켜잡고 적토마에 올라 부하 몇 명을 거느리고 곧장 백마(白馬)로 달려가서 조조를 만났다.

"안량 때문에 연거푸 대장 두 사람을 죽였소. 어떻게 손을 써야 좋을지 몰라서 관장군에게 수고를 끼치게 됐소."

"그러면 어디, 잠시 나가 정세를 살펴보십시다."

조조가 술상을 차려 놓고 막 관운장을 대접하고 있는데, 홀연 안량이 도전해 왔다는 정보가 날아들어왔다.

조조는 관운장과 함께 토산 꼭대기에 올라가서 형세를 살펴보았다. 조조가 안량의 위풍당당한 진용을 가리키면서 말했다.

"장군! 하북의 군사들은 그 모습이 제법 웅장하지 않소!"

"내가 보기에는 흙으로 만든 닭이나 기와 조각으로 만든 개에 지나지 못합니다."

"저 휘개(麾蓋) 아래 서서 수포금갑(繡袍金甲)에 칼을 잡고 말을 세우고 있는 늠름한 장수가 바로 안량이오."

하면서 조조가 손가락으로 가리키니, 관운장이 눈을 한번 치뜨며 바라보더니 조조에게 말했다.

"내가 보기에 안량이란 자는 모가지를 팔겠다고 패를 차고 있는 것만 같소이다. 내 당장에 적진으로 뛰어들어서 안량의 목을 베어다가 승상께 바치겠습니다!"

그 말과 같이, 정말 번갯불이 번쩍하는 것 같은 관운장의 놀라운 솜씨였다.

청룡도를 한 손에 들고, 적토마를 달리며 굵은 눈썹을 치올리고 무서운 두 눈을 부릅뜨고 적진으로 돌진해 들어가는 관운장 앞에는 당할 장수가 하나도 없었다.

청룡도가 한번 번쩍하는가 싶은 순간에, 관운장은 벌써 안량의 목을 베어 가지고 다시 무인지경을 달리듯, 조조에게로 돌아와서 박수갈채 속에 수급(首級)을 바쳤다.

"장군, 정말 신인(神人)이시오!"

조조는 탄복하며 말했다.

"나쯤이야 말할 것도 없소이다. 내 아우 장비는 백만대군 가운데서도 적장의 목을 베기를 주머니 속에서 물건을 꺼내듯 합니다."

이런 관운장의 말에 조조는 어찌나 놀랐던지 좌우의 사람들을 돌아다보며, 나중에 장비란 인물을 만나게 되면 특히 조심하고, 그의 성명을 옷깃 속에 적어 두고 조심하라고까지 명령했다.

패주하는 안량의 군사들이 도중에서 원소를 만나게 되자, 어떤 얼굴이 붉고 수염이 긴 대장 하나가 긴 칼을 휘두르며 단기(單騎)로 뛰어들어서 안량의 목을 베어 갔기 때문에 이렇게 싸움에 대패했다고 보고했다.

원소가 깜짝 놀라며,

"그게 대체 누구란 말이냐?"

하고 물었다.

"그는 필시 유현덕의 아우 관운장일 겁니다."

저수(沮授)가 이렇게 대답했다.

이 말을 들은 원소는 격분하여 현덕에게 손가락질을 하면서,

  "그대의 아우 관운장이 나의 애장(愛將)의 목을 베었으니
이는 반드시 그대와 사전에 통모(通謀)했음이 분명하다. 그러
니 그대를 살려 두어 무엇에 쓰랴!"
하며 당장에 도부수를 불러서 현덕을 끌고 나가서 목을 베라
고 명령했다.
  이야말로 처음 만났던 날은 상객으로 모셔 앉혔는데, 오늘
은 마치 섬돌 아래 죄수같이 되어 버린 판국이다.

26. 옛 주인을 찾아서

袁本初敗兵折將
關雲長挂印封金

　원소가 유현덕의 목을 베겠다고 야단을 쳤을 때, 현덕은 태연하게 그 앞으로 걸어 나왔다. 침착하게 가라앉은 음성으로 차근차근 말했다.

　"공께서는 한쪽 말만 들으신 것입니다. 그것으로써 여태까지의 두터운 정리를 끊으시렵니까? 나는 서주에서 한번 헤어진 뒤, 아우들의 생사도 모르고 있습니다. 얼굴이 붉고 수염이 긴 사나이라고 반드시 관운장이랄 수는 없지 않습니까? 세상에는 비슷한 얼굴도 얼마든지 있으니까, 이 점을 신중히 고려하시기 바랍니다."

　원소란 사람은 본래 줏대가 없는 사람이라 현덕의 말을 듣더니 저수를 꾸짖었다.

　"그대의 말 때문에 하마터면 죄도 없는 사람을 죽일 뻔했어!"

하면서 전과 같이 현덕을 상좌에 앉히고 안량의 원수를 갚아 볼 대책을 협의했다. 이때 이런 말을 듣고 선뜻 내닫는 무사가 한 사람 있었다.

　"안량은 내가 친형제나 다름없이 지내던 친구요. 조조에게 목이 달아났다면 그 원수는 반드시 내가 갚겠소!"

이 무사는 신장이 8척, 얼굴은 해태(獬豸—解鷹)와 같은데, 바로 하북의 명장 문추(文醜)였다.

원소는 너무나 기뻤다.

"그대가 아니면 안량의 원수를 갚기는 어려울 것이오. 병력 10만을 줄 테니 즉시 황하를 건너가서 조조를 잡아오도록 해주시오."

저수가 또 반대했다.

"그건 안 됩니다. 잠시 동안 연진(延津)에 진을 치고, 군사를 갈라서 관도(官渡)로 내보내 게 상책입니다. 경솔히 황하를 건너갔다가, 만일에 우리 편이 불리하게 된다면 전군이 무사하게 돌아오기는 어려울 것입니다."

원소는 불끈 화가 치밀었다.

"그대들은 사기를 저상하게 하고, 헛되이 날짜를 지연시켜서 대사를 그르치고 있는 거요. 군사는 신속해야만 쓸모가 있다(兵貴神速)는 것을 모르오?"

저수가 시무룩해서 자리를 물러나왔다.

"윗사람은 자기 욕심만 가득 차 있고, 아랫사람은 공만 세우려고 급급하니 저 유유한 황하를 어떻게 건너볼 수 있단 말인가?"

이렇게 탄식하면서 그 후부터는 몸이 아프다는 핑계로 전법을 상의하는 일에 얼굴을 내밀지 않았다.

이번에는 유현덕도 잠자코 있을 수 없었다. 원소 앞에 나서서 거침없이 말했다.

"큰 은혜를 입고 있는 몸으로 아무런 보답도 해드리지 못해서 심히 죄송스럽던 차이니, 이번에는 나도 문장군과 동행하도록 승낙해 주십시오. 첫째로는 공의 은혜에 보답하는 길이 되고, 둘째로는 관운장의 소식도 알아보고 싶습니다."

원소도 대견하게 생각하고 크게 기뻐하며 문추와 현덕에게 선봉을 명령했다.

문추는 싸움에 지기만 해온 패장이니 과히 쓸모는 없겠지만 공의 명령이라면 어쩔 수 없이 군사의 3분의 1을 주어서 후군이나 지키도록 하겠다고 큰 소리를 치면서 자신은 7만의 군사를 거느리고, 현덕에게 뒤를 따르라고 명령했다.

한편, 조조는 관운장이 안량의 목을 벤 것을 보자 더욱 감탄하고, 천자에게 상주문을 올려서 관운장을 한수정후(漢壽亭侯)에 봉하고 벼슬자리의 인(印)까지 만들어 주었다. 이때 바로 원소가 대장 문추를 내보내어 황하를 건너게 했고 이미 연진 상류 지역에 진을 치고 있다는 정보가 날아들었다. 그래서 조조는 우선 백성들을 서하(西河)로 옮겨 놓고 친히 군사를 거느리고 출진할 작정을 했는데, 선봉을 뒤로 세우고 후군을 앞으로 내세워서 양말(糧秣)을 앞장세우고 군사들은 그 뒤를 따르도록 작전계획을 세웠다.

여건(呂虔)이 이상스럽게 여기고 물어 봤다.

"군량을 앞장 세우시고 군사를 뒤에 두시는 것은 무슨 생각이십니까?"

"군량을 뒤에 두면 적군에게 뺏기기 쉬워서 앞으로 세운 거요."

"만약에 적이 쳐들어와서 빼앗는다면 어떻게 하실 작정입니까?"

"그건 적이 왔을 때 알게 될 테지!"

여건은 여전히 까닭을 알 수 없다는 얼굴을 하고 있었지만, 조조는 자기 고집대로 양말을 강기슭을 끼고 연진으로 운반해

가도록 했다. 그리고 조조는 뒤를 따르는 군사들의 중군(中軍)의 위치에 서서, 선두에서 고함소리가 일어나는 것을 듣고야 급히 사람을 보내서 동정을 살피게 했다.

그랬더니, 하북의 대장 문추가 쳐들어오는 것을 보고, 조조 편의 군사들은 양말을 버리고 도망쳐 버렸으며 후군과는 너무나 거리가 떨어져서 어쩔 도리가 없다는 보고였다.

조조는 채찍을 높이 들어 남쪽 언덕을 가리켰다.

"저리로 잠시 피하자!"

군사들이 언덕 위로 뛰어 올라가니 조조는 병사들에게, 의갑(衣甲)을 풀고 잠시 쉬면서 말도 모두 풀어 놓아 주라고 명령했다.

얼마 안 되어서 문추의 군사가 쳐들어왔다. 대장들이 당황하여 소리쳤다.

"적군이 쳐들어왔습니다. 빨리 말을 걷어들여 가지고 백마(白馬)로 물러 나가십시다!"

이때 순유가 선뜻 나서며,

"이건, 적군을 낚기 위한 미끼니까 후퇴할 것은 없소."
하고 가로막으니, 조조가 눈을 찡긋하고 웃어 보이는지라, 순유도 그 뜻을 재빨리 알아차리고 그대로 입을 다물었다.

문추의 군사는 조조 편의 양말을 탈취한 것이 의기양양해져서, 말까지 붙잡으려고 제각기 날뛰며 대오를 흐트러뜨리고 말았다. 이때, 조조, 아래로 달려 내려가 들이치라고 호령을 하니, 문추의 군사는 당황하여 갈팡질팡할 뿐이었다. 이 틈을 타서 조조의 군사는 문추를 포위하고 말았다.

문추 혼자서 분투했지만, 겁을 집어먹고 허둥지둥하는 병사들은 자기 편 사람도 몰라보고 찌르고 덤비고 하는 아비규환을 연출하고 있었다. 문추는 도저히 감당하기 어렵다는 것을 알자 싸움을 단념하고, 말머리를 돌려서 도주했다. 언덕 위에서 이 광경을 내려다보고 있던 조조가 호통을 쳤다.

"문추는 하북의 명장이다. 누가 가서 붙잡아 올 사람은 없느냐?"

장요와 서황이 말고삐를 나란히 해서 달려가며 외쳤다.

"문추, 옴쭉 말고 게 있거라!"

문추가 뒤를 돌아보니 두 장수가 추격해 오자 창을 옆구리에 끼고, 재빨리 활을 재서 장요를 겨누고 한 대를 쏘았다.

"적장! 활은 쏘지 마라!"

서황이 고함을 지르는 바람에 장요가 앞으로 몸을 폭삭 구부렸더니 화살은 투구에 맞아서 끈을 끊어 놓았다. 장요가 몸을 일으켜 말을 고쳐 타고 덤벼드는 것을 문추는 또 한번 활을 쏘았다. 그 화살이 장요의 왼쪽 볼에 들어가 꽂히고, 말도 앞다리가 부러져 고꾸라지고 장요도 거꾸로 박혀서 땅에 나뒹굴고 말았다.

문추가 말머리를 돌려 덤벼들려는 것을, 서황이 큰 도끼를 수레바퀴처럼 휘두르면서 가로막았지만, 결국 문추의 군사들이 노도처럼 몰려드는 바람에 말머리를 돌려 몸을 피했다.

문추는 강을 끼고 끈덕지게 서황을 추격했다. 그런데 난데없이 깃발을 호기 있게 휘날리며 10여 기가 나타나더니 대장 한 사람이 선두에 긴 칼을 번쩍거리며 덤벼들었다. 그는 바로 관운장.

"적장! 꼼짝 말고 게 있거라!"

관운장, 호통을 치며 덤벼드니, 문추의 말과 맞닥뜨려서 겨우 3합을 싸웠을 때 문추는 겁을 집어먹고 강기슭을 끼고 도주하려고 했다. 그러나 관운장이 탄 말은 너무나 빨랐다. 단숨에 문추를 쫓아가서 등덜미로부터 청룡도를 한번 번쩍하고 휘두르니, 문추의 목은 그대로 날아가 버리고 말았다.

조조는 언덕 위에서 관운장이 문추의 목을 베어 버리는 것을 보자, 대군을 일거에 내리몰았다. 하북의 군사들은 태반이 강물에 빠지고 군량도 말도 다시 조조의 수중으로 되돌아왔다.

관운장이 몇 기를 거느리고 동으로 서로 적군을 휘몰아치고 있을 때, 유현덕도 3만의 군사를 거느리고 도착했다. 앞의 정세를 살피려고 내보낸 병사가 탐지하고 돌아와서 말했다.

"이번에도 역시 얼굴이 붉고 수염이 긴 장수가 문추장군의 목을 베었습니다."

현덕이 급히 말을 달려 바라다보자니, 강 건너편에 일군의 인마가 날듯이 뛰어다니고 있는데, 깃발에는 '한수정후(漢壽亭侯) 관운장'이라는 일곱 자가 뚜렷했다.

'으흠! 운장은 역시 조조 밑에 있었구나!'

유현덕은 남몰래 천지신명께 감사하다 사례하고 당장에 관운장을 불러서 대면하고 싶었지만, 조조의 대군이 쳐들어오니 어쩔 수 없이 군사를 거두어 가지고 물러갔다.

원소는 관도까지 나와서 자기 편 군사를 구원하려고 진을 쳤다.

곽도(郭圖)와 심배(審配)가 영채에 나타나더니 이런 말을 했다.

"이번에도 관운장이 문추를 죽였습니다. 유현덕은 알고 있으면서도 시치미를 떼고 있습니다."

원소는 또 격분하지 않을 수 없었다.

"귀 큰 도둑놈이 어찌 이럴 수가 있단 말이냐?"

얼마 있다가 유현덕이 나타났더니, 당장에 끌어내어 목을 베라고 명령했다.

현덕은 기가 막혔다.

"나에게 무슨 죄가 있다 하십니까?"

"그대는 또 아우를 시켜서 나의 대장의 목을 베지 않았나? 어찌 죄가 없다고 할 수 있겠는가?"

"죽기 전에 한 마디 하게 해주십시오. 조조는 평소부터 나를 미워하고 있었는데, 이번에는 내가 공에게 의지하고 있는 사실을 알자, 공에게 협력해 드릴까 겁이 나서 일부러 관운장을 시켜서 두 대장을 죽이게 한 것입니다. 공께서 격분하심은 지당합니다만, 이것은 공의 힘을 빌려서 나를 죽여 버리자는 조조의 계책에 불과한 일입니다. 신중히 고려하시기 바랍니다."

"흐음! 그럴듯한 말이로군! 하마터면 현명한 인물 하나를 살해했다는 오명을 쓰게 될 뻔했군!"

원소는 좌우의 측근자를 물리치고 현덕을 상좌에 앉혔다. 현덕은 깊이 사례하면서,

"나의 심복에게 편지를 주어서 관운장에게 보내어 내 소식을 전해 주면 운장은 반드시 달려올 것입니다. 공께 협력해서 함께 조조를 토벌하고 안량·문추의 원수도 갚고 싶습니다."

원소도 크게 기뻐했다.

"관운장만 와 준다면, 안량이나 문추를 열 사람 수중에 넣는 폭은 되지!"

현덕은 그 즉시 편지를 써서 전하려고 했지만, 심부름시킬 만한 인물이 없었다.

원소는 군사를 무양(武陽)까지 후퇴시키고 영채를 수십 리에 걸쳐서 펼쳐 놓기만 하고 군사를 내보내어 싸움을 하려 들지는 않았다.

한편에서 조조는 하후돈에게 군사를 1대 거느리고 관도의 요새지대를 지키도록 명령하였다. 그리고 자신은 군사를 몰고 허도로 돌아와서 성대한 연회를 베풀고 관운장의 위대한 공로를 찬양했다. 그 석상에서 조조는 여건에게 이런 말을 했다.

"그때, 내가 양말 부대를 선두에 내세워서 나가게 한 것은 적군을 낚시질해 들이자는 계책이었소. 이런 계책을 눈치챈 것은 순유뿐이었소."

모든 사람이 그 말을 듣고 감탄했다.

주석이 한창 어울리고 있을 때, 또 놀라운 소식이 날아들었다. 여남군(汝南郡)에서 황건적의 잔당인 유벽(劉辟)·공도(龔都)가 제멋대로 세상을 어지럽게 굴고 있는데, 조홍은 패전만 거듭하고 있어서 원군을 청해 왔다는 것이었다.

관운장이 그 소식을 듣자 선뜻 나섰다.

"내 견마지로(犬馬之勞)를 다하여 여남의 적을 진압하고 오겠습니다."

"천만에, 장군은 너무나 큰 공을 세워 주었는데 아직 아무런 사례도 하지 못하고 있으니, 이번에 또 수고해 달랄 수는 없소이다."

"잠시 하는 일 없이 날을 보냈더니 몸이 좋지 못합니다. 꼭 승낙해 주시기 바랍니다."

조조는 그 의기를 장하게 여겨서 병력 5만을 주고 우금·악진을 부장으로 지명해서 그 이튿날 바로 떠나도록 했다.

이때 순욱이 조조에게 속삭이듯 말했다.

"운장은 항시 현덕에게로만 돌아갈 생각이니, 만약에 그의 소식을 알게 된다면 가 버리고 말 것입니다. 자주 출진하게 하는 것은 삼가셔야 합니다."

조조가 대답했다.

"이번에 공을 세우고 돌아오면 두 번 다시 내보내지 않겠소."

관운장은 군사를 거느리고 여남 근처까지 나가서 진을 쳤다. 그날밤 영채 문 밖에서 두 세작(細作)이 붙잡혔다. 관운장이 끌어다 놓고 보니 그 중의 하나는 틀림없는 손건이었다. 관운장은 좌우의 사람을 물리치고 나서 물어 보았다.

"공은 지난번에 패전하고 나서 행방을 알 수 없더니, 지금 어떻게 여기 와 있소?"

"몸을 피해서 여남 일대를 이리저리 돌아다니다가 다행히 유벽이 구함해 주었습니다. 그런데 관장군께서 조조의 밑에 계시다니 이는 어찌된 까닭입니까? 감·미 두 부인께서는 무사하십니까?"

관운장이 여태까지의 경과를 자세히 이야기해 주었더니, 손건이 또 말했다.

"요즈음에 유장군께서 원소에게 가 계시다는 소식을 알고 달려가고 싶은 생각이 간절했으나 기회가 없었습니다. 유벽과 공도 두 사람은 얼마 전에 원소에게 투항하여 다같이 조조를 공격할 생각을 하고 있습니다. 다행히 관장군께서 여기 계시

다기에 이런 뜻을 알려 드리고 싶어서 제가 첩자로 나가겠다
자원해서 병졸의 안내를 받아 여기까지 왔습니다. 내일 우리
둘이 싸움에 진 체하고 있을 테니, 관장군께서는 두 부인을
모시고 원소에게로 가셔서 유장군을 만나 보도록 하십시오."

"우리 형님이 원소 밑에 계시다면 나는 당장 달려가겠소.
단지 내가 원소의 수하에 있는 대장 둘을 죽였으니 이제는 사
정이 달라졌을 것만 같소."

"그러면 우리들이 한 번 더 저편의 동정을 살피고 나서 관
장군께 다시 보고해 드리도록 하겠습니다."

"형님을 만날 수만 있다면 나는 죽음을 무릅쓰고라도 가겠
소. 그러면 우선 허창으로 돌아가서 조조와 작별 인사나 하도
록 하겠소."

그날밤, 관운장은 쥐도 새도 모르게 손건을 슬쩍 떠나 보냈
다. 이튿날 관운장이 군사를 거느리고 싸움터로 나갔더니 공
도도 갑옷 투구로 몸차림을 단단히 하고 나와 있는지라 관운
장이 물었다.

"그대들은 뭣 때문에 조정을 배반하는 건가?"

"주인을 배반한 것은 바로 그대가 아닌가? 어찌 도리어 나
를 책망하는가?"

"내가 어째서 주인을 배반했다는 건가?"

"유현덕장군이 원소장군 밑에 있는데 그대가 조조에게 빌붙
어 있는 것은 무슨 까닭인가?"

관운장은 대답할 말이 없었다. 청룡도를 휘두르며 말을 달
려 당장에 목을 베어 버리려고 했다. 도망치는 공도를 쫓아가
니 그가 말했다.

"옛주인의 은혜를 저버릴 수는 없는 겁니다. 우리가 여남을 양보해 드릴 것이니 급히 쳐들어가십시오."

관운장은 그제서야 그 뜻을 알아차리고 전군을 호령하여 몰아치니 유·공 두 사람은 싸움에 패한 체하고 뿔뿔이 흩어져서 도주해 버렸다.

관운장은 주현(州縣)을 점령하고 백성들을 안정시킨 다음 허창으로 되돌아왔다. 조조는 성 밖에까지 나와서 그를 영접했고 병사들에게 상을 주어 위로해 주었다. 위로의 잔치가 끝난 다음 관운장이 두 형수들에게 인사하러 갔더니, 감부인이 대뜸 물었다.

"두 번이나 싸움터에 나가셔서 황숙의 소식이나 아셨소?"

"아직도 모르고 있습니다."

관공이 물러나온 다음, 두 부인들은 유현덕이 이미 세상을 떠난 줄만 알고 울부짖었다. 이때, 이번 싸움에 따라 나갔던 노병 한 사람이 보기에 딱해서 문 밖에서 소리를 질렀다.

"부인께서는 안심하십시오! 주군(主君)께서는 지금 하북의 원소장군과 함께 계십니다."

"그걸 어떻게 알았단 말이오?"

"관장군을 따라서 진지에 나갔을 때 거기서 소문을 들었습니다."

부인들은 당장에 관운장을 불러들였다.

"우리 황숙께서는 한 번도 배신 행동을 하신 일이 없소. 관장군은 이제 조조의 은혜를 입었다고 옛날 은혜를 잊어버리고 우리들에게 사실을 말해 주지 않으니 이는 무슨 까닭이오?"

"형님께서 하북 땅에 계신 것은 틀림없습니다만, 형수님들

께 여쭙지 않은 것은 밖에 누설될까 조심한 까닭입니다. 제가
서서히 알아차려 하겠습니다.”

“제발, 빨리 일을 좀 꾸며 주시오.”

감부인한테 이런 말을 듣고 자리를 물러나온 관운장은 이
궁리 저 궁리 머리를 짜느라고 바늘방석에 앉아 있는 것 같은
심정이었다.

한편, 우금은 유현덕이 하북 땅에 있다는 것을 탐지하고 조
조에게 알렸다. 조조는 그 즉시 장요를 시켜서 관운장의 심중
을 타진하도록 했다.

관운장이 이 생각 저 생각, 망설이며 침울하게 앉아 있노라
니 장요가 표연히 나타났다.

“듣자니 관장군은 진중에서 유현덕의 소식을 아셨다기에 축
하하러 왔소.”

“옛 주인은 살아 계시다지만 아직 만나 뵙지도 못했으니 별
로 축하를 받을 만한 일도 아니오.”

“관장군과 유현덕장군과의 교분이란 나와 관장군의 교분과
비교해서 생각한다면?”

“공과 나와의 사이는 친구로서의 교분이요, 나와 유장군과
는 친구이면서도 형제요, 형제면서도 주종의 관계요. 함께 논
할 것이 못 되오.”

“유장군이 하북 땅에 있다는 소식을 아셨으니 관장군은
그곳으로 가실 작정이시오?”

“옛날의 맹약을 배반할 수는 없소. 공께서 조승상께 잘 말
씀드려 주시오.”

　　장요는 조조에게 돌아가서 관운장이 하던 말을 그대로 옮겨 주었다. 조조가 말했다.

　　"흐음, 그래? 그러면 나에게도 생각이 있지!"

　　관운장이 안타까운 생각에 잠겨 있을 때 돌연 누가 찾아왔다는 전갈이 들어왔다. 안으로 들어오게 하여 만나 보니 생면부지의 사람이었다.

　　"누구이시오?"

　　"원소장군을 섬기고 있는 남양(南陽)의 진진(陳震)이란 사람이오."

하면서 그는 편지를 내 주었다. 뜯어보니 틀림없는 유현덕의 필치. 편지 내용은 대략 다음과 같았다.

　　나와 그대는 도원에서 의를 맺고 생사를 같이하기로 했는데, 중간에 서로 어긋나서 은의(恩義)를 끊어 버리게 되다니! 그대가 반드시·공명을 바라고 부귀를 도모한다면 현덕은 수급을 바쳐서라도 소망을 이루도록 해주고 싶다. 글로 어찌 다 말할 수 있으랴. 회답을 고대할 뿐.

　　편지를 읽고 난 관운장은 슬픔을 참지 못하고 통곡했다.

　　"내, 형을 저버린 것은 아니었소. 계신 곳을 몰랐기 때문이었지. 부귀를 위해서 옛날의 맹세를 저버릴 생각은 꿈에도 해본 일이 없었소!"

　　"유현덕장군은 관장군이 돌아오시기를 고대하고 계시오. 옛날의 맹세를 잊어버리지 않으셨다면 한시바삐 돌아오십시오."

　　관운장은 당장에 현덕에게 답장을 썼다. 여태까지의 경과를 대강 말하고 몇 번이나 죽고 싶은 신세였으나, 두 분 형수를 생각하고 구차스러우나마 생명을 유지해 왔다는 눈물겨운 사연과, 즉시 조조와 작별하고 달려가겠다는 뜻을 진진에게 보냈다.

관운장은 우선 안으로 들어가서 두 형수에게 이런 뜻을 전달하고, 조조와 작별 인사라도 할 생각으로 승상부로 달려갔다. 조조는 관운장이 찾아온 까닭을 재빨리 알아채고 면회를 거절한다는 패(牌)를 문 밖에 내걸었다.

관운장은 하는 수 없이 그대로 돌아와서 예전부터 거느려 온 부하들에게 거마를 준비할 것과, 이곳에 와서 받은 일체의 물건을 손 하나도 대지 말고 그대로 남겨 두라고 명령을 내렸다. 그 이튿날도, 그리고 또 며칠 동안을 계속 승상부에 나갔지만 여전히 패가 걸려 있어서 면회를 거절당하고 말았다.

할 수 없이 장요를 찾아가서 이런 뜻을 전달해 달라고 했으나, 장요 역시 몸이 불편하다는 평계로 만나 주지 않았다. 관운장은 한 장의 편지를 조조에게 남기는 도리밖에 없었다.

이 관운장은 어렸을 적부터 황숙을 섬기어 생사를 함께 하기로 맹세하였음은 황천후토(皇天后土)가 다 듣고 아는 바입니다. 전자에 하비를 실수(失守)했을 때, 청을 드린 세 가지 일을 이미 승낙해 주신 은혜를 입었습니다. 이제 옛 주인이 원소의 군중에 있다는 소식을 탐지했으니, 옛날의 맹세를 회상한들 어찌 배신 행동이 용납되오리까. 새 은혜 비록 두텁다 하나 옛 의리를 저버릴 수는 없습니다. 이에 특히, 글월로써 작별을 고하오니 양찰하시기 엎드려 바라오며 보답해 드리지 못한 나머지 은혜는 다음으로 미루어지기만 바랍니다.

편지를 다 써 가지고 봉한 다음 사람을 시켜서 승상부에 전달하게 하고, 여러 차례에 걸쳐서 받은 금은 보물을 일일이 봉해서 광 속에 넣어 놓았다. 그리고 나서, 한수정후 벼슬자리의 인도 방안에 남겨 두고 두 부인을 수레에 오르도록 했다. 마침내, 관운장은 적토마를 타고, 손에는 청룡도를 힘있게 움켜쥔 채, 하비성 이래 거느리고 있던 부하들을 시켜 두 부인의 수레를 호위하며 허도의 북문을 나서려고 했다.

문지기들이 가로막으려 했지만, 무서운 두 눈을 부릅뜨고 청룡도를 한옆에 쥐고 호통을 치는 관운장 앞에서는 움쭉도 못하고 도망쳐 버렸다.

성문을 나서자 관운장이 부하들에게 말했다.

"너희들은 수레를 호위하고 앞서서 가거라. 뒤를 쫓는 무리가 있으면 내가 혼자서 감당할 테니, 부인들에게 쓸데없는 걱정을 끼치면 안 된다!"

조조는 관운장에게 어떠한 결단을 내려야 좋을지 몰라서 대책을 협의하고 있을 때, 측근자가 관운장의 편지를 내 주었다. 그것을 읽어보더니,

"흐음! 운장이 가 버렸구나!"

대경실색하고 있을 때 북문을 지키고 있던 대장이 뛰어들어왔다.

"관장군이 성문을 밀어젖히다시피 하고 거마 20여 명 모두 북쪽으로 가 버렸습니다."

또 관운장이 거처하던 방에서도 사람이 뛰어들며 보고했다.

"관장군은 승상께서 주신 물건들을 모두 봉해 버리고 미녀

열 명도 안에 둔 채, 한수정후의 인도 방안에 내놓으시고 짐짝만 가지시고 북문으로 물러 나가셨습니다."

여러 사람들이 눈이 휘둥그래졌을 때, 대장 한 사람이 앞으로 썩 나섰다.

"내 철기(鐵騎) 3천을 거느리고 관운장을 산채로 잡아서 승상께 바치고 싶소!"

여러 사람이 바라다보니 그는 바로 장군 채양(蔡陽)이었다. 이야말로 만장(萬丈)의 교룡(蛟龍)의 구멍에서 빠져 나가려다가 또다시 3천의 낭호병(狼虎兵)을 만난 격이다.

27. 난관을 돌파하고

美 髥 公 千 里 走 單 騎
漢 壽 侯 五 關 斬 六 將

조조의 부하로 있는 여러 장수 가운데에는 장요를 제외하고는 서황이 관운장과 친분이 있고, 그밖의 다른 장수들도 모두 관운장을 존경하고 있었다. 그러나 채양 한 사람만은 반감을 품고 있었기 때문에, 관운장이 떠나갔다는 말을 듣게 되자 당장에 뒤를 쫓겠다고 한 것이었다.

그런데 조조가 천천히 말했다.

"옛 주인을 잊어버리지 않고 행방을 찾고자 하는 것은 정말 대장부다운 일이오. 그대들도 잘 배워 두시오."

하면서 채양을 꾸짖고 관운장의 뒤를 쫓아가지 못하게 했다.

모사 정욱이 간했다.

"승상께서 그렇게 후히 대접해 주었는데도, 떠나간다는 인사 한 마디 없이 편지 한 장을 던지고 가 버렸다는 것은 승상의 위신을 떨어뜨리는 소행입니다. 또 만약에 그가 원소에게로 투항해 간다면 이는 호랑이에게 날개를 달아 주는 것과 같은 일이 됩니다. 뒤를 쫓아가 붙잡아서 화근을 없애 버리는 게 지당한가 합니다."

그러나 조조의 고집을 꺾을 사람은 없었다.

"남아 대장부, 한번 승낙한 일을 되물릴 수는 없소. 재물도 벼슬도 탐내지 않고 가 버린 관운장의 정신과 태도는 실로 탄복할 만하오. 아직 그다지 멀리 가지도 못했을 것이니, 나는 그에게 앞으로의 우정을 더 한층 두텁게 하기 위해서 작별의 선물이라도 주고 싶소, 그대가 먼저 달려가서 잠시 가는 길을 멈추도록 해주시오. 전송도 해줄 겸, 노자와 도중에서 입을 옷가지라도 선사해 주고 싶소."

이렇게 장요에게 명령하니 장요는 혼자서 앞장 서서 말을 달리고, 조조도 수십 기를 거느리고 그 뒤를 따랐다.

그러나 관운장이 타고 가는 적토마는 하루에도 천리 길을 무난히 달릴 수 있는 준마이고 보니 뒤를 쫓을 수 없는 일이지만, 옆에 두 형수를 태운 수레가 있기 때문에, 관운장은 말고삐를 꾹 잡고 말을 천천히 모는 수밖에 없었다.

"관장군! 관장군!"

등뒤에서 이런 소리가 들리자 관운장이 슬쩍 뒤를 돌아다보았다. 장요가 말을 급히 몰아서 쫓아오고 있지 않은가. 관운장은 어쩔 수 없이 적토마를 멈추고 청룡도를 한편에 세웠다.

"문원! 공은 나를 도로 데려가려고 여기까지 쫓아온 것이오?"

"천만에. 승상께서 관장군이 떠나셨다는 것을 아시고, 선물이라도 드려야겠다 하시며, 나더러 먼저 가라고 파견하셨기 때문에 달려온 것이지, 아무런 다른 뜻은 없소."

"조승상이 아무리 힘이 센 장수들을 내보낸다 할지라도 나는 목숨이 붙어 있는 한 싸워 볼 것이니까……."

이렇게 강경한 태도를 보이며, 관운장이 말을 다리 위에 멈추고 멀리 바라보자니, 과연 조조가 수십 기를 거느리고 달려오는 것이 보였다. 뒤를 따르고 있는 것은 허저·서황·우금·이전 등 쟁쟁한 장수들이었다.

조조가 관운장 앞에 당도하더니 여러 장수들에게 옆으로 비켜 서 있으라고 명령했다. 여러 장수들이 무기를 손에 들고 있지 않은 것을 보고야 관운장도 긴장한 표정이 풀어졌다.

"관장군! 어찌된 일이오? 이렇게 돌연 떠나가시다니?"

"평소에도 승상께 양해를 얻고 있던 일이었지만, 옛 주인이 하북 땅에 있다는 소식을 알게 되어서, 실례인 줄을 알면서도 졸필을 몇 자 남겨 놓고 길을 급히 서두르게 된 것입니다. 모든 금품과 관인은 승상께 도로 올렸으니, 애당초의 언약을 생각해 주시기 바랍니다."

"천하의 신망을 얻고자 하는 내가 남과의 언약을 이행하지 않을 리 있겠소? 단지 장군이 도중에 고생이나 되지 않을까 해서 얼마간의 노자라도 보태 쓰시라 하고 싶어서……."

조조의 말이 떨어지기가 무섭게 대장 한 사람이 황금을 쟁반에 받쳐서 앞으로 내놓았다.

"여러번 주신 물건만 해도 몸에 벅찰 지경이오니 이것은 간직해 두셨다가 장병들에게 상품으로나 쓰시기 바랍니다."

"관장군이 세운 큰 공로에 비하면, 이게 무슨 대단한 물건이겠소만, 섭섭히 생각지 마시고 받아 주시오."

"천만에, 나의 공로라는 것은 거듭 말씀드리기도 부끄러운 일들 뿐입니다."

조조는 웃으면서 말을 계속했다.

"천하의 의사(義士)인 관장군을 잡아 두지 못했다는 것은 나에게 그런 운이 없는 일이니 유감 천만이오. 어쨌든 이 비단 전포는 나의 미약한 성의로 알고 받아 주시오.”
　대장 한 사람에게 명령하여, 말을 내려서 그것을 관운장에게 바치도록 했다.
　관운장은 조조의 마음속을 알 수 없어서, 말에서 내리지도 않고 청룡도 끝으로 그 전포를 훌쩍 받아서 몸에 걸치며 간단한 인사말을 했다.
　“주시는 것이니 고맙게 받겠습니다. 나중에 다시 뵐 기회가 있을 겁니다!”
하면서 말머리를 돌려서 다리를 건너 북쪽으로 사라져 갔다.
　“흠! 무례한 놈! 왜 당장에 붙잡아 버리지 않으십니까?”
　허저가 투덜거리는 것을 조조가 말렸다.
　“그는 단기이고, 우리는 수십 기이니, 의심스러워하는 것은 당연한 일이지. 쫓아가서는 안 되오. 일단 언약한 일이니까.”
　이리하여 조조는 일행을 거느리고 성 안으로 돌아갔는데, 두고두고 관운장을 생각하고 서운해했다.

　그날 해가 저물 무렵 관운장 일행은 어느 집 문앞에 당도하여 하루의 잠자리를 청했더니, 머리도 수염도 하얗게 센 주인이 나와서 맞으면서 물었다.
　“장군의 성함은?”
　“나는 유현덕장군의 아우 관운장입니다.”
　“그러면 안량·문추를 참수하신 관장군이시오?”
　“그렇습니다.”
　노인은 크게 기뻐하며 안으로 맞아들였다.
　“수레 속에 또 부인 두 분이 계십니다.”

관운장의 말을 듣더니 노인은 자기 아내를 내보내서 영접하게 했다. 두 형수가 초당으로 들어오자 관운장은 두 손을 맞잡고 그 옆에 섰다.

노인이 관운장에게 앉으라고 권했더니 관운장이 말했다.

"형수님들이 계신 자리에서 그렇게 할 수는 없습니다."

그제서야 노인은 자기 아내를 시켜서 두 부인을 안으로 모시고 들어가서 대접하게 하고 자기는 관운장을 대접했다. 관운장이 노인의 성명을 물었더니 노인이 대답했다.

"나는 성이 호(胡), 이름 화(華)라고 하오. 환제(桓帝) 때 의랑(議郎)을 지낸 일도 있소만, 그 뒤에 벼슬자리를 버리고 이렇게 시골구석에 틀어 박히게 되었소. 지금 아들 호반(胡班)이란 녀석이 영양(榮陽) 태수 왕식(王植) 밑에서 일을 보고 있는데, 장군께서 만일 그 근처를 지나가시게 되거든 아들 놈에게 편지나 한 장 전해 주실 수 없겠소?"

관운장은 쾌히 승낙했다.

이튿날 아침 식사가 끝난 다음, 두 형수를 수레에 태우고 호반에게 전하라는 편지를 받아 넣고 노인과 작별한 뒤 낙양으로 길을 떠났다.

얼마 안 가서 동령관(東嶺關)에 도착했다. 관을 지키는 대장은 공수(孔秀)라고 하며 병사 5백 명을 거느리고 이 고개를 지키고 있었다.

공수는 관문 밖에까지 나와서 관운장을 영접했다. 관운장이 말을 내려서 인사를 하니 공수가 물었다.

"장군께서는 어디로 가십니까?"

"조승상께 틈을 얻어서 하북 땅으로 형님을 찾아 가는 길이오."

"하북의 원소는 지금 조승상을 적대시하고 있는 자인데, 그리로 가신다면 승상의 증명서라도 가지셨나요?"

"급히 길을 서둘러 떠나오느라고 받지를 못했소."

"증명서가 없으시다면, 사람을 조승상께 보내서 승낙을 얻은 다음에야 통과하시도록 하겠습니다."

"그럴 때까지 기다릴 수 없소."

"천하의 법도인지라, 어쩔 도리가 없습니다."

"그러면 관을 통과시키지 않겠다는 거요?"

"기어이 통과하시겠다면 데리고 가시는 부하들을 인질로 맡겨 두십시오."

관공이 격분해서 청룡도를 휘두르며 공수에게 덤벼들었더니, 공수는 관문 안으로 도망쳐 들어가서 북을 두들겨 병사들을 소집했다.

그리고 무장을 든든히 하고 말 위에 올라 관문 밖으로 버티고 나서면서,

"통과할 수 있으면 통과해 보시오!"

하고 호통을 쳤다.

관운장은 수레를 뒤로 물려 놓고 청룡도를 단단히 움켜잡은 다음, 공수의 목을 베려고 달려드니, 공수도 창을 휘두르며 대항했다. 그러나 두 말이 맞부딪고 청룡도가 한번 번쩍 하는 순간에, 벌써 공수의 시체는 말굽 아래 나뒹굴고 말았다.

"군사들은 도주할 것은 없소! 공수는 나의 목숨을 빼앗으려 하는지라 부득이 목을 벤 것이오. 겁낼 것 없이 조승상께 돌아가서 이 뜻을 전달해 주시오."

이 말을 듣자 군사들은 모두 말 앞에 꿇어 엎드려 관운장에

게 절했다.

관운장이 수레를 거느리고 낙양으로 들어오고 있다는 소식이 낙양 태수 한복(韓福)에게도 전달되었다. 한복은 여러 장수들을 소집해 놓고 대책을 협의했다. 아장(牙將) 맹탄(孟坦)이 말했다.

"승상의 증명서가 없다면 밀행(密行)이 틀림없습니다. 그대로 통과시킨다면 죄를 면하기 어려울 것입니다."

"관운장은 안량과 문추의 목을 벤 맹장이고 보니 정면으로 충돌할 수도 없고, 계책을 써서 붙잡아야만 될 것이오."

"나에게 한 가지 계책이 있습니다. 우선 녹각(鹿角)으로 관구(關口)를 막아 놓고, 그가 나타나면 내가 군사를 거느리고 쳐나갔다가 싸움에 패하는 체하고 유인해 들일 것이니, 공께서 숨어 계시다가 활로 쏘아서 잡도록 하십시오. 말에서 떨어지는 것을 산채로 잡아서 허도로 보낸다면 두둑하게 상을 내리실 겁니다."

이렇게 대책이 결정되자, 관운장의 일행이 도착했다는 통지가 날아들었다.

한복이 활과 화살을 몸에 지니고 군사 1천을 관문 앞에 늘어 세워 놓고 호통을 쳤다.

"뭣하는 사람들이냐?"

관운장은 말 위에서 상반신을 굽혔다.

"한수정후 관운장이오. 통과시켜 주시기 바라오."

"조승상의 증명서는?"

"길을 급히 서둘러 떠나오느라고 몸에 지니지 못했소."

"나는 승상의 명령을 받들고 이 관문을 지키는 바요. 증명서가 없는 사람은 누구를 막론하고 통과시킬 수 없소."

관운장은 격분했다.

"동령의 공수가 내 손에 목이 달아난 것을 아직 모르는가? 그대도 그렇게 죽고 싶단 말인가?"

"누구든지 저놈을 잡아라!"

한복의 호령 소리를 듣고, 맹탄이 말을 달려 두 자루의 칼을 휘두르며 관운장에게 덤벼 들었다. 관운장은 수레를 뒤로 물려 놓고 그와 대결하다가, 3합도 못 싸워서 맹탄이 뺑소니를 치니 곧 뒤를 쫓았다.

맹탄은 제딴에는 관운장을 성 안으로 유인해 들이려고 잔꾀를 부렸지만, 관운장의 적토마의 빠른 걸음 앞에는 옴쭉할 수도 없었다. 관운장이 당장에 뒤를 추격하여, 단지 한번 청룡도를 번쩍 휘둘러 맹탄의 몸뚱이를 두 동강 내 버리고 말았다.

관운장이 말머리를 돌려서 돌아서는 찰나에 한복이 관문 뒤에 숨어 있다가 활을 힘껏 잡아당겨 쏘니 화살이 보기 좋게 관운장의 왼쪽 어깨에 꽂혔다. 관운장, 얼른 입으로 화살을 물어서 뽑아 버리고 흘러나오는 피도 아랑곳 하지 않은 채 말을 달려 한복에게 덤버드니 한복의 군사는 우수수 흩어졌다. 한복은 도망칠 겨를도 없이 관운장의 청룡도를 머리에서 어깨로 받고 말 위에서 나뒹굴어 떨어지고 말았다. 이리하여 관운장은 군사를 쫓아 버리고 무사히 관문을 통과할 수 있었다.

관운장은 헝겊을 찢어서 화살의 상처를 잡아매고는 도중에서 시끄러움을 피하기 위해서 그곳에 머무르지 않고 곧장 밤길을 달려서 기수관(沂水關)까지 왔다. 이 관문을 지키고 있는 대장은 병주(幷州) 사람 변희(卞喜)인데, 유성추(流星鎚—

飛鎚)를 잘 쓰기로 유명한 인물이었다. 본래는 황건적의 잔당으로서 조조의 부하가 된 다음부터 이 관문을 맡아서 지키게 되었다.

관운장이 머지않아 지나가게 되리라는 소식을 알자, 관문 앞에 있는 진국사(鎭國寺)에 도부수(刀斧手) 2백여 명을 매복시켜 두고 관운장을 이 절간으로 유인해 놓고 술잔을 들게 되는 것을 신호로 목을 베어 죽여 버리자는 흉계를 꾸몄다.

그는 만반 준비를 다 차려 놓고 관문에 나와서 관운장을 맞이했다. 관운장이 변희가 영접하는 것을 보고 말을 내려 인사를 했더니 변희가 말했다.

"장군의 명성은 평소부터 잘 듣자왔습니다만, 이번에 유황숙을 찾아 돌아가신다 하오니, 세상에 드무신 충의의 정신, 실로 감탄하여 마지않습니다."

관운장이 한복·공수의 목을 베게 된 경과를 이야기해 주었더니 변희가,

"그것은 당연한 처사이십니다. 조승상께는 내가 장군을 대신하여 품달하겠습니다."

하는지라, 관운장은 자못 기뻐하면서 말고삐를 나란히 하고 기수관을 지나 진국사 앞에서 말을 내렸다.

중들은 종을 치며 나와서 영접했다.

본래 이 진국사는 명제(明帝)의 어전향화원(御前香火院)으로서 30여 명의 중이 있었는데, 그 중 한 사람이 관운장과 동향 사람으로 법명을 보정(普淨)이라고 했다. 보정은 그때 변희의 흉계를 이미 알아챘기 때문에, 관운장 앞에 나와서 이렇게 말했다.

"장군께서는 포동(蒲東)을 떠나신 지 몇 해나 되십니까?"

"벌써 20년이나 되오."

"소승을 아직도 기억하십니까?"

"고향을 떠난 지 오래 돼서 잘 생각나지 않소."

"소승의 집은 장군댁과 강 하나를 사이에 두고 있었습니다."

변희는 보정이 옛날이 그리운 듯이 감개 무량하게 이야기하고 있는 것을 보자, 비밀이 탄로날까 겁이 나서 대뜸 꾸지람을 했다.

"연석도 다 준비되어 장군을 모시려는 판인데, 그대는 화상(和尚)의 몸으로 무슨 잔소리가 그리 많은가?"

"천만에, 오래간만에 동향 사람끼리 만나서 어찌 옛 이야기도 못하겠소?"

운장이 이렇게 말하자, 보정은 차를 한 잔 대접하고 싶으니 승방에 가자고 했다. 그러나 관운장이,

"먼저, 수레 안에 계신 부인들께 대접해 주시오."

하는지라, 사람을 시켜서 차를 부인들에게 내보낸 다음, 다시 관운장을 승방으로 안내했다. 그리고 손으로 자기 허리에 찬 계도(戒刀)를 가리키며 눈짓을 찡긋해서 관운장에게 암시를 주었다. 관운장은 얼른 깨닫고 좌우 사람들에게 청룡도를 들고 들어와서 곁을 떠나지 말고 있도록 명령했다.

얼마 있다가 변희가 관운장을 법당 연석으로 청해 들이니, 관운장은 서슴지 않고 이렇게 물었다.

"변공께서 나를 청해 주신 것은 진심에서요, 그렇지 않으면 다른 생각이 있어서 하시는 거요?"

변희의 대답을 기다릴 겨를도 없이 관운장은 벌써 휘장 뒤

에 도부수들이 대기하고 있는 것을 재빨리 알아채고 호통을
쳤다.

"이놈, 호인인 줄 알았더니 이게 무슨 짓이냐?"

"자아! 일제히 덤벼라!"

변희도 일이 탄로났음을 깨닫고는 대뜸 이렇게 호령을 했
다. 그러나 덤벼드는 몇 명의 병사들쯤이 관운장에게는 문제
가 아니었다. 한 명 두 명 순식간에 모조리 청룡도 칼에 거꾸
러지고 마니, 변희는 법당에서 뛰쳐나와 회랑으로 달아나는
것이었다. 이에 청룡도를 움켜잡은 채 관운장이 쫓아가니 변
희는 그의 유일한 무기 비추(飛鎚)를 던지며 대항했지만, 결
국은 관운장의 청룡도를 맞고 몸뚱이가 한 번에 양단되는 운
명을 피할 길이 없었다.

관운장은 두 형수들이 걱정되어서 단숨에 달려갔다. 무수한
병사들이 포위하고 있었지만 한번 관운장의 얼굴을 보자 질겁
을 해서 흩어져 버렸다.

변희의 무리들을 물리쳐 버리고 나서 보정에게 생명을 건지
게 된 은혜에 사례했더니 보정이 작별을 고했다.

"소승도 여기 더 오래 있을 수 없으니 의발(衣鉢)을 싸 가
지고 다른 고장으로 떠나겠습니다. 언제고 또다시 만나 뵐 기
회가 있을 것이오니 장군께서도 부디 몸조심하십시오!"

두 형수를 태운 수레를 호위하면서 관운장은 영양(榮陽) 땅
에 도착했다. 영양에는 태수 왕식(王植)이란 자가 있었는데,
한복과 일맥상통하는 사이라서 한복이 관운장에게 목숨을 빼
앗겼다는 사실을 알고 이 기회에 죽여 버리겠다는 흉계를 세

우고 일부러 관문까지 나와 영접해 들이고 일행을 성 안에서 하룻밤 쉬어 가도록 했다.

왕식은 아무도 모르게 자기의 종사(從事)인 호반을 불러서 명령했다. 관운장은 승상을 배반하고 달아나는 나쁜 놈이니까, 그날밤에 1천 명의 군사를 풀어서 객사(客舍)를 포위하게 하고, 모조리 횃불을 손에 들고 밤 3경이 되거든 일제히 불을 지르게 하면, 왕식 자신은 군사를 거느리고 뒤에 숨어 있다가 관운장을 처치해 버리겠다는 지령이었다.

호반이란 자는 이런 명령을 받고 당장에 군사를 정비하는 한편, 마른 나무에 불을 붙일 만반 준비를 갖추고 시간이 되기만 기다리고 있었다.

'관운장이란 사나이는 전부터 이름은 들어서 잘 아는데 도대체 어떻게 생긴 위인일까?'

호반은 이런 생각을 하고 객사 안으로 들어가서 그곳의 역리(驛吏)에게 물어 보았다.

"관운장은 어디 있소?"

"정청(正廳)에서 책을 보고 계시는 이가 바로 그분이오."

발소리를 죽이고 살금살금 가까이 가 본즉, 관운장이 수염을 쓰다듬으며 등잔불 밑에서 책상을 의지하여 책을 보고 있었다.

그 모습을 보고 호반은 자기도 모르게,

"아! 과연 소문과 틀림없는 분이었구나!"

하고 감탄하다가 그만 소리를 내고 말았다. 관운장이 그를 불러들여서 알아보니 그는 바로 허도성 밖에 사는 호화(胡華)의 아들인지라, 짐짝 속에서 그의 부친에게서 부탁받은 편지를 꺼내 주었다.

호반은 깜짝 놀라 관운장 앞에 꿇어 엎드리며, 자기의 잘못을 뉘우치고 왕식의 흉계를 낱낱이 관운장에게 알려 주었다.

"장군, 시급히 채비를 차리시고 빨리 이곳을 떠나십시오!"

관운장도 깜짝 놀랐다. 벌떡 몸을 일으켜 갑옷을 입고 청룡도를 손에 잡자 두 형수를 수레에 태우고 말 위에 올랐다. 객사 문 밖을 나서니 과연 수많은 병사들이 횃불을 밝히고 대기하고 있는 것이었다.

성문으로 달려가니 문은 벌써 열려 있었다.

일행을 급히 몰아서 성 밖까지 피해 나오자, 호반은 되돌아가서 객사에다 불을 질렀다.

관운장이 몇 리 길을 채 가지 못했을 때, 뒤에서 횃불이 밝게 비치더니 수많은 인마들이 추격해 오면서, 그 선두에는 왕식이 버티고 서 있었다.

"관운장, 옴쭉 말고 게 있거라!"

제법 큰 목소리로 호령을 했다. 관운장이 말을 멈추고 껄껄 웃으며 태연자약했다.

"필부! 나는 그대에게 아무런 원한을 맺은 일도 없다! 어째서 나를 불에 태워 죽이려 했느냐?"

추상같은 음성을 듣자, 왕식이 말을 달려 창을 휘두르며 덤벼들었다. 그러나 관운장의 청룡도가 한번 번쩍하는 순간에, 그의 몸뚱이가 두 동강에 끊어져 버리니, 모두 눈을 뒤집고 뿔뿔이 흩어져 버렸다. 관운장은 다시 일행을 거느리고 길을 떠났는데 가는 도중 내내 호반의 생각으로 머릿속이 꽉 찼다.

관운장이 활주(滑州)의 경계지대에 다다랐을 때, 그 소식을 알고 유연이 수십 기를 거느리고 성 밖에까지 나와서 영접했다.

유연이란 먼젓번에 원소가 조조를 토벌하러 떠났다는 정보를 알려 주어서 관운장이 안량과 문추의 목을 베어, 위급한 때를 면하게 해준 인물이었다.

황하의 건널목에는 하후돈의 부장 진기(秦琪)가 방비하고 있어서 관운장을 좀처럼 통과시키지 않을 것이라고 유연이 말하는 것이었다.

그래서 관운장은 유연에게 배를 좀 빌려 달라고 했으나, 하후돈을 두려워하여 거절하는 것이었다.

관운장은 졸장부 유연을 쓸모 없는 위인이라 그 이상 상대도 하지 않고 그대로 앞으로 나갔다.

황하의 건널목에 다다랐을 때, 진기가 군사를 거느리고 앞을 가로막았다.

"거기 오는 사람은 누구요?"

"한수정후 관운장이오."

"어디로 가시는 길이오?"

"하북 땅으로 형님 유현덕을 찾아서 가는 길이오. 좀 건네 주시오."

"조승상의 증명서는?"

"나는 조승상의 지시를 받는 사람이 아니오. 증명서 같은 것은 없소."

"나는 하후돈장군의 명령으로 이 관문을 방비하고 있으니까, 함부로 통과시킬 수는 없소."

"뭣이라고! 내가 여기까지 오는 도중에 몇 놈의 목을 한칼로 베어 버린 사실을 모른다는 거냐? 네놈은 안량이나 문추보다도 더 세다는 거냐?"

이 말을 듣고 진기도 대로하여 긴 칼을 휘두르며 관운장에게 덤벼들었으나 어찌 적수가 될 수 있으랴. 관운장의 청룡도가 한번 번쩍하고 시퍼런 광채를 눈부시게 발하는 순간, 진기의 목은 허공으로 날아가 버리지 않을 수 없었다. 관운장이 지나온 관문은 이미 다섯 군데. 목을 벤 대장이 여섯 사람.

병사들이 강기슭에 대 주는 배를 집어타고 관운장은 황하를 건너서 원소의 영토 안으로 들어섰다. 앞으로 나가고 있을 때 홀연 뒤에서,

"관장군, 잠깐만!"

하는 소리가 들렸다. 고개를 돌이켜보니 뜻밖에도 손건이었다. 손건은 이미 유현덕과 타협이 되어서 하북 땅에서 함께 탈출할 작정으로, 유현덕은 유벽(劉辟)을 만나러 이미 여남(汝南)으로 갔다는 것이다. 손건은 관운장이 원소에게로 오다가 도중에 봉변이라도 당할까 걱정해서 영접을 나온 것이니, 곧장 여남으로 가서 유현덕을 만나라는 것이었다.

관운장이 손건의 말대로 방향을 바꾸어서 곧장 여남을 향해서 길을 가고 있을 때, 일대의 군사가 뒤쫓아오며 선수에서 하후돈이 호통을 쳤다.

"관운장, 옴쭉 말고 게 있거라!"

이야말로 관문을 가로막던 여섯 장수가 보람없는 죽음을 했는데, 또다른 군사들이 길을 막고 싸움을 걸려는 판이다.

28. 다시 만나는 기쁨

斬 蔡 陽 兄 弟 釋 疑
會 古 城 主 臣 聚 義

하후돈이 3백여 기(騎)를 거느리고 관운장의 뒤를 쫓아온 것이었다. 손건을 시켜서 두 형수들의 수레를 호위하고 앞으로 나가도록 해놓고, 관운장은 청룡도 끝을 하후돈의 턱 밑으로 들이댔다.

"그대가 나를 추격해 오다니, 조승상이 모처럼 베푸신 호의를 무시하겠다는 건가?"

"조승상에게서는 아무런 연락도 없었다. 네놈은 도중에서 여러 사람을 죽이고 또 나의 부장의 목까지 베었다니 괘씸하기 짝이 없다. 꽁꽁 묶어 가지고 가서 조승상의 처분을 바라겠다."

하후돈이 말을 몰고 창을 휘두르며 덤벼들자, 관운장도 이에 응하여 10여 합이나 싸웠다. 이렇게 싸우는 동안에 조조에게서 보낸 사람이 둘씩이나 달려들어서, 관운장의 앞길을 방해하지 말라는 공문을 내보이며 하후돈을 말렸지만, 그는 끝내 자기 고집대로 관운장을 잡아 가지고 조조에게로 가겠다 하며 치열한 육박전을 전개했다.

이때 또 말을 몰고 달려드는 무사 한 사람이 있었다.

"두 분 싸움을 중지하시오!"

그는 장요였다.

조조가, 관운장이 도중에서 관문의 대장들의 목을 베었다는 소식을 알고 장요를 파견하여 그가 가는 길을 가로막지 말라는 명령을 전달하러 왔다는 것이었다. 이런 사정을 설명해 주어도 하후돈은 관운장에게 "목이 달아난 진기는 채양의 조카로서, 잘 살펴 달라고 부탁을 받았으니 원수를 갚아야겠다."고 고집을 부렸다. 그러나

"승상께서 도량을 보이시고 관장군을 떠나 보내셨는데, 공께서 그 뜻에 배반하시겠단 말씀이오?"

하고 장요가 호통을 치는 바람에 하후돈도 어쩔 수 없이 군사를 거느리고 물러갔다.

유현덕이 원소의 곁에 있지 않은지라, 그를 찾아서 정처없이 천하를 두루두루 찾으러 간다는 관운장의 말을 듣고 장요는 일단 조조에게로 되돌아가자고 권고했다.

"그렇게는 할 수 없소. 공께서 돌아가셔서 조승상께 잘 말씀드려 주시오."

하면서 관운장은 씽끗 웃고 장요와 작별을 했으며, 장요는 하후돈과 함께 군사를 몰고 되돌아갔다.

관운장은 수레의 행렬을 쫓아가서 이런 뜻을 손건에게도 알려 주고 다시 말고삐를 나란히 하고 앞으로 나갔다. 또 며칠 동안을 가다가 별안간 큰비가 줄기차게 쏟아져서 몸이 흠뻑 젖게 되었다. 이때 다행히 멀리 언덕 아래 인가가 눈에 띄어 그곳으로 찾아가 하룻밤의 잠자리를 청했다. 그곳은 곽상(郭常)이라는 노인의 집이었다.

이 노인은 대대로 이 고장에 살고 있으며 평소부터 관운장의 소문을 듣고 존경하여 마지않았는데 우연히 만나 보게 되어서 기쁘다면서 양을 잡고 술을 마련해서 후히 대접해 주었다.

노인에게는 아들이 하나 있었는데, 농사나 하고 학문이나 하던 이 집안을 계승할 생각은 없이, 하고 많은 날 사냥에만 정신을 쏟고 있었다.

그날밤, 관운장이 손건과 함께 하룻밤을 쉬어서 가려고 잠자리에 들어 있을 때, 난데없이 뒤뜰에서 말이 울부짖고 사람들이 떠들썩하는 시끄러운 소리가 들려왔다. 급히 종인(從人)을 불러 보아도 통 대답이 없었다.

관운장과 손건이 칼을 집어들고 밖으로 뛰어나와 봤더니, 주인 곽상의 아들이 땅에 엎드려 소리를 지르며 발버둥질을 치고 있으며, 관운장의 종인이 집안 사람들과 옥신각신하고 있는 것이었다.

관운장의 종인의 말했다.

"이놈이 적토마를 훔치려고 하다가 말한테 채여서 쓰러졌습니다. 이상한 소리가 들리기에 달려왔더니 이분들도 덤벼든 것입니다."

곽상 부부는 여간 죄송해하지 않았다. 관운장은 그들 부부의 체면을 봐서 아들을 그냥 용서해 주었다.

이튿날 관운장은 하룻밤을 재워주어서 고맙다 인사하고 손건과 같이 두 형수의 수레를 호위하고 다시 산길로 접어들었다.

다시 30리 길도 채 못 갔을 때, 산속 으슥한 곳에서부터 백여 명이나 되는 장정들이 몰려 나왔다. 선두에 선 두 사람은 말을 타고 있었는데, 그 중의 하나가 바로 곽상의 아들이었다.

머리에 누런 수건을 휘감은 장정이 말을 꺼냈다.

"나는 천공장군(天公將軍) 장각(張角)의 부하로 있던 사람이다! 거기 가는 자, 목숨이 아까우면 적토마를 내놓고 가거라!"

이 말을 들은 관운장은 하도 어처구니가 없어서 껄껄대고 웃었다.

"이 철딱서니 없는 놈아! 네놈이 장각의 밑에서 못된 짓을 하고 있던 놈이라면 유현덕·관운장·장비 3형제쯤은 알고 있을 텐데?"

"나는 얼굴이 붉고 수염이 긴 관운장이란 말만 들었지, 아직 한 번도 본 일은 없다. 그런 소리를 하는 네놈은 누구냐?"

관운장은 말을 멈추고 청룡도를 옆구리에 끼고 주머니를 풀어서 긴 수염을 보여 주었다. 그 사나이는 말 위에서 굴러 떨어지더니 곽상의 아들의 뒷머리를 움켜쥐고 관운장의 앞으로 내세우면서 부들부들 떨었다.

그는 성명이 배원소(裵元紹).

장각이 황건적 노릇을 하다가 죽은 뒤에는 섬길 만한 두목도 없고 해서, 산적들 틈에 끼여서 이곳에 숨어 있던 중, 적토마를 훔쳐내자는 곽상 아들의 유혹을 받고 영문도 모르고 여기까지 내달아온 것이었다.

곽상의 아들도 그가 관운장인 줄 알자, 꿇어 엎드려서 목숨만 살려 달라고 애원하는 바람에, 그의 아버지를 생각하고 놓아 보냈다. 관운장이 다시 배원소에게 알아본즉, 30리쯤 떨어진 곳에 와우산(臥牛山)이란 산이 있는데, 거기 주창(周倉)이라는 관서(關西) 사나이는, 천 근이나 되는 물건이라도 거뜬히 집어드는 장사라는 것이었다. 그가 황건적 장보(張寶)의 밑에서 부하 노릇을 하고 있었을 적에 관운장의 놀라운 명성을 듣고 탄복했는데, 한 번도 만나 볼 기회가 없었다는 것이었다.

"산적이란 호걸이 하는 짓은 아니다. 그대도 이제부터는 정업(正業)을 가지고 몸을 스스로 망치는 짓은 하지 마라!"

배원소가 감격해서 꿇어 엎드리려고 하는데 일대의 인마가 달려오는 것이 보였다.

선두에 서 있는 것은 바로 주창이었다. 주창은 관운장을 보자 놀라움과 기쁨에 어쩔 줄 몰라했다.

"예전에 황건적 장보의 수하에 있을 때, 존안을 뵌 일이 있었지만, 적도(賊徒)의 틈에 끼여서 장군 곁으로 달려갈 수도 없었습니다. 이번 기회에 보졸 노릇이라도 시켜 주시고 곁에 따르게 해주시면 목숨이 붙어 있는 날까지 받들어 모시겠습니다."

주창이 이렇게 말하니 그의 여러 부하들도 관운장을 따르겠다는 것이었다. 이 점에 대해서 두 형수들과 상의했지만, 여태까지 단기로 오다가 군사를 거느리고 간다는 것도 합당치 않다는 형수들의 의견을 존중하여, 관운장은 주창 하나만을 데리고 가기로 하고 배원소와 그의 병졸들은 돌려보냈다. 배원소도 몹시 동행하고 싶어했지만, 주창이 우선 부하들을 영솔하고 때를 기다리고 있으면 자기가 관장군을 따라가서 거처가 작정되는 대로 데리러 오겠다고 달래서 돌려 보냈다.

주창을 데리고 여남 방면으로 직행하는 도중에, 관운장은 고성(古城)이란 곳에 다다랐는데, 여기서 자나깨나 잊지 못하고 있던 아우 장비의 소식을 알게 되었다.

장비는 망탕산(芒碭山) 속에 한 달이나 숨어 있었는데, 유현덕의 소식을 알려고 산 속에서 나왔다가 고성 땅을 지나가게 되어 군량을 얻으려고 성 안으로 들어섰다. 그러나 현령에게 거절을 당하자, 화가 나서 현령의 관인(官印)을 빼앗고 성까지 수중에 넣은 다음 우선 이곳에 자리잡고 있는 판이었다.

그날, 손건은 관운장의 명령을 받고 성 안에 들어갔다가 장비를 만나 관운장의 소식을 전했더니, 장비는 대답도 하지 않고 선뜻 갑옷을 입고 사모(蛇矛)를 손에 움켜 잡더니 천여 명이나 되는 부하를 거느리고 북문으로 달려나갔다.

손건은 장비의 당황한 태도에 기가 막혔으나 어쩔 수 없이 그대로 뒤를 쫓아서 성 밖으로 나왔다.

관운장은 장비가 멀리서 달려오는 것을 보자, 청룡도를 주창에게 들리고 말을 달려 나가서 영접했다.

장비는 둥그런 눈을 크게 부릅뜨고 호랑이 수염을 뻗치고서 벽력같은 소리를 지르며 사모 끝을 관운장에게 대고 찌르려 덤볐다.

"아우, 이게 무슨 짓인가? 도원에서 했던 맹세를 잊어버렸나?"

"뭐라고? 의리를 모르는 위인이 무슨 낯짝을 들고 여길 왔단 말인가?"

"내가 의리를 모르다니?"

"형님한테 배반하고 조조에게 몸을 의지하고 있으면서 이번에는 나까지 유인하려고 온 거요? 자! 덤벼요! 사생결단을 합시다."

두 부인들이 옥신각신하는 소리를 듣고 수레 속에서 발을 쳐들고 관운장의 난처했던 입장을 극력 변명해 주었지만 장비는 막무가내. 이때 뒤쫓아온 손건도 오해를 풀도록 권고했으나 장비는 점점 더 격분해서 호통을 치는 것이었다.

"네놈까지 나를 속이려 드느냐? 다른 생각이 있어서 나를 잡으러 온 것이 분명하다!"

"공을 잡으러 왔으면 군사를 거느리고 왔을 게 아니오?"

이 말을 들은 장비, 선뜻 손가락으로 가리켰다.

"저기 오는 것은 군사가 아니고 뭐냐?"

관운장이 훌쩍 돌이켜 보니 과연 사진(砂塵)을 휘몰아치며 일대의 인마가 달려들고 있었다. 앞에서 휘날리는 깃발은 분명 조조의 군사였다.

장비는 또 호통을 쳤다.

"이런데도 시치미를 떼고 아니라고 할 작정인가?"

다짜고짜로 1장 8척의 사모를 휘두르며 관운장을 찌르려고 덤벼들었다.

"이 사람, 아우 가만있게! 내가 달려온 대장의 목을 베어서 내 진심을 알리도록 함세."

"좋소! 만약에 진심이 있다면, 내가 여기서 북을 세 통(通) 치는 동안에 당장에 저 장수의 목을 베어 오시오!"

관운장은 그렇게 하기로 승낙했다. 조조의 군사의 선두에서 덤벼든 것은 바로 채양이었다.

둥, 둥, 둥.

장비는 친히 북을 치고 있었다. 다만 마지막 한 통의 북소리가 채 가시기 전의 아슬아슬한 찰나에, 관운장의 청룡도는 번쩍하고 새파란 광채를 발했다. 채양의 목이 날아서 땅 위에 나뒹굴고 병사들은 우수수 흩어져서 도망쳤다.

나중에 병졸들을 붙잡고 어찌된 사정이냐고 물어 봤더니, 채양은 관운장이 자기 조카를 죽인데 격분해서 하북으로 달려가서 싸우겠다고 하는지라, 조조가 그 말을 듣지 않고, 하남으로 가서 유벽(劉辟)이나 공격하라고 했는데, 뜻밖에도 여기서 관운장과 맞닥뜨리게 됐다는 것이었다.

관운장이 그 말을 듣고, 그 병졸을 시켜서 이런 사실을 장비에게도 알리라고 했더니, 그 병졸은 관운장이 허도에서 지내던 일까지 자초지종을 일일이 이야기했다. 그제야 장비도 관운장에 대한 의심이 깨끗이 풀리게 됐다.

이때 갑자기 성 안에 있는 병사가 통지를 했다. 남문을 향해서 10여 기의 인마가 달려오고 있는데, 정체를 모를 인물들이라는 것이었다.

장비가 이상하게 여기고 남문 밖으로 나가서 보니 과연 10여 기가 이편으로 달려오고 있는데 이윽고 장비를 보더니 말에서 급히 내리는 두 사람이 있었다. 그것은 바로 미축(麋竺)과 미방(麋芳)이었다. 그들은 어제 우연히 어떤 장돌뱅이 장사꾼한테서, 풍채가 이러저러하게 생긴 장모라는 장군이 고성을 점령했다는 소문을 듣고, 이는 장비가 틀림없으리라는 생각으로 달려온 길이었다.

미축·미방은 기뻐서 어쩔 줄 모르며 관운장을 대면하고 나서 두 부인에게도 인사를 드렸다. 그제야 장비는 두 부인을 성 안으로 영접해서 아문(衙門) 안에 자리잡도록 했다. 두 부인이 관운장의 그동안 겪은 일을 샅샅이 이야기해 주었더니, 장비는 그제야 소리를 내어서 엉엉 울며 관운장의 앞에 꿇어앉았다. 미축 형제들도 감격의 눈물을 금치 못했으며 장비도 그동안 자기가 지낸 일들을 이야기하면서 성대한 축하연을 베풀었다.

  이튿날, 장비는 관운장과 함께 여남으로 가서 유현덕을 만나 보자고 했으나 관운장이 말렸다.

  장비가 형수들을 모시고 잠시 이 성 안에 있어 주면 자기는 손건과 먼저 가서 형의 소식을 알아 가지고 오마고 했다.

  관운장이 몇 기를 거느리고 여남으로 달려갔더니 유벽과 공도가 나와서 영접했다. 유현덕의 소식을 물어 보자, 얼마 동안 그곳에 머물러 있었으나 군사가 너무 부족해서 다시 하북에 있는 원소에게 상의하러 갔다는 것이었다. 관운장의 얼굴은 침울해지지 않을 수 없었다. 손건이 위로를 해주었다.

  손건은 낙담할 것 없이, 다시 한번 하북으로 되돌아가서 유현덕에게 이런 사정을 알려서 고성으로 맞아 들이자는 생각이었다.

  관운장이 손건의 말에 찬동하고 유벽·공도와 작별한 다음, 고성으로 돌아와 장비에게 이야기했더니 장비도 함께 따라가겠다고 하는 것을 관운장이 말렸다. 이제 그들이 마음 놓고 자리잡고 앉을 수 있는 곳은 이 고성 한 군데밖에 없었기 때문에, 관운장은 경솔히 버릴 수 없다는 점을 장비에게 역설해서, 단단히 지키고 있도록 당부했다.

  관운장은 주창을 불러서 아직도 와우산에 남아 있는 병졸 4, 5백 명을 거느리고 자기가 지나가는 도중에서 대기하고 있으라고 명령했다.

  관운장과 손건은 불과 20여 기를 거느리고 하북으로 향했다. 국경지대까지 왔을 때, 손건은 관운장이 경솔히 나서는 것이 불리하다 생각하고, 자기 혼자서 먼저 유현덕을 찾아가 만나 보겠다고 떠나갔다.

앞에 바라다보이는 마을에 집이 한 채 있어서 관운장은 종인들을 거느리고 그리로 가서 하룻밤의 잠자리를 청했다. 지팡이를 짚고 나온 이 집 노인은 관정(關定)이라는 사람이었다. 평소부터 관운장의 명성을 알고 존경해 오던 터에 만나게 됐음이 영광이라고 하면서, 두 아들까지 불러다가 인사를 시키고 일행을 극진히 후대해 주었다.

한편, 손건은 단기로 기주로 가서 유현덕을 만나서 여태까지의 경과와 현재의 형편을 자세히 이야기했다. 마침 간옹(簡雍)도 그곳에 와 있어서 세 사람이 탈출할 계획을 세웠다. 우선 유현덕이 원소를 만나 보고 형주에 가서 유표(劉表)를 설복시켜서 함께 조조를 토벌하도록 타협을 짓고 오겠다고 하면 이곳에서 탈출하기는 무난하리라는 것이 간옹의 의견이었다.

이튿날, 유현덕이 원소의 앞에 나가 이런 의사를 표시했더니 원소도 쾌히 승낙했고, 관운장마저 자기 마음에 드는 장수이니 빨리 자기에게로 오도록 연락을 취해 달라는 것이었다.

"관운장은 손건을 보내서 데려오도록 하겠습니다."

유현덕이 이렇게 대답했더니 원소도 기뻐하며 찬성했다.

현덕이 자리를 물러나자, 이번에는 간옹이 원소 앞에 나타나서 의견을 말했다.

"유현덕은 이번에 떠나가면 돌아오지 않을 겁니다. 유표도 설복시킬 겸, 현덕을 지키기 위해서 나를 동행하도록 해주십시오."

원소는 그럴듯한 의견이라 생각하고 간옹을 현덕과 동행하도록 명령했다. 그랬더니 곽도가 말했다.

"유현덕은 지난번에도 유벽을 설복시킨다고 갔다가 아무 성과도 얻지 못하고 돌아왔습니다. 이번에 간옹과 함께 형주로 가면 두 번 다시 이리로 돌아오지는 않을 겁니다."

"그대는 의심이 너무 심하오. 간옹은 제법 지혜로운 사람이니까 그다지 염려할 것은 없소."

원소가 그런 의견을 일축해 버리자 곽도는 탄식하면서 그 자리를 물러났다.

현덕은 우선 손건에게 명령하여 관운장에게 답장을 전하도록 하고, 간옹과 함께 원소에게 작별 인사를 한 다음 말을 타고 성 밖으로 나왔다.

국경지대까지 왔을 때, 손건이 기다리고 있다가 관정의 집으로 안내해 주었다. 관운장은 문 밖에까지 나와서 현덕을 영접하면서 손을 맞잡고 눈물이 비오듯했다.

관정은 두 아들을 데리고 나와서 초당 앞에서 현덕에게 인사를 시켰다. 현덕이 그 이름을 물었더니 관운장이 대신 대답했다.

"이분은 나와 동성(同姓)이시며 이 두 분은 아드님인데, 장남 관녕(關寧)은 학문을 배우고 있으며, 차남 관평(關平)은 무예를 배우고 있소."

관정이 옆에서 말했다.

"죄송한 말씀이오나, 나는 이 둘째놈이 관장군을 섬기도록 했으면 하는 생각을 하고 있습니다만, 장군께서 들어 주실는지 그게 걱정입니다."

현덕이 물었다.

"아드님은 몇 살이나 되오?"

"열여덟 살입니다."

"참 고마우신 뜻이십니다. 그렇다면 나의 아우에게는 아직도 혈육이 없으니 숫제 아드님을 양자로 주시는 게 어떻겠소?"

관정은 기뻐서 어쩔 줄 모르며 그 자리에서 관평에게 명령하여 관운장에게 절을 시켜 아버지로 모시도록 하고, 현덕을 백부라고 부르도록 했다.

유현덕은 원소의 부하들이 뒤를 쫓지나 않을까 두려워서 곧 그 집을 떠났으며, 관평은 관운장을 따라서 함께 나왔는데, 아버지 관정은 다음 숙소까지 전송해 주고 혼자서 자기 집으로 되돌아갔다.

관운장은 와우산으로 방향을 정하고 떠났는데, 가는 도중에서 상처를 입은 주창이 수십 명의 부하를 거느리고 나타났다. 관운장이 주창을 현덕에게 인사시키고 그 상처의 연유를 물었더니 주창이 대답했다.

"내가 와우산으로 가기 전에 벌써 어떤 무사 한 사람이 단기로 그곳에 나타나서 배원소(裵元紹)와 싸워서 불과 1합도 싸우지 않고 배원소를 찔러 죽이고 다른 병졸들을 부하로 거느리고 산채(山寨)를 점령하고 있었습니다. 내가 나타나서 예전 부하들에게 내편으로 되돌아오라고 했지만, 따라온 것은 겨우 이 몇 사람뿐이고, 다른 부하들은 부들부들 떨면서 감히 따라오질 못했습니다. 나는 화를 참기 어려워서 그 무사를 거꾸러뜨려 버리려고 덤벼들었다가 도저히 감당해 내지 못하고 꼴사납게 상처를 세 군데나 입게 되어 이런 사실을 장군께 알려드리고자 여기까지 온 길입니다."

현덕이 물었다.

"그 무사란 자는 얼굴이 어떻게 생겼습디까? 성명은 뭣이라 하고?"

"세상에 드물게 보는 호걸이라고 생각했습니다만, 성명은 잘 모릅니다."

이 말을 듣자 관운장은 앞장을 서서 말을 몰고, 현덕도 뒤를 따라서 쏜살같이 와우산으로 달려갔다.

주창이 산기슭에서 욕설을 퍼부었더니, 저편 대장은 갑옷 투구에 무장을 단단히 차리고 창을 옆에 끼고 말을 달려서 부하를 거느리고 산에서 내려왔다.

"거기 오는 것은 조자룡이 아닌가?"
하고 소리를 질렀다. 저편 대장은 현덕의 모습을 바라다보자마자 말 위에서 굴러 떨어지듯 뛰어내려 길옆에 꿇어앉았다. 그는 틀림없는 조자룡이었다.

현덕과 관운장이 말 위에서 내려서 인사를 나눈 다음 어째서 여기까지 와 있느냐고 물었다.

이에 조자룡이 대답했다.

"장군과 작별하고 나서, 공손찬은 남의 권고를 듣지 않고 싸움만 하다가, 패하여 스스로 불 속에 뛰어들어 죽어 버렸습니다. 그 후 원소에게서 여러 차례 자기에게로 오라는 청을 받았으나, 원소는 그릇이 큰 인물이 못 된다는 생각으로 그에게로 가지 않았습니다. 서주로 가서 장군이나 찾아 뵈올까 했습니다만, 서주도 함락당하고 관장군께서는 조조에게 투항하셨고, 유장군께서는 원소에게 몸을 의탁하고 계시게 됐다는 소문을 듣게 되었습니다. 몇 번이나 찾아 뵙고 싶은 마음은 간절했지만, 원소에게 의심을 살까 두려워 선뜻 가지도 못하고 정처 없이 떠돌아 다니고 있었습니다. 얼마 전에 이곳을 지나가려는데 공교롭게도 배원소가 나의 말을 빼앗으려고 산에서 내려온 바람에 놈을 거꾸러뜨리고 그대로 여기 주저앉은 겁니다. 요사이 장비장군께서 고성에 계시다는 소문을 듣고 달려가고 싶은 생각이 간절했지만 아직 그 진부를 알 수 없어서 망설이고 있던 차에 오늘 다행하게도 유장군을 만나 뵙게 된 것입니다."

유현덕도 크게 기뻐했다.

"처음에 그대를 만났을 때부터 나는 왜 그런지 우리 편에 가담시키고 싶어했더니, 오늘 이렇게 우연히 만나게 되어서 여간 즐겁지 않소."

"나 역시 여태까지 섬길 만한 주군을 찾아서 사방으로 돌아다녔습니다만, 아직도 이렇다 할 만한 인물을 만나지 못하고 있는데, 오늘 곁에 둬 주실 것을 승낙해 주시니 평소의 소원을 성취한 셈입니다. 이제부터는 어떻게 처참한 죽음을 당한다 할지라도 후회함이 없겠습니다."

일행은 그날 중으로 산채를 불질러 태워 버리고 부하를 거느리고 유현덕을 따라서 고성으로 떠났다.

장비 · 미축 · 미방은 성 밖으로 나와서 영접했다. 두 부인에게서 관운장의 이야기를 자세히 듣게 된 현덕은 감격하여 마지않았고, 그날로 축하의 연석을 마련하니, 유현덕은 오래간만에 아우들과 다시 만나게 됐고, 보좌하는 사람들도 하나도 빠짐이 없게 되었다. 거기다 새로 조자룡까지 거느리게 됐으며, 관운장은 관운장대로 관평 · 주창 두 부하를 얻게 되어서,

기쁨에 도취한 경사스런 잔치가 며칠 동안이나 계속되었다.

이때, 현덕·관운장·장비·조자룡·손건·간옹·미축·미방·관평·주창이 거느리는 보병·기병의 군사는 도합 4,5천 명. 현덕이 고성을 버리고 본거지를 여남으로 옮기려 하고 있을 때, 유벽·공도에게서 그들을 영접하려고 사람을 보내 왔다. 이리하여 일행은 군사를 정비해 가지고 여남으로 옮긴 다음 병사를 모집하고 말을 사들여서 서서히 재기를 꾀하게 되었다.

한편 원소는 유현덕이 돌아오지 않자 격분해서 군사를 일으켜 공격하려고 하는데 곽도가 의견을 제출했다.

"유현덕보다도 무서운 것은 조조입니다. 강동의 손책은 삼강(三江)에 위력을 떨치고 영토가 육군(六郡)이나 되니 사람을 보내셔서 그와 우의를 맺고 함께 조조를 들이치는 게 상책인가 합니다."

원소는 당장에 진진(陳震)에게 편지를 써 주어서 손책과 힘을 합치려고 한다. 이야말로 하북에서 영웅이 떠났기 때문에 강동에서 호걸이 나타난다는 셈이다.

29. 유령과의 대결

小 覇 王 怒 斬 于 吉
碧 眼 兒 坐 領 江 東

손책은 강동 땅을 진압하고 나서, 정병을 거느리고 군량도 풍부하게 지니고 있었는데, 건안 4년(199년)에는 유훈(劉勳)을 격파해서 여강(廬江)을 점령했고, 우번(虞翻)을 예장군(豫章郡)에 파견하여 태수 화흠(華歆)을 항복시켰다.

이때부터 위력을 크게 떨치게 되어서 장굉(張紘)을 허창에 파견하여 승리를 보고하는 상주문을 올렸다.

조조는 손책의 힘이 강대해진 것을 알자,

"사자 새끼 같은 놈, 섣불리 건드리기 어렵게 되었는걸!"

하고 탄식했으며, 조인의 딸을 손책의 막내 동생 손광(孫匡)과 짝지어 결혼을 시켰으며 장굉을 허창에 머물러 있게 해두었다.

손책은 대사마의 자리를 요구했지만 조조가 승낙하지 않았기 때문에 거기 원한을 품고 항시 허도를 습격하겠다는 배짱을 가지고 있었다. 이때 오군(吳郡)의 태수 허공(許貢)이 남몰래 허도로 사람을 보내서 조조에게 편지를 올리려고 했으니 그 편지의 내용인즉,

'손책의 무용은 옛적의 항우와도 견줄 만하니, 조정에서는

마땅히 높은 자리를 주어서 그를 불러 올려야 할 것이다. 그를 지방에 내버려두면 것은 반드시 후환이 있을 것이다.'

허공이 심부름을 보낸 사람이 이런 편지를 가지고 장강(長江)을 건너려고 했을 때 강을 지키는 장수에게 붙잡혀서 손책의 앞으로 끌려나가게 되었다. 손책은 그 편지를 보고 나더니 노발대발, 심부름꾼의 목을 베고, 사람을 시켜서 다른 일을 핑계하고 허공을 불러왔다. 허공이 나타나자 손책은 편지를 내동댕이치면서,

"그대는 나를 사지로 몰아넣을 작정인가?"

하고 꾸짖고 나서, 무사에게 명령하여 목을 졸라 죽여 버렸다. 허공의 가족들은 모조리 도주했지만, 그의 집에 식객으로 있던 세 사람이 원수를 갚으려고 기회만 노리고 있었다.

어느 날 손책은 군사를 거느리고 단도현(丹徒縣) 서산(西山)으로 사냥을 나갔었는데, 한 마리의 커다란 사슴을 몰아 손책은 단기로 산꼭대기까지 쫓아 올라갔다. 도중에서 창과 활을 가진 세 사람이 숲속에 서 있는 것을 발견하게 되자 손책은 말을 멈추고 물었다.

"뭣하는 사람들이냐?"

"한당(韓當)의 수하에 있던 사람들입니다. 여기서 사슴을 쏘려고 지키고 있는 중입니다."

하니 그대로 지나쳐 가려고 했는데 한 사람이 창을 고쳐 잡더니 손책의 왼쪽 넓적다리를 푹 찔렀다. 깜짝 놀란 손책, 허리에 찼던 칼을 뽑아 들고 말 위에서 내리치려고 했으나 칼은 빠져서 땅에 떨어지고 손에 잡힌 것은 칼집뿐이었다.

이 틈을 타서 또 한 사람이 쏜 화살이 바로 손책의 한쪽 볼

에 꽂혔다. 손책이 그 화살을 뽑아서 활에다 꽂고 방금 활을 쏜 사람을 겨누고 다시 쏘았더니, 요란스런 활소리와 함께 그는 땅 위에 폭삭 고꾸라졌다.

그런데 다른 두 명이 좌우 양편에서 손책에게 창끝을 들이대며,

"우리들은 허공의 집에 식객으로 있던 사람이다. 주공의 원수를 갚아야겠다."

하고 호통을 쳤다. 손책은 손에 잡은 무기가 없는 바람에, 활로 막아내면서 몸을 피하려고 했지만, 두 명은 호락호락 물러서려 들지 않았다. 손책은 몸을 여러 군데 창끝으로 찔렸으며, 말도 상처를 입었다. 그 이상 감당해 내기 어려울 지경에 이르렀을 때, 홀연 정보가 부하 몇 명을 거느리고 달려들었는지라,

"저 못된 놈들을 붙잡아라!"

하고 소리를 지르니, 정보와 그 부하들이 일제히 달려들어서 두 명을 마구 찔러서 엉망진창을 만들어 죽여 버리고 말았다.

손책은 얼굴이 시뻘겋게 피투성이요, 깊은 상처를 입었는지라, 칼로 전포 자락을 찢어서 상처를 잡아매고 오군으로 돌아와서 휴양하게 되었다.

손책은 성미가 몹시 급한 사람이었는데, 부상을 당하고 나서 빨리 낫지 않는다 하여, 초조한 나날을 보내고 있었다. 20일 동안이나 안정을 하고 있는 판에, 장굉이 보낸 사람이 허도로부터 돌아왔다고 해서 손책은 그를 불러 놓고 그곳의 형편을 물어 봤다. 그랬더니 그 사람이 말하기를, 조조의 모사 곽가가 예전에 조조에게 손책은 겁낼 것이 없는 인물이며 사람이 경솔하고 생각이 없으며 성미가 급하고 지모(智謀)가 없

어서 결국 필부지용(匹夫之勇)에 불과하고 나중에 대단치 않은 사람의 손에 목숨을 빼앗길 것이라고 말했다는 사실을 솔직히 손책에게 알려 주었다.

손책이 대로하여 당장 허도를 들이치겠다고 펄펄 뛰는 판인데, 원소가 파견한 사람 진진이 도착했다는 소식이 들어왔다. 손책과 결탁해 가지고 조조를 쳐부수자는 원소의 뜻을 전달하니, 손책은 크게 기뻐하여, 그날로 여러 장수를 모아 놓고 성대한 연회를 베풀었다.

주석이 한창 어울려 들어가고 있을 때, 웬일인지 여러 대장들이 수군수군하더니 하나 둘씩 자리를 뜨는 것이었다. 손책이 측근자에게 그 까닭을 알아보았다. 우선인(于仙人)이라는 사람이 방금 이 아래를 지나가기 때문에 여러 장수들이 절을 하려고 나갔다는 것이었다. 그리고 이 우선인이란 인물은 성명을 우길(于吉)이라 하는데, 부수(符水)를 널리 베풀어 사람들의 만 가지 병을 고쳐 주며 그 영험이 아주 대단하다는 것이었다.

손책이 대로했다.

"그놈을 당장 잡아들여 목을 베라! 황건적 장각의 일당인지도 모른다. 그놈은 결국 요인(妖人)이다. 내 민심을 선동하고 현혹시키는 놈의 목을 벤들 개 돼지를 죽이는 것과 뭣이 다르단 말이냐?"

그런데도 모든 사람들은 이 우길이란 신선이 태평청령도(太平靑領道)라는 백여 권의 신서(神書)를 곡양천(曲陽泉) 근처에서 얻게 되어 그것으로써 하늘을 대신하여 만 가지 병을 고쳐 주는 사람이라고 존경하고 숭배하는 것이었다.

손책은 우길의 목을 베라고 강경히 명령했다. 장소를 비롯한 여러 측근자들이 간곡히 말리자, 우선 감옥에 가둬 두라고 했다.

이것은 확실히 괴상한 인물의 출현이었다. 손책의 운명을 결정지으려고 이런 괴상한 인물이 나타났는지도 모를 일이었다. 이 문제에 대해서는 그의 모친 오태부인(吳太夫人)까지 아들 손책에게 너무 지나치게 우길을 학대하지 말라는 권고를 했다. 손책은,

"그놈은 요술을 부려서 백성을 현혹하게 하는 놈입니다!"

하고 대로하여, 우길을 감옥에서 끌어내라고 호통을 쳤다. 옥리(獄吏)들이 또한 우길을 존경하고 숭배하는 터라 쇠고랑도 채우지 않고 감옥 속에 넣어 두었었다. 이 사실을 알게 된 손책은 더욱더 격분해서 옥리들을 무섭게 질책하고 다시 쇠고랑을 채워서 감옥 속에 집어넣었다.

"내가 우길을 죽이려는 것은 이런 어리석음을 깨우쳐 주고 사교(邪敎)를 뿌리뽑아 버리자는 것이다!"

하며 강경한 태도를 취했다.

이때 여범(呂範)이 한 가지 권고를 했다.

"제가 알기에는 우길이 비바람을 마음대로 불러일으킬 수 있으니, 이렇게 날이 가물어서 백성들이 고생하는 데 그를 시켜서 비를 빌어 보도록 해보십시오."

"정 그렇다면 무슨 짓을 하는지 한번 보기로 하지!"

이래서 우길을 감옥에서 끌어내어 쇠고랑을 풀어 주었다. 우길은 명령을 받자, 목욕하고 옷을 갈아입고 밧줄로 자기 자신을 꽁꽁 묶어 가지고 내리쬐는 폭양 아래 섰다.

손책과의 약속이 있었다. 오각(午刻)이 되도록 비를 내리게 하지 못하면 우길의 목을 베겠다는 약속이었다. 그런데 이상하게도 오각이 되니까, 갑자기 바람이 일고 사방에서부터 시커먼 구름장이 하늘을 뒤덮었다.

그래도 성미 급한 손책은 끝까지 고집을 부렸다.

"벌써 오각이 됐다. 어디 비가 내리느냐?"

하면서 측근자에게 명령하여 우길을 나무더미를 쌓아 올린 꼭대기에 올려놓고 사방에서 불을 지르게 했다. 그런데 신기하게도 갑자기 시커먼 연기가 한 줄기 하늘 높이 뻗쳐 올라가더니 천둥번개가 요란스럽게 일면서 비가 죽죽 소리치며 마구 퍼부었다.

그런데도 손책은 점점 더 노기가 충천할 뿐이었다.

"청우(晴雨)는 천지의 정수(定數)다. 이따위 요인이 그것을 이용해 가지고 인심을 현혹하게 하는 것을 어째서 너희들까지 얼이 빠지느냐?"

하고 호통을 치면서, 보검을 뽑아 던져 측근자더러 당장에 우길의 목을 베라고 했다. 백관(百官)이 무슨 말을 해도 손책은 막무가내,

"그대들까지 우길과 결탁하여 나에게 모반할 작정인가?"

하고 노발대발. 여러 사람들이 입을 봉하고 묵묵히 있을 때, 손책은 무사에게 명령하여 우길의 목을 한 칼에 베어 버리게 했다. 이상한 일은 바로 그때 한줄기 푸른 기운이 동북쪽으로 사라져 올라가는 것이었다. 손책은 우길의 시체를 사람이 많이 다니는 장거리에 내던져서 요망한 죄를 바로 잡으라고 명령했다.

그런데 괴상한 일이 이때부터 계속해서 일어나는 것이었다.

우선 그날밤에는 사나운 비가 모질게 퍼부었는데, 새벽녘에 우길의 시체가 간 곳이 없어진 것이었다. 시체를 지키던 병사가 이런 사실을 손책에게 알렸더니, 손책은 당장에 그 병사의 목을 베려고 했다.

이때, 난데없이 어떤 사람 하나가 대청 앞에서부터 이쪽으로 어슬렁어슬렁 걸어오고 있는 것이다. 자세히 보니 그것은 우길이었다. 칼을 뽑아서 우길을 찌르려고 날뛰던 손책은 그대로 졸도하고 말았다.

또 그날밤 2경이나 되어서, 손책은 침실에서 잠이 들어 있었는데, 난데없이 요사스런 바람 기운이 일어 등잔불이 깜박깜박 꺼졌다 켜졌다 하더니 그 등잔불 밑에서 우길이 침상 앞으로 성큼성큼 다가오는 것이었다.

"천하를 다스리고 요귀를 퇴치하려는 내 앞에, 감히 네놈이 유령이 되어서 나타나다니, 괘씸한 놈!"

손책이 호통을 치며 머리맡에 놓였던 칼을 집어 던졌더니 우길의 모습은 온데간데없이 어디론지 사라져 버리고 말았다.

망령에게 시달림을 받는 아들을 걱정해서, 손책의 모친은 옥청관(玉淸觀)에 제단을 마련해 놓고 매일 기도를 드렸으며, 아들 손책에게도 거기 가서 기도를 올리라고 권고했다.

모친의 권고를 거역하기 어려워서 손책도 옥청관 제단 앞에 나갔지만, 향불만 피우고 기도를 드리려고는 하지 않았다. 이때 별안간 향로에서 연기가 뭉게뭉게 피어오르더니 흩어지지 않고 한 개의 화개(華蓋)처럼 뭉쳐지고 그 위에 우길이 나타나 단정히 앉는 것이었다.

손책은 또 노발대발, 침을 뱉고 뛰쳐나와서,

"도관(道觀)이란 곳도 요귀가 들끓는 곳이구나!"

하면서 무사 5백 명에게 명령해서 지붕 꼭대기에 올라가서 기왓장을 벗기게 했다. 그랬더니, 우길이 또 나타나서 기왓장을 집어던지는 꼴이 뵈니, 손책이 격분해서 불을 지르라고 명령했다.

불길이 퍼져 올라가면 우길은 그 불길 속에도 나타나고, 관저로 돌아오면 대문 앞에도 우길이 지키고 서 있었다.

그날, 손책은 군사를 정비해서 성 밖에 영채를 마련하고, 여러 장수들을 소집해서 원소에게 가담해서 조조를 공격할 대책을 협의하고 난 다음에 그대로 영채에 머물러 있었는데, 밤중에 또 우길이 머리를 흐트러뜨리고 나타났다. 손책은 영채 안에서 날이 밝도록 미친 사람같이 호통을 치며 어쩔 줄 몰랐다.

그 이튿날, 오태부인은 아들을 관저로 돌아오라고 했다. 손책은 돌아가서 어머니를 만났다. 어머니는 깜짝 놀랐다.

"너의 얼굴이 어째서 이다지도 초췌해졌느냐?"

어머니의 말을 듣고 손책은 당장 거울을 집어들고 자기 얼굴을 비쳐 봤다.

"아! 내 얼굴이 어째서 이다지 수척해졌을까!"

이렇게 탄식하는 말이 끝나기도 전에 우길이 거울 속에 나타났다.

"에잇! 괘씸한 놈!"

손책은 거울을 손으로 두들겨서 깨뜨려 버리고, 한 마디 고함을 지르자 전신에서 상처가 터져 나며 땅 위에 졸도해 버렸다. 오태부인이 침실로 옮겨다 뉘었더니, 얼마만에 손책은 눈

을 힘없이 뜨면서,

"아, 인제 나는 가망이 없다!"

하고 한숨지으면서, 장소와 그밖의 대장들과 손권(孫權)을 머리맡으로 불러들였다.

"천하가 어지러운 이때, 오월(吳越)의 많은 사람과 삼강(三江)의 견고한 힘을 가지면 일을 크게 성취할 수 있을 것이니, 모두들 나의 아우를 잘 도와주시오!"

손책은 마침내 그의 인수(印綬)를 아우 손권에게 넘겨 주었다.

"강동의 대다수를 거느리고 양진(兩陣) 사이에서 결기(決機)하면서 천하와 더불어 승패를 결하면, 그대가 나만은 못하다 하더라도, 현명한 신하를 기용하여 그들의 능한 점에 맡겨 두어 각각 진격하여 강동을 지킨다면 나보다 훨씬 나을 것이다. 부형(父兄)이 창업한 괴로움을 잊어버리지 말고 스스로 잘 알아차려서 해야 할 것이다."

손권은 통곡하면서 인수를 받았다. 손책은 다시 그의 모친에게 말했다.

"저는 이미 수명이 다했으니, 더 어머님을 모실 수 없습니다. 이제 인수를 아우에게 넘겨 주었으니, 어머님께서도 원컨대 조석으로 잘 타이르시고 돌봐 주시기 바랍니다. 또 아버지와 형 때의 여러 옛사람들에게 경솔하거나 태만히 굴지 않도록 훈계해 주시기 바랍니다."

오태부인이 울면서 말했다.

"너의 아우는 아직도 나이 어려서 대사를 맡기기 어려운데, 이 일을 어찌하면 좋단 말이냐?"

"아우의 재간은 저보다 열 배나 더합니다. 대임을 넉넉히 감당해 낼 겁니다. 만약에 나라 안 일로서 결정하기 어려운 일이 있으면 장소와 더불어 상의하고, 나라 바깥 일로서 결정하기 어려운 일이 있으면 주유(周瑜)와 상의하시면 될 겁니다. 주유가 이 자리에 없어서 친히 부탁하지 못함이 유감입니다."

그리고 아우들에게도 유언을 했다.

"내가 죽은 다음에는 너희들은 권(權)을 잘 보필해야 한다. 만약에 일족 가운데서 다른 마음을 먹는 자가 생긴다면 여러 사람이 그자를 주살시켜라. 골육지간에 배반한 자는 우리 집안 묘지에 묻어서는 안 된다."

아우들은 눈물을 흘리면서 고개를 끄덕였다. 손책은 그의 아내 교부인(喬夫人)을 옆으로 가까이 불러 놓고 일렀다.

"나는 불행하게도 당신과 헤어져야만 하게 됐소. 어머님을 잘 모셔 주오. 언제든지 당신의 동생이 나타나거든 주유에게 나의 아우를 잘 도와 주어서 평소에 신뢰했던 바에 어긋남이 없도록 해달라고 잘 말하라 일러 주오."

이 말을 마지막으로 손책은 조용히 눈을 감고 세상을 떠났다. 그때 그의 나이 겨우 26세.

손권은 형 손책의 유언을 받들어 강동 땅을 맡아서 다스리게 되었다.

대업에 아직 손도 대지 못하고 있을 때, 주유가 파구(巴丘)로부터 군사를 거느리고 오군(吳郡)으로 되돌아왔다는 통지가 왔다.

손권은 자못 만족해했다.

"주유가 돌아왔으면 이제는 안심할 수 있다!"

본래, 주유는 파구 땅을 지키고 있었는데, 손책이 부상을 당했다는 소문을 듣고 병문안을 오는 도중에 오군 근처까지 왔을 때, 손책이 세상을 떠났다는 소식을 듣고 밤낮을 헤아리지 않고 달려온 길이었다.

주유가 손책의 관에 엎드려 몸부림치며 통곡할 때 오태부인이 나와서 손책의 유언을 전달했다.

주유는,

"내 변변치 않은 목숨을 던져서라도 힘이 되어 드리고자 합니다!"

하면서 관 앞에 꿇어 엎드렸다. 얼마 있다가 손권이 나타났다. 주유가 인사를 마치니 손권이 말했다.

"형님의 유언을 저버리지 말아 주십시오!"

주유, 머리 숙여 절하며 대답했다.

"간뇌도지할지라도, 지기(知己)의 은혜에 보답하리다!"

"아버지와 형님의 대업을 계승하기는 했으나, 장차 무슨 대책으로 이것을 지켜 나갈지 모르겠습니다."

"자고로 사람을 얻는 자는 번창하고(得人者昌), 사람을 잃는 자는 망한다(失人者亡) 하였소. 당장 시급한 대책으로는 높고 맑고 멀리 볼 줄 아는 사람을 꼭 구해서 그 사람의 보필을 받아야 할 것이오. 그런 다음에야 강동을 안정시킬 수 있을 것이오."

"선형(先兄)의 유언이 나라 안 일은 장소에게 맡기고, 나라 바깥 일은 공근(公瑾—주유)에게 맡기라 하셨습니다."

"장소는 어질고 현명한 사람이니 대임을 감당할 수 있겠지만, 이 유(瑜)는 재간이 없는 몸이니 맡은 책임이 너무나 중하니 장군을 보필할 만한 사람을 하나 천거하고 싶소."

손권이 그게 누구냐고 물었더니 주유가 대답했다.

"성은 노(魯), 이름은 숙(肅), 자는 자경(子敬)이라고 하는데 임회군(臨淮郡) 동천현(東川縣) 사람이오. 이 사람은 가슴 속에 육도삼략(六韜三略—兵書)을 지니고 있으며, 뱃속에는 기모(機謀)를 감추고 있소. 어려서 부친을 잃었으나 모친께 효도를 극진히 하고 있소. 집안이 굉장히 넉넉해서 항시 재산을 뿌려서 가난하고 어려운 사람을 구제해 주었으며, 내가 일찍이 거소(居巢)의 현장 노릇을 했었을 적에, 수백 명을 거느리고 임회군을 지나다가 군량이 떨어져서 곤경을 당한 일이 있었는데, 마침 노숙의 집에 두 채의 창고에 쌀 3천 석씩 들어 있다는 소문을 듣고 찾아가서 도와 달라고 했더니, 그는 선뜻 창고 한 채를 가리키며 고스란히 내 주었습니다. 그의 인품의 강개함이 이만한 정도요. 그는 평소에도 검술과 말타기·활쏘기를 즐겨 하며 현재는 곡아현(曲阿縣)에 살고 있소. 조모님이 세상을 떠나서 장례를 치르느라고 그곳에 가 있는 것이오. 그의 친구인 유자양(劉子揚)이란 사람이 그에게 소호(巢湖)에 있는 정보(鄭寶)한테로 가라고 말했지만, 그는 아직도 그럴 작정을 하지 않고 있으니 주공은 시급히 그 사람을 부르시는 게 좋을 것이오."

손권은 주유의 고마운 권고에 감격하면서 당장에 주유를 보내서 노숙을 불러오기로 했다.

주유도 손권을 위하여 명령을 받자마자 그 즉시 친히 길을 떠나 노숙에게로 가서 만나 보고 손권이 그의 놀라운 명성에 감탄하여 초청한다는 뜻을 전달했다.

노숙이 그 말을 듣더니 대답했다.

"사실, 요즈음에 유자양이 소호로 가라고 권고하기에 그리로 갈 작정이었소."

"옛적에 마원(馬援)이 광무황제에게 이런 말을 한 일이 있었소. '지금 세상에서는 비단 군주가 신하를 선택할 뿐만 아니라, 신하도 또한 군주를 선택한다.'고. 우리 손장군으로 말하자면 현사(賢士)에게 예를 차리고 후대하며 기인 재사를 용납하는 데는 세상에 드물게 보는 사람이오. 공께서도 아무 다른 생각 마시고 나와 같이 동오(東吳)로 가시는 게 좋을 것 같소."

노숙은 그 말대로 주유를 따라서 손권에게로 왔다. 손권은 지극히 그를 존경하고 진종일 그와 더불어 일을 의논해도 싫증이 나지 않았다.

하루는 여러 관리들이 모두 집으로 돌아가고 나서 손권은 노숙을 머무르게 하고 술을 마셨다. 밤이 되어서 두 사람은 같은 침상에 발을 맞대고 드러누웠다.

밤중에 손권이 노숙에게 물었다.

"이제 한나라 왕실은 위태로운 지경에 빠졌고, 천하가 갈래갈래로 나누어져서 혼란 상태에 있는데 나는 아버지와 형님의 대업을 계승해서 제(齊)나라의 환공(桓公)이나 진(晋)나라의 문공(文公) 같은 인물이 되어 볼 생각을 하고 있소. 공은 나를 어떻게 인도해 주실 작정이시오?"

이 말을 듣더니 노숙이 대답했다.

"옛날에 한나라의 고조황제가 의제(義帝)를 존립(尊立)하고 섬기려 하다가 뜻을 이루지 못한 것은 항우가 일을 방해한 까닭이었소. 지금으로 말하자면, 조조야말로 항우와 비길 만한 인물이오. 장군께서 환공이나 문공 같은 인물이 되실 생각을 아무리 하신다 해도 도저히 이루어질 수 없는 일이오. 이 노숙이 곰곰 생각컨대, 한나라 왕실을 부흥시킬 수도 없고 조조를 일조일석에 제거하기도 어렵소. 장군께서는 오직 강동 땅에만 발을 붙이고 계시면서 천하의 형세를 관망하시는 게 좋으시겠소. 그랬다가 북쪽의 정세가 시끄러워지는 기회를 타서 황조(黃祖)를 쳐부수고 유표를 토벌하여 장강 일대를 단단히 지킨 다음, 제왕으로 건호(建號)하고 천하 제패를 도모하면 이는 고조의 대업이나 진배없을 줄 아오."

이 말을 듣더니 손권은 기뻐서 어쩔 줄 몰랐다. 손권은 옷깃을 바로잡고 노숙에게 새삼스럽게 절을 했으며, 그 이튿날 여러 가지 물건을 선사했다.

노숙은 또 제갈근(諸葛瑾)이란 사람을 천거했다. 이 사람은 낭야군(瑯琊郡) 남양(南陽) 태생으로, 자는 자유(子瑜)이며 박학 다재한 인물이라서, 손권은 그를 빈객으로 맞아들였다.

또 제갈근의 권고에 의하여 손권은 우선 조조 곁에 가담하고 원소의 청을 거절하기로, 진진을 파견하여 편지를 보냈다.

한편, 조조가 손책이 세상을 떠났다는 소식을 알고 강남(江南)으로 쳐내려가려고 했더니, 시어사(侍御史) 장굉이 한사코 말렸다. 여태까지의 우의를 포기하고 원수가 되면 불리하다는 결론에서, 조조는 헌제께 아뢰어 손권을 장군에 봉했다. 손권은 크게 기뻐하고, 또 장굉도 오군으로 돌아왔는지라, 장소와 함께 정사를 거들도록 했다. 장굉이 천거한 고옹(顧雍——子는 元嘆)이란 사람을 손권은 승(丞)을 삼아 태수의 일을 보도록 했다.

한편 원소의 사신 진진이 돌아가서, 원소에게 손책이 죽은 것과, 후계자 손권이 조조와 결탁하여 장군 자리에 봉하게 됐다는 소식을 전했더니 원소는 대로하여 사주(四州—冀·靑·幽·幷)의 군사 70여 만을 집결해 가지고 허창을 습격하려고 했다. 이야말로 강남의 병혁(兵革)이 끝나자마자 기북(冀北)의 방패와 창이 또다시 들먹이게 된 셈이다.

30. 꾀로 이긴 싸움

戰 官 渡 本 初 敗 績
劫 烏 巢 孟 德 燒 糧

원소가 군사를 일으켜 관도(官渡)로 떠나자, 하후돈이 서신으로써 위급을 고하자 조조도 7만의 병력을 수습해 가지고 이와 대결하려고 이동하기 시작했으며, 허도는 순욱에게 지키도록 했다.

원소가 출전하려고 했을 때, 옥중에서 전풍의 글월이 날아들었다. 그것은 함부로 대군을 움직일 때가 아니라는 충고였다.

"괘씸한 놈! 조조를 쳐부수고 나서 네놈도 처치하겠다!"

원소는 도리어 이렇게 노기를 띠고 자기의 고집대로 군사를 몰았다. 양무현(陽武縣)까지 진출했을 때 저수가, 우리 편은 군량이 풍족하니 대치하는 형세로 날짜만 끌면 적은 자멸할 것이라는 제안을 했다가, 도리어 원소를 격분시키기만 했다. 저수란 놈도 전풍과 같이 사기를 저상시키는 놈이니, 진중에 가둬 두었다가 나중에 처치하겠다 하며 70만 대군으로 진을 치니, 그 진은 사방으로 90여 리나 되는 굉장한 것이었다.

관도로 날아든 세작(첩자)의 정보에 조조의 군사는 부들부들 떨었다. 그러나 순유는 조조를 격려했다.

"우리 편 군사는 모두 한 사람이 열 명을 당해 내는 맹장들

뿐입니다. 이제야말로 급히 승패를 결해 버려야 합니다. 헛되이 세월만 끌다가는 군량이 부족해서 버틸 수 없을 겁니다.”

드디어 대규모의 치열한 싸움이 막을 올렸다. 원소는 황금 투구에 황금 갑옷, 비단 전포와 옥대. 좌우로는 장합·고람·한맹·순우경 등 맹장이 버티고 섰다.

그리고 선두에 나선 조조의 앞뒤로는 허저·장요·서황·이전 등 맹장이 든든히 방비를 하고 있었다.

결국 많은 수효 앞에는 어쩔 수 없었다. 양편의 맹장들이 차례차례 덤벼들어 일대 혼전을 거듭하다가, 원소 편에서 쏘는 호포(號礮)를 막아낼 도리가 없어 조조의 군사는 우수수 흩어져 가지고 관도까지 후퇴하지 않을 수 없게 됐다.

원소는 관도에서 얼마 떨어지지 않은 지점까지 육박해 들어가서 진을 쳤는데, 심배가 한 가지 꾀를 제공했다.

그것은 10만 대군을 관도에 집결시켜서 조조의 진지 바로 앞에다 흙을 쌓아올려서 산을 만들고 그 위에서 조조의 진중으로 활을 쏴 대자는 의견이었다.

원소는 그 계책대로 각진에서 장병을 뽑아 삽·괭이를 들려서 조조의 진지 앞으로 내보내 가지고 흙을 쌓아올려서 산을 만들도록 했다.

열흘쯤 되는 동안에 그 흙으로 만든 산은 이미 50여 개나 되어서, 그 위에다 고로(高櫓)를 만들어 세우고, 궁노수(弓努手)를 배치하여 활을 쏘게 하였다. 조조의 군사들이 방패로 막아내며 땅바닥에 찰싹 붙어 있으면, 원소의 군사들은 고함을 지르고 웃으며 조롱이나 하듯이 그 광경을 내려다보고 마구 활을 쏘는 것이었다.

조조는 모사들을 소집해서 대책을 강구한 결과, 유엽의 제안으로 발석차(發石車)를 수백 대 만들기로 했다.

원소의 편에서는 이것을 벽력차(霹靂車)라고 불렀는데, 석탄(石彈)으로 적군의 활을 쏘는 고로에 집중공격을 가하는 장치였다. 그 석탄이 어찌나 무섭게 날아드는지, 원소의 군사들은 다시 활을 쏘려고 하지 않았다.

이렇게 되자 원소 편에서는 다시 심배가 계책을 궁리해서 조조의 진중에까지 갱도를 파 들어가기로 했다.

이것을 굴자군(掘子軍)이라고 불렀다.

축산(築山) 옆으로 갱도를 파 들어오고 있는 것을 보자, 조조는 또다시 유엽과 대책을 강구했다. 그것은 밤낮을 헤아리지 않고 다수의 병사를 동원해서 진지 주변에다 굴을 파는 것이었다. 이 깊은 굴 때문에 원소의 군사는 여기까지 쳐들어와, 서도 그 이상 앞으로 나가지 못하고 헛되이 노력만 소모하고 말았다.

조조는 관도를 8월부터 지켜 왔으나 9월이 다 가도록 질질 끌기만 하니 병사들은 피로했고, 군량도 바닥이 드러날 지경이었다. 그래서 관도를 버리고 허창으로 되돌아갈 생각을 하고 망설이고 있는데 순욱에게 의사를 타진했더니 역시 싸우라는 격려의 답장이 왔을 뿐이다.

원소는 수효가 많다지만, 용병의 술법을 모르는 자이니, 조조의 신무(神武) 명철(明哲)을 가지고 하면 족히 격파할 수 있을 것이며, 이제는 기책(奇策)을 강구해서 적의 목을 누를 생각을 해야지 결단코 관도를 내주어서는 안 된다는 사연이었다.

조조는 크게 기뻐하며 장수들에게 사수하도록 엄명을 내렸다.

이때, 원소의 군사가 30여 리나 후퇴해 버려 조조는 부장을 내보내서 정세를 살피게 했더니 서황의 부장 사환(史渙)이 원소 편의 세작을 한 명 잡아 가지고 왔으며, 이 세작의 입을 통해서 원소 편의 대장 한맹이 군량을 운반해 가지고 오리라는 중요한 정보를 입수했다.

조조는 당장에 서황에게 명령하여 사환과 부하를 거느리고 앞장을 서서 나가게 하고 장요·허저를 시켜서 후군을 지키고 따라 가도록 했다. 결국, 양말차 수천 량을 호송하고 오던 한맹은 사환이 불을 지르는 바람에 말머리를 돌려 버렸고, 서황은 부하에게 명령하여 양말차를 깨끗이 불태워 버렸다.

대장 네 사람이 무사히 적군의 군량을 태워 버리고 돌아오니 조조는 대단히 기뻐하면서 후히 상을 베풀고 군사를 나누어서 영채 앞에 다시 진을 치고 마치 뿔을 내밀고, 다리는 뒤로 잡아당기는 것 같은 형세(犄角之勢)를 취했다.

한편, 한맹이 싸움에 패하고 돌아오니, 원소는 노발대발하고 그 목을 베려고 하는 것을 좌우의 여러 사람들이 말려서 가까스로 목숨만 건졌다.

그리고 또다시 심배의 제안에 의해서 군량을 쌓아 둔 오소(烏巢)를 지켜야만 된다는 결론을 내렸다. 원소는 즉시 심배를 업도(鄴都)로 보내서 군량을 정비하여 부족함이 없도록 수송시키게 하고, 대장 순우경과 목원진(睦元進)·한거자(韓莒子)·여위황(呂威璜)·조예(趙叡) 등 부장들에게 명령하여 군사 2만을 거느리고 오소를 지키도록 했다. 그런데 대장 순우경은 술을 굉장히 좋아하며 성품이 우락부락해서 병사들이 겁을 내는 위인이었는데, 오소에 도착해서도 하고 많은 날 여러 장수들과 술타령만 하고 있었다.

조조 편에서는 군량이 결핍해지자 순욱에게 시급히 군량을 마련해서 보내라는 편지를 써서 사람을 파견했더니, 이 사람이 도중에서 원소 편의 허유(許攸)에게 붙잡히고 말았다.

허유는 조조가 군량 재촉하는 편지를 빼앗아서 원소에게 내밀고, 허창에 방비가 없으니 군사를 나누어서 그곳을 습격하자고 건의했는데, 이때 마침 심배가 원소에게 보낸 편지가 도착되었다. 그 편지에는 허유가 기주에 있을 때 백성에게서 뇌물을 받아먹었고, 아들·조카 들이 백성에게 과중한 연공(年貢)을 착취했기 때문에 이들을 이미 감옥에 가뒀다는 사연이 적혀 있었다.

원소가 어찌나 가혹하게 허유를 꾸짖었던지, 허유는 칼을 뽑아 자살해 버리려고 했지만 부하 하나가 간곡히 만류하며 명군(明君)을 섬기도록 하라고 권고하는 바람에 마음을 고쳐먹고 즉시 조조에게 투항하기로 결심했다.

마침내 허유는 관도로 도망쳐 왔다. 조조는 어찌나 신바람이 났던지 신발을 신을 생각도 잊어버리고 맨발로 뛰어 내달아 영접했다. 그리고 만면에 웃음이 넘쳐흘렀다.

"그대가 내게로 와 주었으니 내 일은 다 이루어진 거나 다름없소. 당장에 원소를 쳐부술 계책을 가르쳐 주시오."

"공께서는 군량이 아직 얼마나 남아 있습니까?"

"한 1년쯤은 버틸 만하오."

"그렇게 많지는 못하겠죠?"

"적어도 반 년쯤은 견디리라."

"성심 성의껏 공을 찾아왔는데 공께서는 어찌하여 속이시려고 하십니까?"

"용서하시오. 솔직히 말하자면, 3개월쯤 버틸 것밖에 없소."

"조공은 간웅(奸雄)이라고 세상 사람들이 말하는데 과연 틀림없으시군!"

그제서야 조조는 싱글싱글 웃으며 말했다.

"우리 진중에는 이달 한 달치 군량밖에 없소."

"끝까지 속이시려고 하시는군요. 지금 군량은 똑 떨어지지 않았습니까?"

조조, 깜짝 놀라며 물었다.

"그런 사정은 어떻게 아시오?"

"이것은 누가 쓰신 글월입니까?"

"이것을 어디서 입수하셨소?"

허유는 조조가 군량 재촉을 한 편지를 내밀며 파견한 사람을 붙잡았던 사실을 고백했다. 그리고 계획을 세워서 조조에게 제의했다.

"원소는 군량을 오소에 쌓아 두고, 현재 순우경이 그것을 지키고 있습니다. 그는 술타령만 하고 아무런 방비가 없을 것이니, 공께서는 원소의 무장 장기(將奇)가 그곳으로 군량을 지키러 가는 길이라 사칭하시고 그 군량을 불질러 버리시면 원소의 군사는 사흘도 못 가서 거꾸러지고 말 것입니다."

그 이튿날, 조조는 친히 보병·기병 5천 명을 거느리고 오소에 있는 원소의 군량을 습격할 준비를 했다.

이때 장요가 간했다.

"원소가 군량을 쌓아둔 곳에 방비를 하지 않고 있을 리 만무합니다. 출마는 신중히 고려하시는 게 좋겠습니다. 허유의 말이 아무래도 수상쩍은 점이 있습니다."

"천만에, 허유가 내게로 도망쳐 온 것은 하늘이 원소를 거꾸러뜨리시려는 거요. 이제 우리 군사는 군량이 다 되어서 이 이상 유지해 나갈 도리가 없소. 앉아서 죽음을 기다릴 수는 없고, 또 허유의 말이 거짓말이라면 그가 여기 머물러 있을 수도 없을 게 아니겠소."

조조는 순유·가후·조홍 세 사람에게 명령하여 함께 본진을 지키도록 하고, 하후돈·하후연의 군사를 분배하여 좌익을 삼고 조인·이전에게도 군사를 분배해서 우익에 가담하게 하여 만전의 태세를 갖추었다.

이리하여 장요·허저를 선두에 내세우고, 서황·우금을 후군으로 하고, 조조는 친히 여러 장수를 거느리고 중군(中軍)이 되었다. 도합 5천의 군사를 몰면서, 원소의 군사인 체 가장하는 깃발을 휘날리면서 날이 저물 무렵에 오소를 향하여 진군을 개시했다. 그날밤 하늘에는 별이 꽉 차 있었다.

진중에서 원소에게 감금당해 있던 저수는 그날밤 별빛이 너무 아름답게 반짝이는 것을 보고 문지기에게 청해서 마당으로 내보내 달라고 했다. 그는 천상(天象)을 우러러봤다. 홀연 태백(太白)이 역행하여 우(牛)와 두(斗)의 자리를 침범하고 있어서 깜짝 놀라며 외쳤다.

"화가 곧 닥쳐올 것이다!"

저수는 밤중에 원소를 면회하자고 했다. 원소는 그때 술이 취해서 잠들어 있다가 저수가 비밀히 면회를 하겠다 하니 거절하지 못하고 불러들였다. 저수는 자기가 천상을 본 결과 그것이 흉조임을 말해 주고, 오소의 군량을 단단히 지킬 것과 오소로 통하는 산길을 물샐 틈 없이 경비해서 조조의 계책에 빠지지 말라고 권고를 했다.

원소는 격분해서

"이놈, 죄인의 몸으로서 무슨 주제넘은 소리냐? 누구를 현혹시킬 작정이냐?"

하고 호통을 치면서, 문지기를 꾸짖고 목을 베어 버린 다음, 저수를 다시 감옥에 가두라고 엄명했다. 저수가 밖으로 나와서 눈물을 흘리며 탄식했다.

"우리 군의 멸망은 목전에 박두했다. 나의 시체도 어느 땅에 묻히게 될는지 모를 일이다."

조조는 군사를 거느리고 밤중에 전진을 계속했다. 원소의 진지 중의 한 군데를 지나쳐 가려니까, 적군 병사가 어디서 오는 군사냐고 물었다. 조조가,

"장(장기)공의 수하에 있는 군사로, 명령을 받들고 오소로 군량을 지키러 가오."

하고 대답을 시켰더니, 원소의 군사들은 자기 편인 줄 알고 아무런 의심도 하지 않고 통과시켰다.

이렇게 해서 무난히 오소에 도착한 것은 밤이 4경이 넘어서였다. 조조는 병사들에게 명령하여 포위진에서 불을 지르도록 하고, 장수들은 북을 두드리며 돌진했다.

이때, 순우경은 술에 곯아 떨어져서 영채 안에서 잠을 자고 있다가 난데없이 일어나는 북소리·고함소리에 깜짝 놀라 깨어서,

"이크! 이게 무슨 일이냐?"

　허둥지둥 정신을 못 차리고 있을 때, 군량을 운반해 가지고 오는 목원진·조예와 맞닥뜨리게 되어서 군량을 쌓아둔 곳이 불타고 있는 것을 알고 그리로 달려갔다.

　조조의 군사들이 이 사실을 급히 보고하고,

　"적군이 뒤로부터 쳐들어옵니다. 군사를 나누어서 막아내야겠습니다!"

했더니 조조가 호령했다.

　"전력을 다해 앞으로만 돌진해라! 적군이 등뒤를 치면, 그때 가서 싸워도 넉넉하다!"

　순식간에 불길이 사방으로 뻗치고 연기가 허공을 찔렀다. 목원진과 조예 두 장수가 군사를 거느리고 달려드니, 조조는 말머리를 돌려서 그들에게 대항했다. 도저히 감당하기 어려운 두 장수는 결국 조조의 군사에게 목숨을 빼앗겼으며, 군량은 몽땅 불타 버리고 말았다.

　순우경은 조조의 앞으로 붙잡혀 갔는데, 조조는 그의 귀와 코를 도려내고 손가락을 잘라서 말 등에 묶어 가지고 적진으로 돌려보내어 원소에게 모욕을 주었다.

　원소는 영채 안에 있다가 북쪽에서 하늘을 치미는 불길이 일어나고 있다는 보고를 받자, 그제서야 오소를 습격당했구나 하고 급히 문무백관을 소집하여 원군을 내보낼 것을 협의하고 있었다.

　"조조는 군량을 습격하는 데만 전력을 기울이고 진지에 군사를 남겨 두었을 리 없으니 당장에 들이치십시다."

　곽도가 몇 번이나 이렇게 제의하자 원소는 장합·고람에게 군사 5천 명을 주어서 관도의 조조의 진지를 공격하게 하고,

한편 장기에게 군사 1만 명을 나눠 주어서 오소를 구원하러 떠나 보냈다.

한편, 조조는 순우경의 군사를 물리쳐 버리고 군복·갑옷·깃발 등을 모조리 탈취하자, 순우경의 패잔병이 투항하는 것처럼 가장하고, 산곡간의 좁은 길로 접어들었는데, 이때 마침 장기의 군사와 맞닥뜨리게 되었다. 장기의 군사가 힐문을 하자, 오소에서 도망해 오는 길이라고 대답했더니 장기는 아무런 의심도 하지 않고 말을 달려 지나가 버렸다.

이때, 허저와 장요가 뛰어 내달으며,

"장기! 옴쭉 말고 게 있거라!"

하고 호통을 치니 장기는 당황해서 어쩔 줄 몰랐다. 이때, 장요가 날쌔게 달려들어 선뜻 목을 쳐서 말 아래로 동댕이쳐 버렸다.

그러고 나서는 원소에게 사람을 보내서,

"장기장군은 오소의 적군을 이미 무찔렀습니다."

하고 거짓 보고를 하게 했다. 이 보고를 곧이듣고, 원소는 오소로 군사를 더 보내지 않고, 전력을 기울여서 관도로만 병력을 집중시켰다.

장합과 고람이 조조의 진지로 쳐들어가니, 왼쪽에서는 하후돈, 오른쪽에서는 조인, 가운데서는 조홍이 덤벼들어 3면에서 몰아쳤다. 원소의 군사는 대패하여 갈팡질팡하는 판에 간신히 원군이 도착하기는 했다. 그러나 이때에 조조가 또 뒤에서 덤벼들어 3면으로 포위 태세를 든든히 하고 공격을 가하니 장합과 고람은 견디다 못해서 가까스로 빠져나갈 길을 찾아서 뺑소니를 쳐버리고 말았다.

원소는 오소에서 돌아온 패잔병들을 진중으로 맞아들였는데, 순우경이 귀와 코를 잘리고 손가락이 없이 나타난 것을 보고는 대경실색하고 또한 격분을 참지 못했다.

"어떻게 해서 오소를 빼앗겼소?"

분노를 참지 못하고 소리를 지르니, 병사의 한 사람이 솔직히 대답했다.

"순우경이 술타령만 하고 취해 있어서 손을 쓸 겨를도 없었습니다."

원소의 분노는 불길처럼 치밀어올라 걷잡을 수 없이 당장에 순우경의 목을 잘라 버렸다. 곽도는 장합과 고람이 돌아오면 당장 자기의 과실이 판명되리라는 것을 두려워하여, 두 사람이 돌아오기 전에 원소의 앞에 나서서 터무니없는 거짓말을 고해 바쳤다.

"장합과 고람은, 공께서 싸움에 패하신 것을 보고 반드시 기뻐하고 있을 것입니다."

"그건 무슨 까닭인고?"

"두 사람은 오래 전부터 조조에게 투항할 생각이었으니, 이제 적군을 쳐부수라고 파견하셨지만, 고의로 힘을 쓰지 않고 병사들을 잃어버릴 것입니다."

원소는 또 화가 치밀어서 사람을 보내어 두 사람을 불러다가 곧 처치해 버리려고 했다.

그런데 이보다 앞서서 곽도는 장합과 고람에게도 사람을 보내서,

"원공이 그대들을 죽일 생각을 하고 있소."

하는 말을 전해 주도록 했다. 원소에게서 사람이 나타나자 고

람은,

"원공께선 뭣 때문에 우리들을 부르시는 거요!"

"그 까닭은 잘 모르겠습니다."

하고 그 사람이 대답하니, 당장에 칼을 뽑아 목을 잘라 버렸다.

장합이 대경실색하니 고람이 말했다.

"원소도 터무니없는 남의 말을 곧이듣는다면 반드시 조조의 손에 죽고야 말 것이오. 우리들도 앉아서 죽음을 기다릴 수는 없으니 숫제 조조에게 투항하기로 합시다."

"나도 오래 전부터 그런 생각을 하고 있었소."

이리하여, 두 사람은 부하를 거느리고 조조의 진지로 투항해 갔다.

하후돈이 나타나며 조조에게,

"장합과 고람 두 사람이 항복하러 왔습니다만 그 진심을 알 수 없습니다."

하고 말하자 조조가 대답했다.

"이편에서 후히 대접해 주면, 설사 다른 배짱이 있다 해도 우리 편 사람으로 만들 수 있소."

곧, 영채 문을 열어 주고 두 사람을 맞아들이라 명령했다. 두 사람은 무기를 버리고 갑옷을 벗고 조조의 앞에 꿇어 엎드렸다.

조조가 말했다.

"원소도 공들의 말을 들었다면 싸움에 패하지는 않았을 것을……. 이제 공들이 이렇게 나한테로 투항해 온 것은 마치 미자(微子)가 은나라를 떠나고 한신(韓信)이 한나라로 돌아온 것과 마찬가지요."

조조가 장합을 편장군(偏將軍) 도정후(都亭侯)에 봉하고, 고람을 편장군 동래후(東萊侯)에 봉해 주었더니 두 사람은 무척 기뻐했다.

원소 편에는 허유가 달아났고, 장합·고람까지 곁을 떠나 버렸으며, 또 오소의 군량마저 잃어버리자, 군사들은 완전히 싸움을 하고 싶은 의욕이 없어졌다.

허유는 거듭 조조에게 빨리 군사를 밀고 나가라고 권고했으며, 장합과 고람이 선두에 나서겠다고 자원했다. 조조는 이 뜻을 받아들여 그 즉시 장합과 고람에게 명령하여 원소의 진지를 습격하게 했다. 그날밤 3경쯤 되었을 때, 두 장수는 3면으로 습격을 감행하여 날이 밝을 무렵까지 일대 난투를 전개했는데, 쌍방이 군사를 뒤로 물렸을 때에 원소는 이미 병력의 절반을 상실하고 있었다.

한편 순유가 또 조조에게 의견을 제공했다.

"지금 우리 군사가 두 갈래로 갈라져서 한 갈래는 산조(酸棗)를 지나서 업군(鄴郡)을 공격하고, 또 한 갈래는 여양으로 나가서 원소의 퇴로를 가로막으려 한다고 거짓 소문을 퍼뜨리면 원소는 이런 소문을 듣고 반드시 대경실색하여 역시 군사를 나누어서 방비하려 들 것입니다. 적군이 움직이기 시작하는 틈을 노리고 있다가 급히 쳐들어간다면 원소를 쳐부술 수 있을 것입니다."

조조는 이 계책을 받아들여서 병사들에게 명령하여 각지에 헛소문을 퍼뜨리게 했다. 이 소문을 들은 원소는 깜짝 놀라서 시급히 원상(袁尚)에게 병력 5만을 주어서 업군을 거들어 주도록 파견하고, 신명(辛明)에게도 똑같이 병력 5만을 주어서 여양을 거들어 주도록 하여 밤낮을 헤아리지 않고 진군을 계속하도록 명령했다.

원소가 군사를 이동시키고 있다는 사실을 확인하자, 조조는 전군을 여덟 갈래로 갈라 가지고 일제히 원소의 진지로 쳐들어갔다. 원소의 군사들은 싸울 만한 의욕도 없이, 뿔뿔이 흩어져 버렸고, 원소 자신도 갑옷을 몸에 걸칠 만한 겨를이 없어서 단의 복건(單衣幅巾)을 쓰고 말을 탔으며, 그 뒤를 맏아들 원담(袁譚)이 따랐다.

이편에서는 장요·허저·서황·우금의 4대 장군들이 군사를 거느리고 추격해 오는 바람에, 원소는 황급히 황하를 건너서 도서(圖書)·차장(車仗)·금백(金帛)을 모조리 버리고 겨우 8백여 기를 거느리고 달아났다. 조조의 군사는 추격하다가 쫓아갈 수 없어 되돌아서서 원소의 군사가 내버린 물건을 수습했는데, 포로로 붙잡힌 병사가 8만여 명, 피는 흘러서 바다를 이루고 물에 빠져 죽은 자도 부지기수였다.

조조는 대승리를 거두고 개선하여 금·은·옷감 등 무수한 전리품들을 병사들에게 상으로 나누어 주었다. 몰수한 문서 중에서 서신이 한 묶음 튀어 나왔는데, 그것들은 모두가 허도와 조조의 진영에 있는 사람들이 원소에게 내통한 편지들이었다.

측근자들이 조조에게 말하기를,

"모조리 성명을 조사해서 사죄(死罪)로 다스리십시오."

했더니 조조의 말이 걸작이었다.

"원소가 득세했었을 적에는, 내 자신도 보증할 수 없었으니까, 하물며 다른 사람들이야 말해서 무엇하리요!"

그 편지들을 불살라 버리고 두 번 다시 입에 올리지 않았다.

원소가 패하여 달아난 다음에 옥중에 있던 저수는 조조의 앞에 끌려나왔다.

"나는 절대로 항복하지 않는다!"

그는 조조의 얼굴을 보자마자 소리를 벽력같이 질렀다.

"그대의 계책을 용납해 주지도 않은 원소에게 아직도 무슨 미련이 있나? 내가 진작 그대의 힘을 빌릴 수 있었다면 천하는 태평했을 것을……."

이렇게 달래고 후대를 해주었건만 저수는 말을 훔쳐 가지고 원소에게로 도주하려고 했기 때문에 조조는 격분해서 죽여 버렸다.

그러나 저수는 목이 달아나는 순간까지 얼굴빛이 조금도 변함이 없었으니, 조조는 충의지사를 죽였다고 후회하며 황하의 건널목에 무덤을 만들고 충렬저군지묘(忠烈沮君之墓)라는 비석까지 세워 주었다.

조조는 다시 기주 공략의 영을 내렸다. 이야말로, 세력이 약하나 계책이 많아서 이겼고, 군사는 강하나 꾀가 적어서 망한 셈이었다.

31. 승패를 초월하여

曹操倉亭破本初
玄德荊州依劉表

　조조는 원소가 싸움에 패한 기회를 놓치지 않으려고 군사를 정비해 가지고 맹렬히 추격했다. 원소가 무장도 갖추지 못하고 간신히 8백여 기를 거느리고 황하의 북녘 기슭을 따라서 여양군으로 피해 들어가니 대장 장의거(蔣義渠)가 진지 밖에까지 나와서 영접했다.

　원소가 여태까지의 정세를 이야기해 주었더니, 장의거는 지리멸렬 상태에 빠진 군사를 재정비했다. 사람들이 원소가 건재하다는 소문을 듣고 개미떼같이 몰려들어 그는 힘 안 들이고 옛날의 위엄을 회복해 가지고 기주로 돌아가기로 했다.

　가는 도중에 어느 황폐한 산 속에서 하룻밤을 지내게 됐는데, 원소는 밤중에 영채 안에서 어디선지 흐느껴 우는 소리가 간간이 들려오기에 살며시 몸을 일으켜 귀를 기울였다. 그랬더니 패잔병들이 모여서 부모·형제·친구를 잃어버리게 된 슬픔을 서로 이야기하면서 이구동성으로,

　"전(전풍)공의 말씀을 들어 주셨던들 우리도 이다지 고생을 하지는 않았을 것을……."

하며 가슴을 두드리며 통곡하는 것이었다.

'하아! 전풍의 권고를 듣지 않았기 때문에 무수한 장병을 죽게 했구나! 나는 면목이 없어서 어떻게 내 고장에 돌아간단 말인가!'

원소는 이런 생각을 하면서 슬픔을 참느라고 아랫입술을 지그시 깨물었다.

그 이튿날 말을 달려서 앞으로 나가고 있는데, 봉기(逢紀)가 군사를 거느리고 영접하러 나와서 원소는 이런 말을 했다.

"나는 전풍의 말을 듣지 않았기 때문에 이 꼴이 되었소. 돌아가도 전풍을 만날 면목이 없소!"

이 말을 듣자, 봉기는 터무니도 없는 무고를 하는 것이었다.

"전풍은 옥중에서도 장군께서 싸움에 패하셨다는 소문을 듣고, '그것 보지! 내 말을 듣지 않더니!' 하며 박장대소하고 웃고 있었습니다."

원소는 극도로 격분했다.

"나를 비웃었다고? 내 이놈을 꼭 죽여 버리고 말겠다!"

사람을 시켜서, 보검 한 자루를 주며 먼저 기주로 달려가서 감옥에 있는 전풍을 죽이라고 명령했다.

전풍이 옥중에 있노라니 하루는 옥리가 이런 말을 했다.

"축하합니다."

"무슨 경사가 났단 말이오?"

"원장군께서 싸움에 대패하고 돌아오시니 전공을 인제는 잘 봐 주실 겁니다."

"내 목숨은 인제 마지막이오."

"모든 사람들이 전공의 일을 기쁘게 생각하고 있는데, 어째서 그렇게 불길한 말씀을 하십니까?"

"원장군은 마음이 관대해 뵈면서도 실상은 그런 분이 아니고, 충·불충(忠不忠)을 판단하지 못하시는 분이오. 만약에 싸움에 이겨서 기뻐하실 때라면 혹시 용서를 받을지도 모르지만 싸움에 패해서 짜증이 나시는 이때에 내가 오래 살기를 바란다는 것은 어려운 일이오."

옥리가 의아한 얼굴을 하고 있는데, 심부름 온 사람이 칼을 들고 나타나더니 전풍의 목을 자르라는 원소의 명령을 전달하자, 그제서야 옥리는 깜짝 놀라 두 눈이 휘둥그래졌다.

"흐음! 나는 이미 죽음을 각오하고 있었어!"

하는 전풍의 말을 듣자 옥리들은 눈물을 흘렸다. 이때 전풍이,

"대장부로 태어나 천지간에 생명을 받고 나서, 섬길 만한 주인을 알지 못했다는 것은 나의 무지의 소치였다. 오늘 죽음을 당한다 해도 아까울 것이 없다!"

하고 옥중에서 자기 손으로 목을 찔러서 죽어 버리고 말았다. 전풍이 죽었다는 소문을 듣고 슬퍼하지 않는 사람이 없었다.

원소는 기주로 돌아오기는 했으나 극도로 마음이 번거롭고 산란해서 정사를 다스리지 못했다. 원소에게는 아들이 3형제 있었는데, 맏아들 원담(袁譚—字는 顯思)은 청주(靑州)를 지키고, 둘째아들 원희(袁熙—字는 顯弈)는 유주(幽州)를 지켰다. 셋째아들 원상(袁尙—字는 顯甫)은 후처 유씨(劉氏)의 소생인데, 그 용모가 매우 출중해서 원소가 가장 귀여워하였다.

유씨부인은 원상을 후계자로 삼으라고 남편 원소에게 권고하여, 원소는 심배·봉기·신평·곽도 네 사람과 상의했다.

본래 이 네 사람들로 말하자면, 심배와 봉기는 여태까지 원

상을 보필했고, 신평과 곽도는 원담을 보필해 왔기 때문에 각각 자기네들의 주군(主君)을 후계자로 떠받들려 하고 있었다.

이때 원소가 네 사람에게 말했다.

"외환(外患)이 아직도 그치지 않았으니, 안의 일을 불가불 빨리 작정해야겠기에 나는 후계자를 상의해서 세워 놓으려 하오. 장자 담은 위인이 고집이 세고 남과 싸우기를 좋아하며, 차자 희는 위인이 나약해서 안 되겠소. 셋째 상은 영웅다운 기질이 있고, 현사에 대한 예의를 알고 존경할 줄 아니 나는 상을 후계자로 세우고자 하는데 공들의 의사는 어떠하오?"

곽도가 대답했다.

"세 분 자제님들 가운데서 장자 되시는 분이 외주(外州)에 나가 계신 이때에 그 분을 제쳐놓으시고 맨끝 분을 후계자로 세우신다면 가정 안의 분란을 일으키시는 결과가 될 것입니다. 군사들의 사기는 저상했고, 적병이 국경에 박두해 오고 있는 이때에 부자와 형제가 서로 반목하게 된다는 것은 심히 좋지 못한 일인가 합니다. 우선 적을 물리칠 대책을 세우심이 중요한 일이오니 후계자의 문제는 추후로 미루어 두심이 지당한가 합니다."

이 말을 듣고 원소는 또 마음이 흔들려 확호(確乎)한 결정을 짓지 못했다.

이러고 있을 때, 별안간 원희가 6만의 군사를 거느리고 유주에서, 원담이 5만의 군사를 거느리고 청주에서, 조카 고간(高幹)도 5만의 병사를 거느리고 병주(幷州)에서 각각 기주에 가담하려고 도착했다는 소식이 들어왔다. 원소는 무척 기뻐하여 그 즉시 군사를 재정비하여 조조에게 도전하려고 했다.

이때, 조조는 싸움에 승리한 군사력을 거느리고 황하 연안에 대규모의 진을 치고 있었는데, 그 고장 사람이 곧잘 음식과 술을 들고 와서 위문해 주곤 했다. 조조는 그들 가운데에 머리털도 수염도 하얗게 센 노인을 몇 사람 청해서 영채 안에서 자리를 주어 앉혔다.

"노인들께서는 춘추가 얼마나 되십니까?"

"모두 백 살이 가깝소."

"우리 병사들이 너무나 소란하게 해드려서 매우 죄송하게 생각하고 있습니다."

"환제(桓帝) 연대에 누런 별이 초(楚)나라와 송(宋)나라의 방향으로 나타난 일이 있었소. 마침 그때 여기 머무르고 있던 요동(遼東)의 은규(殷馗)라는 분이 천상(天象)에 밝으셨는데, 이런 말을 하신 일이 있었소. '황성(黃星)이 건상(乾象)에 나와서 이 일대를 비추고 있으니 지금으로부터 50년 뒤 천명을 받은 사람이 양(梁)이나 패(沛) 땅에 나타나리라.'고. 손을 꼽아 세어 보니 그때부터 올해가 꼭 50년이 되오. 원소가 과중한 연공(年貢)을 바치라는 데는 우리들 누구 한 사람 미워하지 않은 자가 없었소. 이번에 승상께서 인의로써 싸움을 하셔서 우리들을 위해서 악한 자를 물리치시고 관도의 싸움에서 원소의 백만대군을 무찌르신 것은, 그 시절에 은규란 분이 말한 것과 틀림없으니 우리들도 이제부터 태평천하에 살게 될 것이 틀림없을 것이오."

조조는 만면에 웃음을 띠고,

"하지만, 나로서 그만한 큰일을 해낼는지요?"

하면서 술과 음식을 대접하고 선물을 주어서 돌려보냈다.

얼마 있다가, 원소가 2,30만의 군사를 집결해 가지고 창정(倉亭)까지 진출했다는 소식이 들어오자 조조도 진군을 개시하여 진을 쳤다. 이튿날, 양군이 대치하여 각각 진형(陣形)을 정비하자 조조가 여러 장수를 거느리고 말을 달려나갔더니, 원소도 세 아들과 조카 그리고 여러 장수들을 거느리고 말을 달려 진두에 나섰다. 조조가 호령했다.

"원소! 그대는 이미 책략도 없이 기진맥진했는데 어째서 항복하려 들지 않느냐? 목덜미에 칼이 꽂힌 다음에는 후회막급이리라!"

원소, 크게 격분하여 여러 장수를 돌아다보며 소리쳤다.

"누구든지 저놈을 잡아오라!"

이 말을 듣자 원상이 아버지 앞에서 솜씨를 한번 뵈려고, 두 자루의 칼을 휘두르면서 말을 달려 진두로 내달았다. 조조가 그것을 손가락으로 가리키면서,

"저건 누구요?"

하고 물었더니 원상의 얼굴을 아는 자가 대답했다.

"원소의 셋째아들 원상입니다."

그 말이 채 끝나기도 전에 장수 한 사람이 창을 휘두르며 뛰어 나갔다. 조조가 누군가하고 바라다보니 바로 서황의 수하에 있는 사환(史渙)이었다.

양장이 서로 맞부딪쳐 채 3합도 못 싸웠을 때, 원상이 말머리를 돌려세우더니 옆으로 슬쩍 빠져나갔다. 사환이 그대로 추격해 들어가니, 원상이 활을 재가지고 몸을 홱 돌리는 찰나에 사환의 왼쪽 눈을 맞혔다. 사환은 그대로 말에서 떨어져서 절명했다.

원소는 아들이 승리하는 광경을 바라보다가 이때다 생각하고 말채찍을 높이 휘두르며 대군을 노도처럼 쳐들어가게 하니 처참하고 혼란한 일대 접전이 벌어졌다. 그 후 한참만에 양군이 다같이 징을 치면서 각각 진지로 철수했다.

조조가 여러 장수들을 모아 놓고 원소를 격파할 대책을 의논했더니, 정욱이 '십면매복(十面埋伏)'이라는 계책을 내놓았다. 그것은 10대(十隊)를 복병으로서 남겨 두고, 군사를 강기슭까지 후퇴시킨 다음, 원소를 기슭까지 유도해 놓으면 이편 군사에게 퇴로가 없어지기 때문에 반드시 목숨을 바치고 싸울 것이며, 따라서 원소를 격파할 수 있다는 것이었다.

조조는 그 계책을 받아들여서 오른쪽, 왼쪽 각각 5대로 군사를 배정했다.

그 진용을 보면 다음과 같다.

왼쪽 제1대 — 하후돈   오른쪽 제1대 — 조 홍
왼쪽 제2대 — 장 요   오른쪽 제2대 — 장 합
왼쪽 제3대 — 이 전   오른쪽 제3대 — 서 황
왼쪽 제4대 — 악 진   오른쪽 제4대 — 우 금
왼쪽 제5대 — 하후연   오른쪽 제5대 — 고 람

그리고 중군의 선봉은 허저였다. 이튿날 이 10대를 선발대로 내보내서 좌우로 매복시켜 놓고 밤중이 되자, 조조는 허저에게 군사를 거느리고 전진하도록 명령하고, 야습(夜襲)을 할 것처럼 적에게 보이게 했다.

그랬더니 원소의 5대 군사가 일제히 덤벼드는 바람에 허저는 군사를 되돌려서 뺑소니를 쳤다. 원소의 군사는 추격해 오느라고 고함소리가 그칠 새가 없었지만, 날이 훤하게 밝을 무

렵, 이미 강기슭까지 쫓아왔기 때문에 조조의 군사는 벌써 퇴로가 막히고 말았다.

"앞으로 나갈 길은 없다! 죽도록 싸워라!"

조조가 이렇게 호령을 하니 전군 분연히 용기를 내고, 허저가 제일 먼저 말을 달려 순식간에 수십 명의 적장 목을 잘라 버렸다. 원소의 군사들이 우수수 흩어지자, 원소가 당황해서 군사를 뒤로 물리니 뒤에서는 또 조조의 군사들이 덤벼들었다.

원소가 도망치려 하는데, 왼쪽에서 하후연, 오른쪽에서 고람이 일제히 달려드니 원소는 세 아들과 조카와 함께 미칠 듯이 혈로(血路)를 뚫어 옆도 안 보고 말을 달렸다.

10리 길도 채 못 가서 왼쪽에서 악진, 오른쪽에서 우금이 비호같이 덤벼드니, 원소 편은 시체가 벌판을 뒤덮고 피가 강물처럼 흘렀다. 또 몇 리 길을 도망쳤을 때 왼쪽에서 이전, 오른쪽에서 서황이 덤벼들며 닥치는 대로 마구 찌르고 베고 무서운 위력을 마음껏 발휘했다.

원소 부자는 얼이 다 빠져서 가까스로 처음 진지로 도주해 돌아와서 전군을 수습하고, 시장해서 요기라도 할까 하고 있는데 이번에는 왼쪽에서 장요, 오른쪽에서 장합이 마구 찌르며 덤벼드는지라, 원소는 허둥지둥 말을 잡아타고 창정까지 도주했다. 그러나 사람도 말도 기진맥진해서 한숨을 돌리려고 하는데 조조의 대군이 또 쫓아오고 거기다가 오른쪽에서 조홍, 왼쪽에서 하후돈이 가는 길을 가로막는 것이었다.

"여기서 우물쭈물하다가는 붙잡히고 만다!"

원소는 소리를 지르며 미친 사람같이 칼을 휘둘러 가까스로 포위망을 돌파했지만, 원희 · 고간은 화살에 맞아 상처를 입었고, 군사들은 완전히 죽음에 직면하게 됐다.

원소는 세 아들과 얼싸안고 잠시 동안 소리만 지르며 어찌 해야 좋을지 모르더니, 갑자기 정신을 잃고 그 자리에 졸도해 버렸다.

좌우에서 급히 손을 써서 정신을 차리도록 했더니, 원소는 입에서 시뻘건 피를 연방 토하면서 한탄했다.

"나는 지금까지 수십 번이나 접전을 해봤지만, 이렇게까지 내 자신이 처참해진 일은 없었소. 이것은 하느님이 나를 멸망하게 하시려는 것이오. 그대들은 각기 자기 고장으로 돌아가 반드시 또 한번 조조와 자웅을 결해 주기만 바라오!"

원소는 이렇게 말하면서 신평·곽도에게 명령하여 시급히 원담과 더불어 청주로 가서 군사를 정비해서 조조의 공격에 대비하도록 하고, 원희를 유주로, 고간을 병주로 돌려보내어 인마를 정비해서 대기토록 했다. 이리하여 원소는 원상 일행을 거느리고 기주로 돌아와서 몸을 쉬면서, 원상·심배·봉기에게 잠시 군사의 대권을 맡겼다.

조조가 창정에서 승리를 거둔 후 세작의 보고를 들어보니, 원소는 병상에 누워 있고, 원상과 심배가 성을 단단히 지키며, 원담·원희·고간은 각각 영채로 돌아갔다는 것이었다. 좌우의 장수들이 모두 이런 기회를 놓치지 말고 공격을 하자고 했다. 그러나 조조는 기주에는 양식이 많이 있고 책사(策士) 심배가 있으니 경솔히 굴 일이 아니라, 가을에 추수가 끝난 다음에 싸우기로 하자고 그들의 말을 듣지 않았다.

이런 협의를 하고 있을 때에, 돌연 순욱에게서 편지가 왔다. 유현덕이 여남에서 유벽·공도의 군사 수만을 장악하고, 조조가 하북으로 출전한다는 것을 알자, 유벽에게 여남을 지키게 하고, 자기는 친히 군사를 거느리고 허창의 허를 찌르려 하고 있다는 사실이었다.

조조는 대경실색, 조홍의 2군을 황하 연안에 남겨 두어 허장성세를 부리도록 하고, 친히 대군을 거느리고 유현덕과 대결하기 위하여 여남으로 떠났다.

유현덕은 관운장·장비·조자룡과 함께 군사를 거느리고 허도를 습격하려고 진군해 오다가 양산(穰山) 근처에서 조조의 군사와 맞부딪치고 말았다.

현덕이 문기(門旗) 아래로 말을 몰고 나섰더니, 조조가 채찍으로 가리키며 매도했다.

"나는 그대를 빈객으로 대접했는데, 그 은혜와 의리를 배반하다니 무슨 짓이냐?"

"그대야말로 한나라 승상의 명칭만 평계로 삼는 국적이 아니냐? 나는 한나라의 왕실의 종친이다. 이번에 천자의 밀조(密詔)를 받들고 역적을 토벌하러 나선 길이다!"

현덕은 이렇게 말하고 나서 말 위에서 옥대의 조서를 낭독하였다. 조조는 격분하여 허저를 앞으로 내세우니, 현덕의 등 뒤에서 조자룡이 창을 휘두르며 뛰쳐나왔다. 두 장군이 말을 맞부딪고 30여 합을 싸워도 승부가 나지 않을 때, 난데없이 요란한 고함소리가 들리더니 동남쪽에서부터 관운장이, 서남쪽에서부터 장비가 군사를 거느리고 달려들었다.

이리하여 3면에서 일제히 몰아치니 먼길을 달려오느라고 피로한 조조의 군사는 도저히 감당해 내지 못하고 뿔뿔이 흩어져서 도주해 버렸고, 유현덕은 승리를 거두고 진지로 돌아왔다.

그 이튿날, 유현덕은 조자룡을 내보내서 조조의 진지에 도전했지만 응하지 않아서 다시 장비를 내보내서 도전하게 했다. 그러나 10여 일 동안이나 나와서 싸우려는 기색이 전혀 없었다. 이때, 양식을 운반해 오던 공도가 조조의 군사에게 포위를 당했다는 놀라운 소식이 날아들었다. 현덕이 시급히 장비를 구원차 파견했더니, 이번에는 또 하후돈이 군사를 거느리고 배후로 돌아서 여남으로 몰려든다는 보고가 들어왔다.

현덕은 당황했다.

"만약에 여남을 잃는다면 나는 앞뒤로 적군을 대하게 되니 돌아갈 곳도 없어지게 된다."

이렇게 생각을 하고 현덕은 당장에 구원차 관운장을 파견했다. 두 장수가 떠난 지 하루도 못 되어서 급보가 또 날아들었는데, 하후돈이 이미 여남을 격파하고, 유벽은 성을 버리고 도주했으며, 관운장은 포위당했다는 것이었다.

현덕이 깜짝 놀랐을 때, 또 공도를 구원하러 떠나간 장비마저 포위를 당했다는 보고가 들어왔다. 현덕은 그 즉시 군사를 후퇴시키고 싶었지만, 조조에게 추격을 당할 것을 걱정하고 있었다.

이때, 또 한편에서 허저가 도전해 왔다는 통지가 있었다. 그러나 현덕은 싸우러 나가지 않고, 날이 밝기를 기다려서 병사들을 배불리 먹인 다음 보병은 앞으로, 기병은 뒤로 세우고 떠나며, 진중에서는 야경 도는 북을 울리도록 했다.

현덕이 진지를 떠나서 몇 리쯤 갔을 때, 어떤 나무도 없이 발가벗은 산기슭을 돌아가고 있노라니 무수한 횃불이 일제히 훨훨 타오르며 산꼭대기에서 호통을 치는 소리가 들려왔다.

"현덕아! 옴쭉 말고 게 있거라! 조승상이 여기서 너를 기다리고 계시다!"

유현덕이 당황하여 어디로 도망칠 길을 찾고 있을 때, 조자룡이,

"주공님, 걱정 마십시오! 저를 따라 오십시오!"

하면서 창을 휘두르며 말을 달려 달아날 길을 터 주어서, 현덕은 쌍고검(雙股劍)을 휘두르며 그 뒤를 쫓아갔다.

싸우고 있는 동안에, 허저가 달려들어서 조자룡과 자웅을 결하고 있는데, 우금·이전마저 덤벼들었다. 그래서 현덕도 이제는 어찌할 도리가 없다 생각하고 인기척이 없는 곳을 찾아서 말을 달렸다. 등뒤에서 고함소리가 차츰차츰 멀어지자 현덕은 깊은 산골짜기 좁은 길을 찾아 단기로 몸을 피하고 있었는데, 날이 밝아올 무렵에 난데없이 측면에서 일대의 군마가 뛰어나왔다. 자세히 살펴보았더니, 그것은 유벽이 패잔군 천여 기를 거느리고 현덕의 가족들을 호위하고 오는 것이었다. 손건·간옹·미방도 동행해 오고 있었다.

그들의 말에 의하면 하후돈의 군사를 도저히 감당해 낼 수 없는 처지이기 때문에, 성을 포기하고 달아나려고 하는 판에 조조의 군사에게 추격을 당했는데, 다행히 관운장이 막아내 주어서 도주해 올 수 있었다는 것이었다.

"그럼 관운장은 어디 있소?"

하고 현덕이 물었더니 유벽의 대답이,

"유장군께서는 우선 이곳에서 몸을 피하십시오. 지금은 그

런 것을 알아보실 여유조차 없습니다."
하는 것이었다.

이리하여 몇 리 길을 또 나갔을 때, 북소리가 몇 번 울리더니 1대의 인마가 앞길을 가로막고 내달았다.

선두에 나선 대장은 바로 장합. 그는,

"유현덕! 빨리 말을 내려서 항복하라!"
하고 호통을 쳤다.

현덕이 뒤로 물러나려고 하자 산꼭대기에서 온통 붉은 깃발이 휘날리고 1대의 군마가 산곡간에서 몰려나왔다. 그 앞장을 선 대장은 고람이었다.

현덕은 앞뒤가 꽉 막히게 되니 하늘을 우러러보며,

"하늘이시여! 어째서 나를 이다지 오도가도 못하게 만드십니까? 사태가 이에 이르렀으니 당장에 죽느니만 같지 못합니다!"
하고 소리치며, 칼을 뽑아 들고 자결해 버리려고 했다. 이때 유벽이 급히 현덕의 손을 잡으며,

"제가 목숨이 붙어 있을 때까지 싸워서 나가실 길을 틔우도록 하겠습니다."
하고 고람을 겨누어 쳐들어갔지만, 3합도 싸우지 못하고 고람의 한칼에 목이 달아나고 말았다.

현덕이 당황하여 친히 덤벼들려고 하는 찰나에 고람의 군사들이 후방에서부터 동요를 일으키고 대장 한 사람이 병사들을 쫓아 버리고 창을 번쩍 쳐들더니 한번 푹 찔러서 당장에 고람을 말 위에서 거꾸러뜨리고 말았다. 그는 다른 사람이 아니라 바로 조자룡이었다.

현덕은 심히 기뻐했고, 조자룡은 말을 달려 창을 번쩍거리

며 고람의 군사들을 무찌르면서 앞으로 돌아 들어가 단기로 장합에게 덤벼들었다. 장합은 조자룡과 더불어 30여 합을 싸우다가 감당하지 못하고 말머리를 돌려서 도망쳐 버렸다.

조자룡이 용기를 내어 한 걸음 더 깊숙이 쳐들어갔지만, 장합의 군사가 산곡간에 단단히 버티고 있는데다가 길이 너무나 협착해서 앞으로 더 나가지 못하고 망설이고 있었다.

바로 이때, 관운장·관평·주창이 3백 명의 병사를 거느리고 달려들어 앞뒤로부터 들이쳐서 장합을 쫓아 버리고, 좁은 길을 빠져나와 간신히 산 속의 요새지대를 찾아서 다시 진을 쳤다.

현덕은 관운장에게 명령하여 장비를 찾게 했다. 본래 장비가 공도를 구출하러 달려갔을 때, 공도는 이미 하후연의 손에 넘어져 버린 뒤였기 때문에 장비는 분명히 하후연의 군사를 무찌르고 추격해 가는 도중에, 도리어 새로 뛰어나온 악진(樂進)의 군사에게 포위를 당하게 됐다.

관운장은 도중에서 도주해 온 군사를 만나서 길을 물어 달려가자, 악진의 군사를 무찔러 버리고 장비와 더불어 현덕에게로 돌아왔다. 이때, 또 조조의 대군이 추격해 왔다는 소식이 들려왔다. 현덕은 손건에게 가족을 보호하게 하여 먼저 떠나가도록 하고, 관운장·장비·조자룡과 더불어 후군을 지켜 싸우면서 후퇴했다. 조조는 유현덕이 멀리 떨어져 가는 것을 보자, 그 이상 더 추격할 것을 단념하고 군사를 거두어들였다.

유현덕의 패잔군은 천 명도 못 되는 군사들로 도주만 하고 있었는데, 가는 길에 한 군데 물줄기가 보여서, 그 고장 사람들에게 물어 보니 한강(漢江)이라고 했다. 현덕이 거기다가 임시로 영채를 마련했더니 백성들이 유현덕인 줄 알고 양고기 며 술 등을 내놓아 여러 장수들과 강가에서 술을 마셨다. 유현덕이 탄식하며 말했다.

"여러분은 모두 왕을 보필하여 나라를 다스릴 수 있는 재간을 지니고 있으면서도 불행하게도 유현덕을 따르게 되어서, 나의 운명이 곤경에 빠지게 되니 여러분에게까지 누를 끼치게 되었소. 오늘날 내 몸은 이미 입추의 여지도 없게 됐으니 여러분마저 그르치게 할까 걱정스럽소. 여러분께서는 어찌하여 이 유현덕을 버리고 현명한 주군에게 몸을 던져 공명을 꾀하지 않으시오?"

이 말을 듣자 모든 사람들이 얼굴을 가리고 흐느껴 울었다.

관운장이 강력하게 말했다.

"형님! 그게 무슨 말씀이오? 옛날에 고조황제는 항우와 천하를 다퉜을 때, 항우와 싸울 적마다 패하다가도 최후에 구리산(九里山)의 일전에서 이겼기 때문에 4백 년 역사의 터전을 마련한 게 아닙니까? 승패는 병가지상(勝敗兵家之常)이라는데 어째서 그렇게 스스로 의지를 굽히려고 하시오?"

또 손건이 말했다.

"성패는 시운(時運)입니다. 의지를 굽히시면 안 됩니다. 여기는 형주에서 그다지 멀지도 않고, 유표는 9군을 다스리며 군사가 강하고 군량이 풍족할 뿐더러 또한 주공과 같으신 한나라 왕실의 종친이시니, 그곳으로 몸을 의탁하심이 좋을까 합니다."

"하지만, 나를 받아들여 주지 않을 것이오."

"제가 먼저 가서 그를 설복시켜서 영지 밖까지 나와서 영접하도록 해놓지요."

현덕은 심히 기뻐하며 곧 손건을 형주로 떠나 보냈다. 손건은 형주에 도착하는 즉시 유표를 만났는데, 인사가 끝나자마자 유표가 물었다.

"공은 유현덕을 섬기고 계시단 소문을 들었는데, 어찌하여 여길 오셨소?"

이때라고 생각한 손건은 유현덕의 영웅적인 인품과 한나라 왕실을 일으켜 세우려는 열렬한 정열과 현재의 불행한 처지와 형편을 자세히 설명하고 그를 받아들여 주기를 극력 역설했다.

유표도 크게 기뻐했다.

"유현덕으로 말하자면 나도 평소에 아우처럼 생각해 왔소. 한번 만나 보고 싶던 차였는데, 그렇게 된다면 나도 소원을 성취하는 셈이니 다행스럽소."

이때 채모(蔡瑁)가 옆에 있다가 반대하는 의견을 내놓았다.

"그건 안 됩니다. 유현덕은 예전에는 여포를 따르다가 나중에는 조조에게로 몸을 의지했었고, 근래에는 원소에게도 가 있었소. 좌왕우왕하면서 어느 쪽에도 붙어 있지 못하는 위인입니다. 이것만 보아도 그 사람됨이 어떻다는 것을 가히 알 수 있습니다. 차라리 이 기회에 손건의 목을 베어서 조조에게 바치신다면 조조는 반드시 주공을 소중히 여기실 것입니다!"

손건이 정색하면서 소리를 질렀다.

"내, 죽음을 두려워하는 소인배가 아니오. 유장군으로 말하면 그 나라를 위하는 충성된 마음이 조조·원소·여포 따위에 비할 바 아니오. 그대는 무엇 때문에 쓸데없는 말을 하여 현사(賢士)를 질투하시오?"

유표가 그 말을 듣더니 채모를 돌아다보며 말했다.
"내 마음은 이미 작정되었으니 쓸데없는 말은 그만두시오!"
마침내 유표는 성 밖 30리 지점까지 친히 나와서 유현덕을 맞이했고, 관운장·장비와도 인사를 마친 다음, 형주성 안으로 들어가 관저까지 마련해 주어서 머무르게 했다.

한편, 조조는 현덕이 형주로 가서 유표에게 의탁했다는 소식을 듣자 그 즉시 군사를 거느리고 공격을 개시하려 했다. 그러나 정욱이 북쪽에 있는 원소의 군사를 더 경계해야 한다고 권고하는 바람에 우선 군사를 거느리고 허도로 돌아가 한동안 쉬었다. 그러다가, 건안 7년 정월에 또다시 출전하기로 결정하고, 우선 하후돈·만총(滿寵)을 파견하여 유표에게 대비시켜 여남을 든든히 지키도록 하고, 조인·순욱에게 허도의 방비를 맡겼다. 그리고 조조 자신은 대군을 거느리고 관도로 나와 진을 쳤다.

한편, 원소는 오래 전부터 앓고 있던 토혈병(吐血病)이 겨우 완쾌되어서 허도를 공략할 협의를 하고 있는데, 돌연 조조가 관도까지 나와서 기주를 들이치려고 한다는 소식을 듣자 곧 그에 대한 대책을 강구했다.

그러자 아들 원상이 선뜻 부친을 대신하여 출전하겠다고 나섰다. 원소는 승낙하고 청주의 원담, 유주의 원희, 병주의 고간에게도 사람을 파견하여, 4방으로 협력해서 조조를 격파할 대책을 세웠다. 이야말로, 전쟁의 북소리가 여남에서 울리기 시작하니, 또 기북에서도 울리게 된 셈이다.

32. 처참한 골육상쟁

奪 冀 州 袁 尙 爭 鋒
決 漳 河 許 攸 獻 計

원상은 친히 수만의 병력을 거느리고 여양으로 출전하여 조조의 선봉과 대결했다. 조조 편에서는 제일 먼저 장요가 내달아 원상과 싸우게 됐는데, 3합도 싸우지 못하고 원상은 대패하여 군사를 수습해 가지고 기주로 도주해 버렸다.

원소는 아들 원상이 싸움에 패하고 도주했다는 소식을 듣자, 피를 토하고 졸도했다. 유부인이 부축해서 안으로 데려다 뉘고 후계자를 누구로 지명하느냐 추궁했더니, 원소는 손짓으로 가리키기만 할 뿐 말도 제대로 하지 못했다.

"원상을 후계자로 결정하지요?"

하고 다짐을 하는 유부인의 말에 원소는 고개를 끄덕끄덕할 뿐, 그대로 피를 한 말이나 토하고 절명했다.

원소가 세상을 떠나자, 유부인은 원소의 애첩 다섯을 죽여 버리고, 그 영혼이 구천에 가서라도 원소와 만날까 하여 머리를 자르고, 얼굴을 찌르며 시체를 훼손하는 등 온갖 악독한 방법으로 천하에 보기 드문 질투심을 나타냈다.

이때 원담은 이미 군사를 거느리고 청주에서 나왔을 때였는데, 부친이 세상을 떠난 것을 알고 곽도·신평과 상의하고 원

상의 동정을 살피기 위해서 먼저 곽도를 기주성으로 파견해서
원상을 만나 보게 했다.

곽도와 대면한 원상은 부친의 유명이라 하면서 형 원담을
거기장군(車騎將軍)에 임명할 것이나, 먼저 국경을 침범하고
있는 조조의 군사와 대결해 달라고 했다.

곽도는 청주의 군중에는 뛰어난 모사가 없으니 심배와 봉기
두 사람을 파견해 달라고 요구했으나, 원상은 두 사람에게 제비
를 뽑게 해서 봉기만을 곽도와 함께 원담의 진지로 파견했다.

거기장군의 인수를 받은 원담은 격분하여 봉기의 목을 베려
고 했으나, 곽도가 권고하고 만류해서 생각을 돌리고 즉시 여
양으로 출전하여 조조의 군사와 대치할 태세를 취했다.

원담 편에서는 대장 왕소(汪昭), 조조 편에서는 서황이 대
적했는데, 3합도 못 싸우고 서황이 한칼에 왕소의 목을 쳐버
리니, 원담의 군사는 대패했고, 사람을 파견하여 원상에게 원
군을 청했더니, 원상은 겨우 5천여 기를 보냈을 뿐이었다.

그러나 그 5천여 기도 오는 도중에 조조의 군사에게 저지당
하고 악진·이전에게 포위당하여 전멸 상태에 빠지고 말았다.
이 소식을 들은 원담은 대로하여 봉기를 불러서 따졌다.

봉기가 손수 원상에게 편지를 써서 친히 출마하도록 재촉하
겠다고 하는지라, 원담은 그 편지를 주어서 사람을 기주로 파
견했지만, 원상은 편지를 받아 보고도 좀처럼 군사를 동원시
키려 들지 않았다.

원담은 또다시 격분을 참지 못하고 봉기의 목을 베어 버렸
으며, 결국 조조에게 투항하는 도리밖에 없다고 여러 부하들
과 상의했다.

이런 정보가 날아들자, 원상은 그제서야 심배를 대장 소유(蘇由)와 함께 남아서 기주를 지키도록 하고 친히 대군을 거느리고 원담을 거들어 주러 여양으로 향하려고 했다. 우선 선봉으로 대장 여광(呂曠)·여상(呂翔) 형제를 내세워서 먼저 여양으로 떠나 보냈다.

원담은 원상이 친히 출전한다는 소식을 듣고 크게 기뻐하며 조조에게 투항할 생각을 포기했다. 이리하여 원담은 성 안에서, 원상은 성 밖에서 각각 뿔을 내밀고 다리는 뒤로 잡아당기는 것같이 의각지세로 진을 쳤다.

나중에 원희·고간의 군사도 성 밖에 도착하여 원상·원담과 3면 작전으로 며칠 계속 조조의 진지를 공격했지만, 결국은 원상의 군사가 번번이 패배하고, 조조는 일거에 군사를 나누어 총공격을 가하는지라, 원담·원희·원상·고간은 대패하여 여양을 뒤로 하고 퇴각했다.

조조는 군사를 거느리고 기주까지 추격했는데, 원담·원상은 성 안으로 들어가 수비를 든든히 하고, 원희와 고간은 성 밖 30리 지점에 진을 치고 허세만 부리고 싸움을 하려 들지는 않았다.

조조의 군사는 며칠 공격을 가했지만 좀처럼 함락시킬 가망성이 없자, 곽가의 의견을 받아들여서 일단 군사를 뒤로 물려 가지고 먼저 형주로 향하여 유표를 들이칠 계획을 세웠다.

그리고 가후를 태수로 하여 여양을 지키게 하고, 조홍을 시켜 관도를 방비하도록 한 다음 조조는 친히 대군을 거느리고 형주로 향했다.

이렇게 되니, 원담과 원상은 조조의 군사가 물러간 것을 보고 각각 제 고장으로 돌아왔으며, 원희와 고간도 물러갔다.

진지에서 돌아온 원담은 곰곰 생각했다. 장남으로 태어나 가지고 부친의 후계자가 되지도 못하고, 후처의 아들인 원상이 부친의 후계자 노릇을 하게 되었다는 것은 아무리 생각해 보아도 그대로 참기 어려운 일이었다.

곽도를 불러서 상의했더니, 원상과 심배를 연회를 핑계하고 청해 내서 도부수를 잠복시켜 두었다가 죽여 버리도록 하자는 것이 곽도의 계책이었고, 원담도 이에 동의했다.

그때 청주에서 왕수(王修)가 나타났는지라, 원담이 이 계획을 이야기했더니, 왕수는

형제란 왼팔·오른팔 같은 것인데, 한쪽 팔을 잘라 버렸다고 그것이 정당한 승리가 되겠느냐

하며 극력 만류했다. 원담은 그 말을 듣고 격분하여 왕수를 물리쳐 버리고, 그 즉시 사람을 보내서 원상을 초청했다.

원상이 심배와 상의했더니 눈치빠른 심배, 벌써 알아차리고 이는 곽도의 계책임에 틀림없으니, 이번에 숫제 들이쳐 버리라는 것이었다.

원상이 심배의 의견대로 무장을 든든히 한 다음, 병력 5만을 거느리고 성 밖으로 나갔다. 원담은 원상이 군사를 동원했다는 소문을 듣자 일이 탄로났음을 알고, 역시 무장을 든든히 하고 출전했다.

이리하여 형제가 칼을 휘두르며 서로 매도하고 사생결단을 하려 들며 맞붙어서 싸웠으니 결국 원담이 원상을 당해 내지 못하고 평원(平原) 땅으로 도주했고, 원상은 군사를 수습해

가지고 철수했다.

원담은 한번 패하기는 했으나, 또다시 곽도와 협의해서 재기를 꾀하고, 잠벽(岑璧)을 대장으로 내세워서 군사를 몰고 나섰다.

그러나 원상의 편에서는 대장 여광이 말을 달려 덤벼들더니 긴 칼을 한번 번쩍, 단숨에 잠벽의 목을 잘라 버렸다. 결국 원담의 군사는 거듭 대패하여 평원으로 도주하여 농성을 하고 나오지 않는 것을 원상은 끝까지 추격하여 3면으로 포위 공격을 가했다. 견디다 못해서 원담이 또 곽도와 상의했더니, 우선 조조에게 투항하겠다 제의해 놓고 조조를 시켜서 기주를 치게 하면 원상이 기주를 구원하러 나서서 조조의 군사와 맞붙게 되고, 조조의 군사가 원상을 격파하게 되면 그 패잔군은 모조리 원담의 수하에 들어오게 될 것이니 그때 다시 조조를 쳐부수자는 계책이다.

원담은 곽도의 계책대로 신평의 아우 신비(辛毗―자는 左治)에게 3천 명의 군사를 주어서 조조에게 파견했다. 이때 조조는 서평(西平)에다 진을 치고 유표를 공격하려 했으며, 유표는 유현덕을 선봉으로 내세워서 이와 대결하려 하고 있는 판이었는데, 아직 접전이 벌어지기 전에 신비가 조조의 진지에 도착하게 된 것이었다.

조조는 신비가 전하는 원담의 편지를 보고 모사·무장들과 대책을 강구했다. 정욱·여건·만총의 여러 가지 의견이 있었으나, 결국 순유의 의견을 채택하기로 했다.

그것은 우선 군사를 내보내서 원상을 쳐부수고, 그 다음에 원담까지 쳐부수면 천하의 대세는 결정되리라는 계책이었다.

조조는 크게 기뻐하여 신비를 청하여 같이 술을 마시며 이야기했는데, 신비가 원상을 쳐부숴야만 왕패(王覇)의 대업을 이룩할 수 있다고 역설했더니, 조조는 그날로 군사를 철수시켜 가지고 기주로 향했다. 이때, 유현덕은 조조의 계책을 겁내어 추격하려 들지 않고, 진지를 수습해 가지고 형주로 되돌아왔다.

한편, 원상은 조조의 군사가 황하를 건너서 북쪽으로 올라갔다는 소식을 듣자 급히 군사를 업군으로 철수시키고 여광·여상에게 후군을 책임지도록 했다. 원담은 원상이 군사를 철수시키는 것을 보자, 평원의 인마를 총동원해서 추격을 감행했는데, 도중에서 여광·여상 형제의 군사에게 앞길이 가로막혀 버리고 말았다.

원담이 말을 멈추고,

"나는 선친께서 재세시에 그대들 형제를 소홀히 대접한 일이 없다고 생각하는데, 그대 형제들은 어찌하여 이제 나의 아우편이 되어서 나를 괴롭히는 것인가?"

했더니, 여상 형제는 말을 내려 원담에게 투항하겠다는 의사를 표명했다. 원담은 두 장수를 자기 군중에 가담시키고, 조조의 군사가 도착한 다음에 그들을 조조 앞에 내세웠다. 그랬더니 조조는 자못 기뻐하며 딸을 원담의 아내로 내주겠다고 언약했으며, 여광·여상에게 중매를 들라고 명령했다.

원담이 조조에게 기주를 공격하라고 권했더니, 조조는 군량 부족과 운수 능력의 결핍을 역설하고 서서히 손을 대도록 하자 하며, 원담에게 잠시 평원에 있도록 지시하고, 자기는 군사를 되돌려 가지고 여양에 주둔하고 여광·여상을 열후(列侯)

에 봉하여 자기의 군중에 머물러 있게 했다.

이런 정세를 관망하고 있던 모사 곽도는 또 한 가지 계책을 원담에게 제공했다. 그 계책이란 장군의 인(印)을 두 개 새겨 가지고 아무도 모르게 사람을 보내서 여광·여상 형제에게 전해 주고, 조조의 군중에 있으면서 원담과 내응하도록 하자는 것이었다.

그러나 이 인을 받은 여광·여상 형제는 그 즉시 그것을 조조에게 가지고 가서 그 연유를 말했다. 조조가 깔깔대고 웃으며 말했다.

"원담이 내 눈을 속여서 그런 것을 보내 온 것은, 그대들을 유인해 가지고, 내가 원상을 쳐부순 다음에 나를 무찔러 버리자는 수작이오. 좋아! 내버려두시오! 내게도 생각이 있으니까."

이때부터 조조는 원담을 처치해 버리자는 결심을 하게 된 것이다.

또 원상은 심배와 상의한 결과, 우선 원담을 졸지에 급습해 버리고 나서 조조마저 습격해 버리자는 결론을 내렸다. 원상은 심배를 머물러 두어 진림(陳琳)과 함께 기주를 지키게 하고, 마연(馬延)·장의(張顗) 두 장군을 선봉으로 내세워 즉각에 평원토벌의 군사를 일으키기로 했다.

원담은 원상의 군사가 진격해 온다는 소식을 듣자 조조에게 급보를 전했다. 조조는 조홍의 군사를 선발대로 내보내어서 업군을 공략하게 하고, 자기는 다른 1군을 거느리고 윤해(尹楷)를 토벌하러 나섰다. 국경으로 접근해 들어갔을 때, 윤해가 군사를 거느리고 진두로 말을 달려 내달았다.

"허중강(許仲康—허저)은 어디 갔느냐?"

조조가 한 마디를 던지니, 당장에 허저가 뛰쳐나와 말을 몰아 윤해에게 덤벼들었다. 윤해는 허저의 한칼에 목이 달아났고 병졸들은 뿔뿔이 흩어졌다. 조조는 패잔병들을 모조리 자기 편에 가담시켜 가지고 즉시 되돌아서서 한단(邯鄲) 땅으로 쳐들어갔다. 한단 땅을 지키고 있던 저혹(沮鵠)이 군사를 거느리고 덤벼들었으나, 장요의 화살을 맞고 말 위에서 나둥그러 떨어져 버렸으며, 조조가 대군을 거느리고 기주성 아래까지 밀고 들어가니, 거기에는 벌써 조홍이 대기하고 있었다.

조조는 전군에 명령을 내려 성벽 주변에다 토산(土山)을 쌓아 올리게 하고, 또 비밀리에 갱도를 파서 공격을 가하려고 했다.

저쪽에서는 심배가 머리를 짜며 가지가지 계책을 생각하고 군율을 엄격하게 해서 수비하고 있었다. 그런데 동문의 수장(守將) 풍례(馮禮)가 술이 취해서 야간경비를 태만히 했기 때문에 처벌했더니, 이에 앙심을 품고 풍례는 성을 탈출해서 조조에게 투항해 버렸다.

조조가 풍례에게 성을 격파할 방법을 물었더니 풍례의 말이,

"돌문(突門) 안에는 흙이 두껍게 쌓였기 때문에 거기로 갱도를 파고 들어가시면 될 것입니다."

하는지라, 조조는 풍례에게 강병 3백 명을 주어서 밤중에 몰래 갱도를 파라고 명령했다.

심배는 풍례가 조조에게 항복해 버린 다음 밤마다 친히 성벽에 올라 순찰을 게을리하지 않았는데, 그날밤 돌문의 고로(高櫓)에서 내려다보자니 성 밖에 불빛이 보이지 않는지라 재

빨리 풍례가 갱도를 파고 있으리라는 판단을 내리고 갑자기 돌을 운반해다가 갑문(閘門)을 돌격해 버리니 풍례와 3백 명의 장병들은 모조리 흙 속에 파묻혀 죽어 버렸다.

조조는 갱도를 파다가 실패하고 그것을 단념한 후, 군사를 원수(洹水) 기슭까지 철수시키고 원상이 돌아오기를 기다렸다.

원상은 평원을 공격하고 있었는데, 조조가 윤해와 저혹을 무찌르고 대군으로 기주를 포위했다는 소식을 듣자 급히 군사를 거느리고 싸움을 거들려고 되돌아왔다.

원상은 부장 마연·장의를 후군으로 삼고 선두에 서서 진군을 시작했다. 그런데 벌써 이런 사실을 조조에게 보고하는 세작이 있었는지라, 조조는 만반 준비를 갖추고 대기하고 있었다.

원상은 부수(滏水)를 돌아서 동쪽에 있는 양평(陽平)으로 들어가서 진을 치고 있었는데, 병사들에게 명령하여 밤이 되거든 싸움을 시작할 신호로 마른 나무와 풀을 쌓아 놓고 불을 지르도록 지시했다.

그리고 한편으로 주부(主簿) 이부(李孚)를 조조 편 군사의 도독(都督)처럼 가장시켜서 성을 지키고 있는 심배와 연락을 취하도록 했다.

이부가 성 밑까지 가서 문을 열라고 큰 소리로 외치니, 심배는 벌써 이부의 음성인 줄 알아차리고 그를 성 안으로 들어오게 했다. 이부가 말했다.

"원공께서는 양평정(陽平亭)에 진을 치고 성 안에서부터 내응하시어 쳐나오시기만 기다리고 계시오. 그때에는 불길을 올려서 신호를 해주시기 바라오."

심배는 당장에 성 안에 풀을 쌓아 놓고 불을 질러 신호를 보냈다. 이부가 또 말했다.

"성 안에는 군량도 부족할 것이니, 노인과 아이들을 시켜서 투항하게 하시는 게 좋겠소. 그러면 적군에서는 마음을 놓을 테니까, 우리 편에서는 그 뒤에 군사를 동원해서 들이치기로 합시다."

심배는 그 지시대로 그 이튿날 아침에 '기주백성투항(冀州百姓投降)'이라는 백기를 성위에 높직이 올렸다. 조조가 그것을 보고 말했다.

"성 안에는 군량이 떨어졌으니까 약한 백성들을 투항시키자는 수작이다. 그 뒤에는 반드시 군사들이 쳐나올 것이다."

하면서 장요·서황에게 각각 3천의 병력을 주어서 양편으로 매복시키고, 조조 자신은 친히 말을 달려 성 아래까지 내달았다.

백성들은 노인을 부축하고 어린아이들의 손을 끌면서 백기를 손에 들고 성 밖으로 나왔는데, 그 행렬이 끝나자마자, 성 안의 군사들이 돌연 진격해 나왔다.

조조는 붉은 장군기를 휘날리며 장요·서황의 군사를 양편에서 몰아 내어 마구 찌르고 치고 하니 성 안의 군사들은 견디지 못하여 철수해 들어갔다.

조조가 친히 말을 달려 구름다리 밑까지 추격하다가 성 안에서 빗발치듯 화살을 퍼부어 투구에 꽂히는 바람에 하마터면 이마를 꿰뚫을 뻔했는지라 여러 장수들이 급히 구출해 가지고 진지로 돌아왔다.

조조는 옷을 갈아입고 말도 갈아타고 즉시 여러 장수를 거느리고 다시 원상의 진지를 습격했다. 원상도 친히 진두에 나서서 대결했는데, 이때 3면에서 수많은 군사들이 몰려들어 일대 난투를 계속하다가 마침내 원상이 대패하고 말았다.

원상은 패잔병을 거느리고 서산에서 농성하며, 마연·장의의 군사에게 즉시 달려오라고 전달했지만 때는 이미 늦었다. 그때는 벌써 조조가 여광·여상 형제를 파견해서 마연· 장의 두 사람을 투항시킨 뒤였다.

조조는 바로 그날 중으로, 여광·여상 형제와 새로 투항해 온 마연·장의에게 명령해서 원상의 군량 수송 길을 차단해 버렸다. 원상은 더 버틸 수 없다고 생각하자 단념하고 밤중에 남구(濫口)로 몸을 피했다. 그러나 진지의 자리도 잡기 전에 사방에서 횃불이 뻗쳐오르더니 복병들이 일제히 덤벼드는 바람에, 갑옷을 입을 겨를도 없고 말에 안장을 올려놓을 틈도 없을 지경이었다. 50리쯤 후퇴해서 달아나다가 기진맥진해서 예주(豫州) 자사 음기(陰夔)를 중간에 내세워서 조조에게 투항을 제의했다.

조조는 이것을 받아들이는 체하고, 한편으로는 그 즉시 장요·서황을 시켜서 야습을 시키니, 원상은 인수(印綬)·절월(節鉞)·의갑(衣甲)·치중(輜重) 모든 것을 내동댕이치고 중산(中山)을 향하여 도주해 버렸다.

조조는 군사를 돌려서 기주를 공격했다.

허유가 계책을 제공했다. 그것은 장하(漳河)의 제방을 터뜨려서 적군을 물 속에 휘몰아 넣어 버리자는 것이었다. 조조는 그 계책대로 우선 병사들을 풀어 가지고 성 밖으로 주위 40리나 되게 굴을 파게 했다. 심배는 조조의 군사가 성 밖에서 굴을 파고 있는 광경을 보고, 그 굴이 너무나 얕은지라 조소를 금치 못하면서 아무런 방비도 하지 않고 있었다.

그날밤에 조조는 병사를 수십 배나 증원해 가지고 있는 힘을 다해서 굴을 판 덕분에 날이 밝을 무렵에는 폭·깊이 모두 2장이나 되었고, 장하의 물줄기를 끌어들였더니 깊이가 수 척이나 되었다. 거기다 또 성 안에서는 군량이 다 떨어져서 굶어 죽는 자가 속출했다. 신비가 성 밖에서 창끝에다가 원상의 인수와 의복 등을 꽂아 가지고 성 안을 향하여 투항을 권고했더니, 심배는 격분해서 신비의 가족 남녀노소 도합 80여 명을 성벽 위에서 목을 잘라 성 아래로 던졌다. 이를 본 신비는 방성통곡했다.

심배의 조카되는 심영(審榮)은 평소부터 신비와 교분이 두터웠기 때문에 신비의 가족이 살해당한 것을 알고 격분하여, 성문을 열도록 하겠다는 편지를 비밀리에 작성해서 화살에 매어 성 아래로 던졌다. 병사 한 사람이 그것을 주워 보고 신비에게 주었으며, 신비는 그것을 조조에게 보였다.

조조는 앞서 명령을 내려서 기주에 입성하게 되면 원가(袁家)의 일족을 죽여서는 안 된다는 것과 군사나 백성 중에 투항해 오는 자는 용서해 준다고 소문을 내게 했다.

이튿날, 날이 밝자 심영이 성문을 열고 조조의 군사를 맞아들였는지라 신비는 말을 달려 앞장서서 뛰어들었으며, 그 뒤를 여러 대장들이 몰려들어왔다.

심배는 동남각 고로에 있었는데, 조조의 군사들이 몰려들어오는 것을 보고 몇 기를 거느리고 대항하고 있는 판에, 서황의 습격을 받게 되었다.

서황이 심배를 산채로 잡아서 꽁꽁 묶어 가지고 성 밖으로 나오다가 신비와 맞닥뜨렸다.

신비는 이를 바드득 바드득 갈고 채찍으로 심배의 목을 내리치면서 외쳤다.

"이 국적 놈아! 오늘은 네 목숨도 마지막이다!"

심배도 잠자코 있지는 않았다.

"이 못된 놈아! 조조를 끌어들인 것은 네놈이지! 때려죽이고 말겠다!"

서황이 심배를 조조 앞에 내세우면서 말했다.

"그대는 성문을 연 것이 누구인지 알고 있는가?"

"모르오!"

"바로 그대의 조카 심영이었다!"

"흐음! 고얀 놈이, 그따위 짓을 하다니!"

"이제 그만 항복하는 게 어때?"

"항복은 하기 싫소!"

신비가 꿇어 엎드려 방성통곡했다.

"우리 일족 80여 명이 이놈의 손에 모조리 죽었습니다. 원컨대 이놈의 목을 베어 원한을 풀어 주소서!"

그랬더니 심배가 큰 소리로 외쳤다.

"나는 살아서는 원씨의 신하요, 죽어서는 원씨의 귀신이 될 테다! 네놈같이 염치를 모르는 놈하고는 다르다! 빨리 내 목을 베라!"

조조가 그를 끌어내라고 명령하니 심배, 목이 달아나는 순간까지 행형자(行刑者)를 꾸짖으며 하는 말이,

"나의 주군은 북쪽에 계신데, 나를 남쪽을 향하게 해서는 안 된다!"

하면서 다시 북쪽을 향하고 꿇어앉아서 목을 내밀고 칼을 받았다.

심배가 죽고 나니, 조조는 그의 충성된 마음에 감격하여 성 북쪽에 묘지를 택하여 정중하게 매장하도록 했다.

여러 장수들이 조조에게 입성하기를 청하자 조조가 몸을 일으켰을 때, 도부수가 사람 하나를 끌고 나타났다. 자세히 보니 그는 진림이었다.

조조가 말했다.

"그대는 예전에 원소를 위하여 격문을 썼는데, 나의 조상을 일일이 밝힌 것은 좋았지만, 어째서 조부·부친에게까지 치욕이 미치게 하였는가?"

"한번 잡아당긴 화살은 쏘기로 마련된 것입니다."

진림은 이렇게 단호하게 대답하며 굽히려 들지 않았다.

좌우의 사람들이 빨리 목을 베라고 권했지만, 조조는 그의 재능을 아깝게 여겨 종사(從事)의 자리를 주어서 거느리기로 했다.

조조의 맏아들 조비(曹丕─字는 子桓)는 이때 겨우 18세였다.

조비가 세상에 처음으로 태어났을 때 한 조각 운기(雲氣)가 일어났는데, 그 빛깔이 청자색으로 마치 거개(車蓋)처럼 뭉쳐서 방에 뒤덮여 진종일 흩어지지 않았다.

망기(望氣)를 잘 한다는 사람이 있어서 조조에게 남몰래 속삭였다.

"이것은 바로 천자기(天子氣)라는 것입니다. 아드님께서 존귀하게 태어나셨음은 이루 말할 수 없는 일입니다."

조비는 여덟 살 때 이미 글을 지을 줄 알았고, 뛰어난 재간이 있어 고금 경사(經史)에 통달했고, 활쏘기·말타기와 검술을 좋아했다. 조조가 기주를 무찔렀을 때, 조비는 바로 부친을 따라서 진중에 있었는데, 뛰어 내달으며 앞장을 서서 좌우의 병사들을 거느리고 원소의 집 앞에 가서 말을 내렸다. 그리고 칼을 뽑아 들고 안으로 들어섰다.

장수 한 사람이 조비를 가로막으며 말했다.

"승상의 명령이시오! 누구나 소부(紹府)에 함부로 들어갈 수는 없소!"

그러나 조비는 호통을 쳐서 그 장수를 물리치고 칼을 뻗쳐 든 채 후당으로 들어갔다. 거기서는 두 부인이 부둥켜안고 통곡하고 있었다. 조비는 그들을 죽여 버리려고 했다. 이야말로 4대의 공후(公侯)가 모두 꿈이 되어 버렸고, 일가(一家)의 골육이 또한 위험에 직면하게 된 셈이다.

33. 사막을 달리며

曹丕乘亂納甄氏
郭嘉遺計定遼東

조비는 두 여자가 울고 있는 것을 보고 칼을 뽑아 찌르려고 했다. 그랬더니, 별안간 붉은빛이 눈앞을 꽉 막는 바람에 칼을 손에 잡은 채로 물어 보았다.

"그대는 누구요?"

한 부인이 대답했다.

"저는 원장군의 처 유씨입니다."

"또 이 여자는 누구요?"

"차남 원희의 처 진씨(甄氏)입니다. 원희가 유주로 갔기 때문에 진씨는 먼곳으로 가기가 싫어서 여기 남아 있었던 것입니다."

조비가 그 여자를 가까이 끌어 잡고 보니 머리는 흐트러지고 얼굴이 더러워 자기 소맷자락으로 그 얼굴을 씻어 주고 다시 바라다보니 옥 같은 살결에 꽃 같은 모습, 경국(傾國)의 미색을 지니고 있는지라 유씨에게 말했다.

"나는 조승상의 아들이오. 그대들의 집안을 보호해 주고 싶으니 걱정할 것은 없소."

조비는 칼을 꾹 손에 잡은 채 방안에 털썩 주저앉았다.

조조는 여러 장수를 거느리고 기주에 입성했다. 원소의 관저 문앞까지 와서 물어 봤다.

"아무도 들어간 사람은 없느냐?"

문을 지키고 있던 부장이 대답했다.

"도련님께서 안에 계십니다."

조조가 아들을 불러내어 벌을 주려고 했더니, 유씨부인이 뛰어나와 절하며 말했다.

"도련님께서 와 주시지 않으셨더라면 저희들은 벌써 어느 지경에 이르렀을는지 모릅니다. 진씨를 바칠 것이오니 도련님과 짝짓도록 해주시기 바랍니다."

조조가 그 말을 듣고 진씨를 불러내어 앞에 나와 절하게 했다.

조조는 그 여자를 보더니 대뜸 말했다.

"이건 정말 내 며느리 감이로군."

드디어 조비에게 이 여자를 아내로 맞아들이도록 명령했다.

조조는 기주를 평정한 다음, 친히 원소의 묘지에 나가서 절하고 통곡했으며, 금백과 식량을 원소의 부인 유씨에게 베풀어 주었다. 또 하북 백성들은 난리 통에 고생을 했으니 올해의 부세(賦稅)는 면제한다는 지령을 내렸고, 동시에 상주문을 천자에게 올려 하북 땅을 평정했음을 보고했다. 그리고 자진해서 기주의 목(牧)을 겸임했다.

어느 날, 허저가 말을 타고 동쪽 성문으로 들어오려고 했는데 마침 허유와 마주쳤다.

허유가 허저를 불러서 말했다.

"그대들도 내가 없었다면 어떻게 이 성문을 출입할 수 있었겠소?"

허저가 격분했다.

"우리들은 천생만사(千生萬死), 혈전을 무릅쓰고 이 성을 빼앗은 것인데 그대는 감히 무슨 주둥이를 놀리는가?"

허유가 매도하고 나섰다.

"네놈들은 모두가 못생긴 필부들이니 더 말할 게 없다!"

허저는 화가 불끈 치밀어서 당장에 허유의 목을 베어 죽이고 그 수급을 들고 조조 앞에 나갔다. 그리고 허유가 여차여차 무례한 소리를 하기에 죽여 버렸다고 말했다.

그랬더니 조조가 나무랐다.

"허유는 나와 옛적부터 친한 사이인지라 농담을 한 것인데, 그를 죽이다니 너무나 잘못했소."

허저를 질책하고, 허유의 시체를 정중하게 매장했다. 그리고 사람을 내세워서 두루두루 기주의 현사를 찾아보도록 했다.

그 고장 사람 하나가 알려주었다.

"청하군(淸河郡) 동무성(東武城) 사람으로, 기도위(騎都尉) 최염(崔琰─子는 季珪)이 있는데, 여러번 원소에게 계책을 제공했지만 받아들여 주지 않아서 병을 핑계로 집안에서 나오지 않습니다."

조조는 당장에 그를 불러내어 기주의 별가종사(別駕從事)에 임명하고 그에게 이런 말을 했다.

"어제 이 고장의 호적을 조사해 봤더니 30만이나 되었소. 가히 대주(大州)라 할 수 있소."

이 말을 듣더니 최염이 말했다.

"이제 천하가 갈라져 허물어지고, 9주(九州)가 갈가리 찢어지고, 원씨 형제는 서로 싸우고 있어서 기주의 백성들은 뼈를 벌판에 드러내게 됐는데 승상께서는 급히 풍속을 알아보고 그들을 도탄의 괴로움에서 구출하실 생각은 하지 않으시고 호적만 조사하셨다니, 이게 과연 기주의 백성들이 승상께 기대하는 바이겠습니까?"

이 말을 듣자 조조는 옷깃을 바로잡고 최염에게 자기의 실언을 사과했으며, 그를 빈객으로 대우하기로 했다.

조조는 기주를 진압한 다음, 사람을 보내서 원담의 소식을 탐지하도록 했다. 이때, 원담은 군사를 거느리고 감릉(甘陵)·안평(安平)·발해(渤海)·하간(河間) 등 각지를 약탈하면서 돌아다니고 있었는데, 원상이 중산으로 몸을 피했다는 소문을 듣자 즉시 그곳으로 달려갔다.

원상은 싸우고 싶은 의욕도 없이 유주의 원희를 의지하여 몸을 피해 버리자 원담은 원상의 군사를 모조리 자기 수하에 집어넣고 기주를 탈취할 궁리를 하고 있었다.

조조는 사람을 파견해서 원담을 불러오려고 했으나 그가 응하지 않자, 격분하여 편지로 그와의 혼담을 파약해 버리고, 친히 대군을 거느리고 토벌을 나서서 평원으로 쳐들어갔다.

원담은 조조가 친히 출전했다는 소식을 듣자 사람을 보내어 유표에게 싸움을 거들어 달라고 했다. 유표는 유현덕을 불러서 이 문제를 상의했다.

유현덕의 의견은 그런 싸움에 가담한다는 것은 무익한 일이니, 군사를 정비하고 수비를 견고히 하는 것이 상책이지, 경솔한 행동은 삼가는 것이 좋겠다는 것이었다.

유표는 유현덕의 의견에 동의하고 원담에게 간단한 편지 한 장을 보냈을 뿐이었다. 원담은 유표가 싸움에 가담해 줄 의사가 없음을 확인하고, 또 자신이 조조와 대결할 만한 힘이 없음을 깨닫자, 드디어 평원을 버리고 남피(南皮)로 가서 농성을 하고 있었다.

조조는 원담을 추격하여 남피로 군사를 진출시켰는데, 때마침 엄동설한이라 황하에는 얼음이 뒤덮여서 양식 실은 선박을 움직일 수가 없었다.

조조가 그 고장 백성들을 동원해서 얼음을 깨뜨려서라도 배를 움직여 보려고 했더니 백성들은 모두 도망쳤다. 조조는 화가 나서 백성들을 잡아다가 목을 베라고 명령을 내렸다. 그러나 이 소식을 듣고 자수해 온 백성들을 보자 조조가 말했다.

"그대들을 죽이지 않으면, 나의 호령이 실행되지 않고, 그렇다고 해서 그대들을 차마 죽이지는 못하겠으니 그대들은 빨리 산중으로 몸을 피하여 나의 군사들에게 붙잡히지 않도록 하라!"

백성들은 모두 눈물을 흘리며 돌아갔다.

원담은 군사를 거느리고 성 밖에 진을 쳐서 조조의 군사와 대결했다. 조조는 먼저 서황을 내세웠고, 원담은 팽안(彭安)을 내세웠다. 두 장수의 말이 맞부딪쳐 몇 합을 싸우다가 팽안이 서황의 칼을 맞고 거꾸러지니 원담의 군사는 뿔뿔이 흩어져서 남피성 안으로 뺑소니를 쳐버렸다.

조조가 명령을 내려서 성을 사방에서 포위해 버리게 하니, 원담은 당황하여 신평을 내세워서 조조에게 항복을 제의했다. 그랬더니 조조가 말했다.

"원담이란 놈은 주착이 없고 반복이 무상하니 나는 믿기 어렵소. 그보다는 그대의 아우 신비도 나에게 와 있으니 그대도 여기 머물러 있는 것이 좋을 것이오."

"그것은 승상께서 잘못 생각하신 것입니다. 제가 듣건대 주인이 귀하면 신하가 번영하고(主貴臣榮) 주인에게 근심이 있으면 신하에게 욕됨이 있다(主憂臣辱) 합니다. 저는 오랫동안 원씨를 섬기던 몸이니 어찌 배반하겠습니까."

조조는 만류할 수 없음을 알고 곧 돌려보냈다. 신평이 돌아와서 조조가 항복을 받아들여 주지 않는다는 사정을 말했더니 원담이 말했다.

"그대의 아우가 조조의 수하에 있는데, 그대마저도 다른 배짱을 먹고 있었군!"

신평은 너무나 뜻밖의 말에 가슴이 미어지는 듯, 그 자리에서 졸도해서 원담이 밖으로 끌어내자 그만 숨이 끊어지고 말았다.

원담이 후회하고 있을 때, 곽도가 또 의견을 제시했다. 날 밝는대로 백성을 몰아내서 선봉에 세우고 군사들은 그 뒤를 따르며 조조와 최후의 결전을 해보자는 것이었다.

원담은 이 의견대로 싸움을 시작해서 쌍방의 군사가 일대 난투를 전개했다. 그러나 결과에 있어서는 원담의 목이 조홍의 손에 잘라져 버렸고, 곽도는 성 안으로 되돌아가려고 갈팡질팡하다가 멀리서 쏜 악진의 화살에 맞아 거꾸러졌다.

조조가 군사를 거느리고 남피로 쳐들어가니 난데없이 1대의 군사가 나타났다. 원희의 부장 초촉(焦觸)과 장남(張南)이었다. 조조가 친히 군사를 거느리고 진두에 나섰더니, 두 장수는 무기와 갑옷을 집어던지고 항복하여, 조조는 그들을 열후에 봉했다. 또 흑산(黑山)의 산적 장연(張燕)도 군사 10만을 거느리고 투항해 와서 조조는 그를 평북장군(平北將軍)에 봉했다.

조조는 원담의 목을 북문 위에 매달아 놓고 눈물을 흘리는 자는 목을 베겠다고 지령을 내렸다.

그런데도 상복을 입고 나타나서 그 수급 밑에 와서 통곡하는 사람이 있었다. 바로 청주의 별가(別駕) 왕수(王修)였다. 그는 일찍이 원담에게 간언을 했다가 직을 빼앗기고 추방을 당했었는데도 죽었다는 소식을 듣고 시체를 매장하러 온 것이었다.

조조가

"울어서는 안 된다는 지령도 모르느냐? 목숨이 아깝지 않으냐?" 고 힐문했더니 왕수가 대답했다.

"죽음을 겁내어 의리를 저버린대서야, 어찌 사람이라 할 수 있겠습니까? 만약에 원공의 시체를 매장하게만 해주신다면 일족이 몰살을 당하는 한이 있더라도 후회함이 없겠습니다!"

조조는 그 말에 감격하여 원담의 시체를 매장하도록 허락해주고, 왕수를 빈객으로 대우하여 사금중랑장(司金中郞將)에 임명했다.

조조는 다시 원상을 공격할 생각을 하고, 곽가의 의견을 받아들여서 초촉·장남·여광·여상·마연·장의에게 명령하여 각각 군사를 거느리고, 세 갈래로 갈라져서 유주를 공격하도록 하고, 이전·악진에게 장연을 가담시켜서 병주의 고간을 습격하게 했다.

원상과 원희는 조조의 군사가 박두해 온다는 것을 알고, 도저히 대적할 수 없다고 생각하자 성을 버리고 군사를 거느려 별이 반짝이는 밤에 요서(遼西)의 변경 족속인 오환(烏桓)에게 투항했다. 유주 자사 오환촉(烏桓觸)은 유주의 여러 관리들을 모아 놓고 피를 마시며 맹세하여 원씨에게 배반하고 조조에게 투항할 일을 협의했다.

"나는 조승상이 당대의 영웅이라고 생각한다. 이제부터 투항할 작정이니까 명령에 복종치 않는 자는 목을 베겠다."

이리하여 오환촉은 군사를 거느리고 성 밖으로 나와서 조조에게 투항했다. 조조는 크게 기뻐하고 그를 진북장군(鎭北將軍)으로 임명했다.

이때, 별안간 탐마(探馬)가 달려들더니 보고했다.

"병주로 향한 악전·이전·장연은 호관(壺關)의 요새지대에서 고간에게 가로막혀서 쩔쩔 매고 있습니다."

하는지라, 조조가 친히 군사를 거느리고 달려갔다. 그랬더니 세 사람이 나와서 영접하면서 고간이 관(關)을 어찌나 든든히 지키고 있는지 요지부동이라는 것이었다. 여러 장수들을 불러서 대책을 협의했더니, 순유의 의견이 고간을 항복시키려면 이쪽에서 투항하는 것처럼 계책을 쓰는 수밖에 없다는 것이었다.

조조는 그럴듯한 의견이라 생각하고, 투항해 온 대장 여광·여상을 부르더니 무엇인지 한참 동안 귓속말을 했다.

여광과 여상은 관 아래에까지 달려가서, 조조가 거짓이 많고 마땅치 않아서 다시 옛 주인에게 협력하러 돌아왔다고 고함을 질렀다. 그리고 고간을 만나 보자 그들은 이렇게 말했다.

"조조의 군사는 도착한 지도 얼마 안 되어서 병사들도 들떠 있으니 이 기회를 놓치지 말고 오늘밤 중으로 조조를 습격하신다면 우리들도 앞장을 서겠습니다."

그날밤 여광·여상을 앞장세우고 만여 명의 군사를 거느리고 조조의 진지로 쳐들어간 고간은 사방에서 덤벼드는 복병의 기습을 받고, 계책에 떨어진 것을 깨닫자 당장에 호관성으로 되돌아왔다. 그러나 이때는 이미 악진과 이전이 관을 점령해 버린 뒤였다. 고간은 간신히 살 길을 찾아서 선우(鮮于)한테 가서 투항하려 했다.

고간은 선우의 경계지대까지 갔을 때, 흉노의 좌현왕(左賢王)을 만났다. 그러나 그는 조조와 적이 될 이유가 없다고 고간의 투항을 받아들이지 않았다. 고간은 하는 수 없이 유표를 의지해 볼까 하고 도주하는 도중에 상락현(上洛縣)에서 도위(都尉) 왕염(王琰)에게 목이 달아나고 말았다. 왕염이 그 목을 조조에게 바쳤더니 조조는 왕염을 열후에 봉했다.

병주를 진압하고 나자, 조조는 서쪽의 오환을 공격하려고 여러 장수들과 협의했다. 그러자 곽가의 의견은, 오환은 오랫동안 원소의 은혜를 입었고, 또 원상·원희가 아직도 살아 있으니 도저히 그대로 내버려둘 수 없다고 했다. 조조는 드디어 3군을 거느리고 수천 대의 차량을 이끌어 원정의 길을 떠났다.

앞에 바라다뵈는 것은 막막한 황사(黃沙)뿐이요, 광풍이 사방에서 일고, 길이 험난하여 인마가 전진하기 어려웠다.

조조는 군사를 되돌려 돌아가고 싶은 생각이 있어서 곽가와 상의하려고 했지만, 그때 곽가는 수토불복(水土不服)으로 수레 안에 병들어 누워 있었다.

조조가 눈물을 흘리며 말했다.

"내가 사막을 진압하려고 했기 때문에 그대를 이렇게 먼길에 고생시켜 병까지 나게 했으니, 내 마음이 어찌 편안하겠소!"

　그러나 곽가는 병석에 누워서도, 천리 먼길에 남을 습격하게 됐으니, 무거운 짐을 가지고는 진군이 곤란할 뿐이고, 경병(輕兵)을 가지고 상대방의 불비(不備)를 급습하는 길밖에 없으니, 길을 인도할 만한 사람을 물색하는 것이 급선무라는 의견을 말해 주었다.

　조조는 곽가를 역주(易州)로 보내서 휴양하도록 했다. 원소의 구장(舊將)이던 전주(田疇)가 이 방면의 지리에 통한다는 말을 듣고, 조조는 당장에 그를 정북장군(靖北將軍)에 봉하여 향도관(嚮導官)을 삼아 선두에 세우고, 장요가 바로 그 뒤를 따르도록 했다.

　전주는 장요를 인도하며 날랜 말을 달려 백랑산(白狼山)까지 왔다. 이때 원희·원상은 오환족의 모돈(冒頓)의 군사와 합쳐서 수만 기를 거느리고 나오다가 정면으로 충돌했다.

　그러나 결국, 모돈은 장요의 한칼에 목이 달아났으며, 원희·원상은 간신히 수천 기를 거느리고 요동(遼東)으로 패주해 버렸다.

　조조는 군사를 정비해 가지고 유성(柳城)으로 들어가서 전주를 유정후(柳亭侯)로 봉하여 유성을 지키게 하려고 했다. 그러나 전주가 눈물을 흘리면서 말했다.

　"저는 의리를 배반하고 몸을 숨기고 있던 자입니다. 승상의 두터우신 은혜를 입고 생명을 보전하였사오니 다행할 뿐입니다. 어째 노룡(盧龍) 땅의 영채를 팔아서 상록을 받겠습니까? 죽는 한이 있더라도 후작은 감히 받지 못하겠습니다."

　조조는 그를 의리를 아는 사람으로 보고 의랑(議郞)으로 모셨다.

조조는 선우의 사람들을 위무해 주고, 준마 1만 필을 얻게
되어 그날로 군사를 뒤로 물리기로 했다. 그런데 날씨가 차면
서도 비가 내리지 않아서 2백 리나 되는 거리에 물 한 방울도
없고, 또 군량도 떨어져 버려 말을 잡아먹고 땅을 3, 40장이나
파서 겨우 물을 얻을 지경이었다.

조조가 역주까지 돌아왔을 때에는 곽가가 세상을 떠난 지
며칠이 경과된 후였다. 조조는 관 앞에 나서서,

"곽가가 죽은 건 하늘이 나를 밉게 보시는 때문이다!"

하면서 방성통곡했다. 조조가 좌우를 휘둘러보면서 또 말했다.

"그대들은 모두 나와 동년배지만, 곽가 혼자만이 젊은 편이
었소. 나는 평소부터 곽가에게 뒷일을 맡길 작정이었는데, 이
렇게 젊은 나이로 죽을 줄은 정말 몰랐소. 나는 가슴이 무너
지고 창자가 끊어지는 것만 같소!"

이때 곽가의 밑에 있던 부하 하나가 곽가가 임종시에 쓴 편
지 한 통을 조조에게 내밀며 말했다.

"곽공께서는 이 마지막 편지를 승상께 꼭 전해 달라고 하시
면서, 승상께서 이 편지 속에 말씀드린 대로만 하신다면 요동
일은 걱정하실 게 없으리라고 말씀하셨습니다."

조조는 그 편지를 뜯어보더니 고개를 끄덕거리며 탄식할 뿐
이어서, 모든 사람들은 무슨 영문인지를 알 도리가 없었다. 그
이튿날, 하후돈이 여러 장수들과 함께 나타났다.

"요동 태수 공손강(公孫康)은 평소부터 승상께 복종할 마음
이 없던 자인데, 이번에 원희·원상이 그를 의지하러 갔다면,
반드시 앞으로 해로운 일이 있을 것입니다. 그놈이 못된 짓을
하기 전에 이편에서 토벌해 버리시면 요동 땅을 얻으시기 수

월할 줄 압니다."

조조가 웃으면서 말했다.

"그대들의 무용의 힘을 빌리지 않더라도 공손강 편에서 그들의 목을 베어 가지고 올 것이오!"

여러 사람들은 무슨 말인지 몰라서 믿으려 들지 않았다.

원희와 원상은 수천 기를 거느리고 요동 땅으로 도주해 왔다. 요동 태수 공손강은 양평(襄平) 사람으로 무위장군(武威將軍) 공손도(公孫度)의 아들이었는데, 그날 원희·원상이 달려온 것을 알자, 본부의 속관(屬官)들을 모아 놓고 대책을 협의했다. 그의 아우 공손공(公孫恭)이 나서며 말했다.

"원소는 재세시에 항시 우리 요동을 빼앗을 배짱을 먹고 있었는데, 이번에 원희·원상이 장병을 잃고 의지할 곳이 없어서 이곳까지 온 것은, 비둘기가 저는 집을 짓지 않고서 까치집을 빼앗자는(鳩奪鵲巢) 의도와 마찬가지요. 이를 그대로 용납한다면 나중에 반드시 일을 저지를 것이오. 성 안으로 유인해 들여서 죽여 버리고 그 목을 조조에게 바치면, 반드시 우리를 소중히 대우해 줄 것이오. 그러기 위해선 우선 사람을 내보내서 동정을 살피는 게 좋을 것이오. 조조가 쳐들어올 것 같으면 그들 둘을 받아들이기로 하고, 쳐들어올 것 같지 않으면 놈들의 목을 조조에게 바치기로 하면 될 게 아니겠소?"

공손강은 그 의견대로 사람을 파견해서 동정을 살피라고 지시했다.

원희와 원상은 요동에 도착하자 둘이 비밀리에 이런 궁리를 했다. 요동에는 수만의 군사가 있으니까 조조에게 능히 대항할 수 있다는 것, 이곳에 잠시 몸을 의탁하고 있다가 공손강을 없애 버리고 영토를 뺏은 다음, 실력을 길러 가지고 중원(中原)으로 진출하면, 하북을 탈환하기가 쉬우리라는 생각이었다.

이렇게 작정을 하고 나서 공손강을 만나려고 했더니, 공손강은 그들 형제를 우선 객사에 들여 놓고, 몸이 불편하다는 핑계를 하고 만나려 들지 않았다.

얼마 안 되어서 염탐꾼이 돌아오더니,

"조조는 역주에 군사를 머물러 두고 요동으로 쳐내려 올 의사는 없습니다."

하니, 공손강은 크게 기뻐하며 우선 도부수를 벽 뒤에 숨겨 놓고 원희·원상 형제를 불러들였다. 인사가 끝나자 공손강이 자리에 앉으라고 했으나, 엄동설한인데도 자리 방석 하나도 깔려 있지 않아서 원상이 말했다.

"자리에 방석을 좀 깔아 주시오!"

공손강이 두 눈을 부릅뜨며 말했다.

"너희들 두 놈의 머리가 만 리나 되는 곳으로 날아 달아날 텐데 방석은 깔아 뭐하겠느냐?"

원상이 영문도 모르고 대경실색하는 찰나에 공손강이 호통을 쳤다.

"좌우에서 왜 손을 대지 않느냐?"

도부수가 좌우 양편에서 우르르 몰려나오더니 좌석에 앉힌 채로 원상·원희의 목을 쳐 버렸다. 그리고 나무상자에 담아 가지고 사람을 시켜서 역주에 보내어 조조에게 바치기로 했다.

이때, 조조는 역주에 있으면서 몸을 움직일 생각을 하지 않고 군사를 그곳에 주둔시켜 두기만 했다. 하루는 하후돈과 장요가 보다 못해서 조조 앞에 나타나 이런 권고를 했다.

"만약에 요동에 내려가시기 싫으시다면 허도로 돌아가도록 하십시오. 유표가 무슨 야심이라도 품고 날뛰게 된다면 그때엔 어찌하실 작정이십니까?"

조조는 태연자약하게 말했다.

"원희·원상의 목만 닿으면 돌아가기로 하겠소."

하후돈과 장요는 무슨 말인지 의미를 몰라 뒤에서 웃기만 하고 있었다.

그런데 별안간 요동의 공손강이 사람을 파견해서 원상·원희의 수급을 바치러 왔다는 소식이 들어오니, 모든 사람은 깜짝 놀랐다.

그들 형제의 죽음이 놀랍기보다 앞을 내다보는 조조의 날카로운 통찰력에 놀라 자빠질 지경이었다. 그러나 다음 순간에 그들은 또 한번 놀라지 않을 수 없었다. 파견되어 온 사람이 편지를 내주니까 조조가 깔깔깔깔 웃으면서,

"과연 곽가의 추측이 들어맞았군!"
했기 때문이었다.

조조는 그 사람에게 선물을 두둑히 주고, 공손강을 양평후(襄平侯) 좌장군에 봉했다. 사람들이,

"곽가의 추측이란 무슨 뜻입니까?"
하고 물었더니, 그제서야 조조는 곽가가 임종 때 쓴 편지를 꺼내서 여러 사람들에게 보여 주었다. 모두들 감탄하여 마지 않았다.

조조는 제관(諸官)을 거느리고 또다시 곽가의 영전에 제사

를 지냈는데, 당시 그는 망년(亡年)이 38세, 전진에 나선 지 10유 1년. 가지가지 기특한 공훈을 많이 세웠다.

조조는 군사를 거느리고 기주로 돌아왔는데, 떠나기에 앞서서 곽가의 영구를 허도로 보내어 매장하게 했다.

이때 정욱은 강남을 토벌할 계획을 세우라고 조조에게 권고했다. 조조가 기주성 동문 고로(高樓)에 머무르며 밤하늘을 바라보고 있더니 손가락으로 가리키며 말했다.

"남방에는 왕기(旺氣)가 찬연하니 아직 손을 대서는 안 될 것 같군!"

이때, 난데없이 한 줄기 금빛이 땅에서 치밀어올랐다. 조조는 그것이 보물이 땅 속에 파묻힌 것이라 하고 사람을 시켜서 파 보라고 했다. 이야말로 성문(星文)은 남쪽을 향하여 가리키고 금보(金寶)는 북쪽 땅에서부터 치밀어오르는 셈이다.

34. 빼앗은 천리마

蔡 夫 人 隔 屛 聽 密 語
劉 皇 叔 躍 馬 過 檀 溪

조조는 금빛 광채가 뻗쳐 오르는 곳에서 한 마리의 동작(銅雀)을 파냈으므로 순유에게 물어보았다.

"이것은 무슨 조짐이오?"

"옛적에 순(舜)인군의 모친은 꿈에 옥작(玉雀)이 가슴 속으로 날아드는 것을 보고 순인군을 낳았다고 합니다. 이제 동작을 얻게 되신 것도 역시 길상(吉祥)의 조짐입니다."

조조는 크게 기뻐하며 이것을 축하하기 위해서 고대(高臺)를 건축하기로 했다. 그날부터 흙을 파헤치고 나무를 자르고, 기와를 굽고 벽돌을 다듬어서 장하(漳河) 가에다 동작대를 세우기 시작했다. 대개 1년이면 공사가 끝날 수 있었다.

그런데 둘째아들 조식(曹植)이 아뢨다.

"고대를 세우실 바에는 삼좌(三座)로 하시고, 한 가운데 것을 제일 높게 해서 동작이라 이름 붙이고, 왼쪽을 옥룡(玉龍), 오른쪽을 금봉(金鳳)이라 하고, 또 두 갈래의 구름다리를 공중에 가로질러서 만들면 장관이겠습니다."

"내 아들놈의 말이 근사하군! 고대가 다 세워지는 날에는, 나의 만년의 즐거움이 되겠다!"

조조에게는 아들이 다섯이나 있었는데, 그 중에서도 조식은 민첩하고 슬기로우며 글재간이 있어서 조조가 평소에 가장 사랑했었다.

조조는 조식과 조비(曹丕)를 업군에 머무르게 하여서 고대의 건축을 돌보도록 하고, 장연에게 북쪽 요새지대를 든든히 방비하게 해놓았다. 그리고 자기 자신은 원소의 군사까지 합친 5,60만의 대군을 거느리고 허도로 돌아가서 공로 있는 신하들에게 은상(恩賞)을 베풀고 또 상주문을 올려서 곽가에게 정후(貞侯)라는 시호(諡號)까지 주었으며 그의 아들 혁(奕)을 부중(府中)에서 키우도록 했다. 그리고 또다시 여러 모사들을 소집해 가지고 유표를 토벌할 대책을 상의했다.

순욱의 말이,

"대군이 북정(北征)에서 이제 겨우 돌아왔으니 또 움직이시지 않는 게 좋겠습니다. 반 년쯤 기다리시며 정기(精氣)를 기르시고 예기(銳氣)를 축적하신다면 유표이건, 손권이건, 단숨에 정복하실 수 있을 겁니다."

조조는 이 의견에 찬성하고 군사를 갈라서 일부는 농촌으로 보내어 둔전(屯田)하게 하여 유사시에 대비하도록 했다.

유현덕이 형주에 도착한 후부터 유표는 그를 극진히 대접했다. 어느 날 함께 술을 마시고 있노라니, 투항해 온 장수 장무(張武)·진손(陳孫)이 강하(江夏) 땅에서 백성들에게 약탈을 감행하고 반란을 일으킬 음모를 하고 있다는 소식이 들어왔다. 유표가 깜짝 놀랐다.

"두 도둑놈들이 또 반란을 일으킨다면, 적지 않은 화근이 되겠는걸!"

"형장! 근심하실 건 없소. 이 현덕이 가서 토벌하도록 해주시오!"

현덕이 이렇게 말하니 유표는 크게 기뻐하며 그 즉시 병력 3만을 주어서 파견하기로 했다. 현덕이 며칠 안 되어서 강하에 도착하니, 장무·진손도 군사를 동원하여 진을 쳤다.

현덕은 관운장·장비·조자룡을 거느리고 문기(門旗) 아래로 말을 타고 나왔는데, 멀리 장무가 타고 있는 말이 유난히 좋아 보였다.

"저건, 반드시 천리마가 틀림없군!"

현덕이 이렇게 말했더니, 조자룡이 당장에 창을 휘두르며 말을 달려 적군의 진지로 쳐들어갔다. 장무가 말을 달려 나와서 대적하는 것을 3합도 못 싸워서 말 위에서 거꾸러뜨려 버리고 그는 말 고삐를 움켜잡고 자기 편 진지로 돌아왔다.

이것을 보고, 진손이 달려들어 말을 빼앗으려고 쫓아오는 것을, 장비가 호통을 치며 사모를 휘두르고 달려나가 단번에 찔러 죽여 버렸다.

적군이 우수수 흩어지니 현덕은 나머지 무리를 포섭해 가지고 강하의 여러 현을 탈환한 다음 군사를 철수했다.

유표는 성 밖까지 나와서 현덕을 영접해 가지고 성 안으로 들어가 축하의 연석을 베풀었는데 주석이 한창 어우러졌을 때, 유표가 이런 말을 했다.

"우리 아우님이 이렇게 웅재(雄才)이니 형주도 힘이 될 만한 사람이 생겼소. 그러나 남월(南越)이 때없이 침범하는 것이 걱정스럽고, 장로·손권도 마음놓을 수 없는 존재들이오."

"이 아우에게 세 장수가 있으니, 일을 맡길 만하오. 장비에게는 남월과의 경계지대를 순찰하게 하고, 관운장에게는 고성

(固城)을 지키며 장로를 누르게 하고, 조자룡에게는 삼강(三江)의 방비를 견고히 해서 손권과 대결하게 하면 그다지 근심하실 일도 없을 것이오."

유표는 기뻐하며 이 의견을 따르려고 했는데, 채모가 그의 누이 채부인(蔡夫人)에게 고해 바쳤다.

"유현덕이 수하의 대장들을 외부로 내보내 놓고 자신은 형주에 자리잡고 앉아 있게 되면 앞으로 우리 고을의 화근이 될 것 같소."

채부인이 그날밤에 유표에게 이렇게 말했다.

"형주 사람들이 유현덕과 가깝게 드나들고 있다는 소문을 들었는데, 경계하셔야겠습니다. 그를 성 안에 거주하게 했댔자 이로운 일이 있는 것도 아닐 바에야, 다른 곳으로 보내느니만 못하지 않습니까?"

"현덕은 어진 사람이오!"

"남의 마음이 당신 마음 같지 않을까봐 걱정이 됩니다."

유표는 무엇인지 골똘히 생각만 하면서 아무 대답도 없었다.

그 이튿날, 유표는 성 밖에 나갔다.

현덕이 타고 있는 말을 보니 여간 훌륭한 것이 아니다. 더구나 그것이 장무의 말인 줄 알게 되자 극구 칭찬했다. 현덕이 그 말을 유표에게 주었더니 유표는 자못 기쁘고 만족해서 당장 그 말을 타고 성 안으로 들어갔다.

이것을 보고 괴월(蒯越)이 묻자 유표가 대답했다.

"이것은 현덕이 내게 준 것이오."

"전에 저의 선형(先兄)은 말의 상(相)을 잘 봤습니다. 저도 다소 볼 줄 압니다만, 이 말은 눈 아래 누조(淚槽)가 있고, 이 맛가에 흰 점이 있어 적로(的盧)라고 부르는데, 이 말을 타면 주인이 화를 입게 됩니다. 장무도 이 말 때문에 죽은 겁니다. 주공께서 이 말을 타시면 안 됩니다."

이런 말을 듣고 유표는 그 이튿날 현덕을 주석에 청해 놓고 말해 봤다.

"어제는 명마를 받아서 대단히 기쁘게 생각하고 있었는데, 곰곰 생각해 보니 아우님은 쉴새없이 싸움터로 나도는 몸이니 역시 아우님이 타는 것이 옳을 것 같소. 죄송하지만 도로 돌려 보내겠소."

현덕이 자리에서 일어서서 절을 했더니 유표가 계속 말했다.

"아우님은 이곳에 너무 오래 머물러 있었기 때문에, 혹 무사(武事)의 힘이 줄어들지나 않을까 격정스럽소. 양양(襄陽)에 속하는 읍으로 신야현(新野縣)이 있는데, 그곳은 전량(錢糧)이 어지간히 많으니 부하를 거느리고 그곳에 가서서 주둔해 계심이 어떻겠소?"

현덕은 쾌히 승낙하고, 이튿날 유표와 작별한 다음 부하를 거느리고 신야로 향했다. 성문 밖으로 나서려니까 웬 사람 하나가 말 앞에 나타나더니 절을 하고 말했다.

"그 말은 타시지 않는 게 좋으실까 합니다."

현덕이 누군가하고 자세히 바라다봤더니 바로 유표의 빈객으로 있는 이적(伊籍——子는 機伯)이었다. 급히 말을 내려서 그 까닭을 물었더니 이적이 말했다.

"어제 괴월이 유공(유표)께 이 말은 적로라고 하는데 타는 사람에게 화를 미치게 한다고 여쭈었답니다. 말을 되돌려 보내신 것은 그 까닭입니다. 그런데 공께서는 어째서 또다시 이 말을 타셨습니까?"

"선생이 나를 아껴 주시는 마음은 감사하오만, 무릇 사람의 생사란 명에 달린 것인데, 어찌 말이 화를 입힐 수 있겠소?"

이적은 현덕의 고견에 탄복하여 그때부터 늘 현덕과 왕래하는 사이가 됐다.

현덕이 신야에 도착하니 군인·백성들이 모두 기뻐하고 정치도 일신하게 됐다.

건안 12년 봄에 감부인이 유선(劉禪)을 낳았다. 그날밤에 흰 학이 한 마리 현 아문의 지붕 꼭대기에 날아 40여 번이나 큰 소리로 울어대고 서쪽으로 날아갔다. 해산을 할 때에는 기이한 향기가 방안에 가득 찼다. 감부인이 어느 날 밤에 꿈 속에서 북두(北斗)를 삼키고 곧 잉태했기 때문에 유명(乳名)을 아두(阿斗)라고 했다.

조조는 이때에 군사를 거느리고 북정(北征)의 도중에 있었는지라, 현덕은 형주로 와서 유표에게 권고했다.

"현재 조조는 전군을 동원하여 북방을 토벌하러 나갔기 때문에 허도의 방비를 소홀히 하고 있소. 형주와 양양의 군사를 가지고 이 틈을 타서 습격하면 대사는 그대로 이루어질 것이오."

그러나 유표가 대답했다.

"나는 9주를 근거지로 자리잡고 있는 것만으로 만족하오. 어찌 또 다른 궁리를 하리까?"

현덕은 묵묵히 아무 말도 더하지 않고, 유표에게 끌려서 안으로 들어가 같이 술만 마셨다.

하루는 유표에게서 사람이 왔는데, 형주로 곧 와 달라는 것이었다. 현덕이 그 사람과 같이 형주로 왔더니 유표가 나와서 영접하고 인사가 끝나자, 안에 미리 마련해 놓은 연석으로 안내했다.

유표가 말했다.

"듣자니, 근래에 조조가 군사를 거느리고 허도로 돌아가 그 세력이 나날이 팽창해지고 있다는데, 형주를 손에 넣고자 하는 것이 틀림없을 것이오. 먼젓번에 아우님의 말을 듣지 않았더니 좋은 기회를 놓쳐 버리고 말았소!"

"천하가 분열되고 싸움이 날마다 일어나는데 좋은 기회가 그것뿐이겠소? 앞으로 닥쳐올 일에 대처할 수만 있다면 후회하실 것은 없소."

"우리 아우님 말씀이 지당하오."

그리고 마주 대하고 앉아서 술을 마셨다.

술잔이 한창 거나하게 돌아가고 있을 때 유표가 별안간 눈물을 흘리는 것이었다. 현덕이 그 까닭을 물었더니 유표가 대답했다.

"나는 마음속에 좀 언짢은 일이 있어서……. 지난번에도 아우님에게 이야기하고 싶었지만, 기회를 얻지 못했었소. 다른 일이 아니고, 나의 선처(先妻)의 몸에서 난 장남 기는 위인이 비록 현명하기는 하지만 나약해서 대사를 감당할 인물이 못 되고, 후처인 채씨의 몸에서 나온 둘째놈 종이 꽤 총명하오. 그래서 나는 장자는 그만 두고 둘째놈을 후계자로 세우려 하는데, 그렇게 되면 예법에 어긋날 것 같기도 하고, 그렇다고 해서 장남을 내세운다면, 채씨 일족이 현재 군무를 장악하고 있기 때문에 나중에 반드시 분란이 일어날 것이고……. 그래서 결정을 짓지 못하고 있는 판이오."

"자고로, 장자를 폐하고 둘째아들을 세운다는 것은 분란을 일으키지 않을 수 없었소. 만약에 채씨의 힘이 너무 크다면 서서히 그것을 줄여 나가시면 될 것이고, 어린 아드님의 사랑에 빠지셔서 그를 세우신다는 것은 옳지 못한 처사이시오."

유표는 묵묵히 다음 말이 없었다.

본래, 채부인은 현덕에게 의심을 품고 있어서, 현덕이 유표와 이야기할 때면 언제나 반드시 숨어서 엿듣기가 일쑤였다. 이날도 병풍 뒤에 숨어서 현덕의 말을 몰래 엿듣고, 내심 여간 미워하는 게 아니었다.

현덕은 자기가 실언을 했다는 것을 깨닫게 되자 자리를 떠서 변소를 갔는데, 오랫동안 말을 타지 않고 놀기만 해서 넓적다리에 살이 오른 것을 보고 자기도 모르게 눈물을 흘렸다. 얼마 있다가 좌석으로 돌아갔더니 유표는 현덕의 볼에 눈물의 흔적이 있는 것을 보자, 이상하게 생각하고 그 까닭을 물었다. 현덕은 긴 한숨을 내쉬면서 말했다.

"이 아우는 항시 말을 타고 돌아다녔기 때문에 넓적다리에 살이 올라 본 일이 없었소. 요즘 한동안 말을 타지 않았더니 넓적다리에 살이 올랐소. 세월은 덧없이 흘러 늙을 날도 멀지 않았는데 이룬 바 업적은 없으니 슬플 따름이오!"

"내, 듣자니 아우님은 허창에 있었을 때, 조조와 더불어 청매(靑梅)를 따 놓고, 술을 마시며 같이 영웅을 논한 일이 있었다는데, 그때 아우님이 당대의 영웅을 손꼽았더니 조조는 모든 사람을 마땅치 않다 하고, 천하의 영웅은 아우님과 조조자기뿐이라고 했다는구려. 조조 같은 권력을 가지고도 감히 우리 아우님 앞에 서지 못했거늘, 공업(功業)을 세우지 못했다고 걱정하실 거야 있겠소?"

현덕은 주흥이 도도한 바람에, 그만 실언인 줄 모르고 다음과 같이 대답했다.

"이 유현덕도 지반만 든든하다면 천하에 들끓는 변변치 않은 무능한 무리쯤은 두려워하지 않소."

유표는 그 말을 듣더니 입을 꼭 다물어 버렸다. 현덕은 자기가 또 실언을 했다는 생각이 들자, 술취한 핑계를 하고 자리에서 일어나 관사(館舍)로 돌아와서 편히 쉬었다.

현덕에게서 이런 말을 듣고 보니 유표는 입 밖에 내어서 말을 하지 않지만, 내심 지극히 마땅치 않았다.

현덕과 작별하고 안으로 들어갔더니 채부인이 간했다.

"조금 전에 병풍 뒤에서 듣고 있노라니, 유현덕의 말투는 심히 사람을 멸시하는 품이, 형주를 제것으로 만들려는 의사를 충분히 볼 수 있었습니다. 이제 제거해 버리지 않으면 반드시 후환이 있을 것입니다."

유표는 아무 대답도 없이, 그저 머리를 흔들 뿐이었다. 채씨는 몰래 채모를 불러들여 가지고 이 일을 상의했다. 그랬더니 채모가 말했다.

"먼저 관사에서 죽여 버리고 나서 주공께 보고하도록 하지요."

채씨가 그 말대로 하자고 하니, 채모는 자리를 물러나자 곧 밤을 새워 가면서 점군(點軍)을 했다.

현덕은 관사에서 불을 밝히고 앉아 있다가 3경이 지나자 자리에 누우려고 했더니 돌연 문을 두들기고 들어오는 사람이 있었다. 그는 바로 이적이었다. 본래, 이적은 채모가 현덕을 없애 버리려고 하는 사실을 탐지하고 밤중인데도 불구하고 알려 주러 온 것이었다. 이적은 채모의 흉계를 낱낱이 이야기해 주고 시급히 자리를 뜨라고 권고했다.

현덕이 말했다.

"유공께 작별 인사도 못하고 떠날 순 없지 않소?"

이 말을 듣더니 이적이 서둘러 말했다.

"작별 인사를 생각하시다가는 채모에게 반드시 해를 입으실 겁니다."

현덕은 그에게 감사의 인사를 하고 시급히 종자를 불러서 말을 타고 날이 밝기를 기다릴 새도 없이 신야로 날았다.

채모가 군사를 거느리고 관사에 도착했을 때에는 현덕이 이미 멀리 사라진 뒤였다.. 채모는 분해서 어쩔 줄 몰랐지만 별 도리가 없었다. 벽에다가 시를 한 수 써 놓고 나서 유표를 만나 보러 갔다.

유표는 그 말을 믿으려 들지 않으며 친히 관사로 가 보니까, 과연 넉 줄의 시구가 서 있었다.

수년 동안 헛되이 곤경을 지키다가,
부질없이 옛 산천을 대했노라.
용이 어찌 못 속의 물건이리요.
우뢰를 타고 하늘로 올라가고자 하노라.

數年徒守困　空對舊山川　龍豈池中物　乘雷欲上天

유표는 격분해서 칼을 뽑아 들고,

"이 의리 없는 놈을 죽여 버리고 말겠다!"

하면서 너덧 걸음을 앞으로 나가더니 별안간 주춤하고 걸음을 멈추었다.

'나는 유현덕과 오랫동안 같이 있었지만 그가 시를 짓는 것을 본 일이 없다. 이것은 누가 우리 사이에 이간질을 한 것이 분명하다.'

유표는 퍼뜩 이런 생각이 떠올라서 관사로 되돌아가 칼끝으로 그 시를 깎아 버리자 칼을 집어던지고 말에 올랐다. 채모는 짓궂게도 신야로 달려가서 현덕을 당장 잡아오자고 서둘렀지만, 유표는 그런 경솔한 짓을 해서는 안 된다고 물리쳐 버렸다.

이렇게 되자, 채모는 채부인과 남몰래 계책을 꾸며서 풍년이 들었기 때문에 제관(諸官)을 위로한다는 핑계로 양양에다 잔치를 베풀어 놓고 그 자리에서 현덕을 모살해 버릴 작정을 했다.

만반 준비를 다해 놓고 채모는 유표더러 양양까지 나가라고 했다. 그러나 유표는 몸이 불편하다는 핑계를 하고 말했다.

"신야에 가서 유현덕을 불러다가 내 대신 대객(待客)을 하도록 하시오."

이 말을 듣자 채모는 싱글벙글, 일이 제대로 돼 가는구나 하는 생각으로 당장에 사람을 보내서 현덕을 양양으로 오라고 했다.

난데없이 사람이 나타나서 양양으로 나오라고 하자 손건은 반대했고, 관운장은 나가지 않으면 더욱 의심을 살 테니 나가 보라고 권했다. 그리고 장비는,

"연(筵)에는 좋은 연이 없고, 회(會)에는 좋은 회가 없다고
하니, 가시지 않는 게 제일 좋겠소."
하면서 반대했다. 이때 조자룡이 말했다.

"그러면 제가 보기(步騎) 3백 명을 거느리고 장군을 모시고
함께 가서 신변을 보호해 드리겠습니다."

현덕은 조자룡을 데리고 그날로 양양에 도착했다. 채모가
성 밖에까지 나와 정중하게 영접했고, 유기·유종 형제가 문
무백관을 거느리고 영접하니 현덕의 의심은 풀어졌다.

그날밤에 현덕은 미리 마련된 관사에서 쉬게 되었는데, 조
자룡은 병사 3백 명으로 그 주변을 경비하게 하고 자기도 갑
옷에 칼을 차고 현덕의 신변에서 한 발자국도 떨어지지 않고
붙어 있었다.

이튿날, 9군 42주의 관원들이 모두 도착했다는 통지가 있
자, 채모는 미리 괴월을 불러들여서 계책을 세웠다.

"유현덕은 당대의 효웅(梟雄)인지라, 오래 여기 머무르게
하면 무슨 짓을 할지 모르오. 오늘 중으로 처치해 버립시다."

"사민(士民)의 신망을 잃게 될까 걱정스럽소."

"동남쪽 현산(峴山)에는 아우 채화(蔡和), 남문 밖에는 채
중(蔡中), 북문에는 채훈(蔡勳)을 시켜서 부하를 거느리고 든
든히 방비하게 했으니 아무 걱정도 없고, 서문은 앞이 단계
(檀溪)니까 비록 수만 명의 군사가 있다 해도 뚫고 나갈 길이
없을 것이오."

그들은 이밖에도 조자룡이 두통거리이니 따로 5백 명의 군
사를 성 안에 매복시켜 두었으며, 문빙(文聘)·왕위(王威) 두
사람에게 명령하여 무관들을 접대하도록 했다. 그리고 밖에

있는 대청에 별석을 마련하고 그리로 조자룡을 불러들여서 손을 대기로 작정했다.

바로 그날, 그들은 소를 잡고 말을 잡아서 굉장한 잔치를 베풀었다.

유현덕은 천리마 적로를 타고 아문에 도착하여 말을 뒤뜰에 끌어들여서 매 놓았다.

문무백관이 연석에 집합하니 현덕은 주인의 자리에 앉았고, 유표의 두 공자가 좌우 양편에 앉고, 일동이 순차대로 자리 잡았으며, 조자룡은 허리에 칼을 차고 현덕의 옆에 서 있었다.

문빙과 왕위가 별석으로 조자룡을 청해 가려고 했지만, 조자룡은 가려 들지 않았다.

현덕이 가 보라고 하자, 그제서야 조자룡도 주인의 명령이니 어쩔 수 없이 제자리를 떴다.

채모는 연회 장소를 철통같이 경비하고 현덕이 거느리고 온 3백 명의 병사들을 관사로 보내 놓고, 술이 적당히 돌아갔을 때 손을 대려고 대기하고 있었다.

술이 세 순배 돌아갔을 때, 이적이 술잔을 손에 들고 자리에서 일어서더니 현덕의 앞으로 걸어가서 눈을 찡긋하면서,

"옷을 갈아입으러 가십시오!"

하고 나지막한 음성으로 말했다.

현덕이 대뜸 눈치를 채고 변소로 가는 체하고 자리에서 일어섰더니, 이적은 술잔을 다 돌려주고 나서 얼른 뒤뜰로 나가서 대기하고 있었다.

이적이 현덕의 귓전에다 대고 속삭였다.

"채모가 유장군을 살해할 음모를 꾸며 가지고 이미 성 밖

동·남·북에 모조리 군사를 방비하고 있습니다. 나가실 수 있는 곳은 서문뿐입니다. 곧 몸을 피하십시오!"

현덕은 대경실색.

선뜻, 천리마 적로의 고삐를 움켜잡자, 채찍으로 궁둥이를 힘있게 후려갈기니 말은 비호같이 서문으로 달려 가로막은 성문지기도 거들떠보지 않고 쏜살같이 성 밖으로 나가 버렸다.

현덕을 놓친 성문지기가 급히 채모에게 보고하고 채모는 즉시 5백 기를 거느리고 현덕의 뒤를 쫓았다.

서문 밖으로 나와서 몇 리쯤 달렸을 때, 현덕의 앞을 가로막는 것은 큰 강 단계였다. 폭이 몇 장(丈)이나 되고 흉흉한 파도가 휘몰아치고 있었다. 도저히 건널 수 없다 단념하고 말머리를 돌렸을 때에는 멀리 성 근처로부터 흙먼지가 치밀어오르며 뒤를 추격해 오는 무리들이 보였다.

'아! 이제는 정말 죽었구나!'

하고 다시 말머리를 돌려 강기슭에 섰다. 뒤를 돌아다보니 추격해 오는 무리들이 이미 덜미를 칠 지경이었다. 텀벙 강물 속으로 뛰어드니, 말은 두 앞다리가 폭삭 고꾸라지며 현덕은 옷까지 물에 잠길 지경이었다.

"적로야! 오늘 너는 나를 못 살게 구는구나!"

현덕이 이렇게 소리를 지르는 찰나에, 말은 물 속에서 다시 일어서더니 껑충 단숨에 3장쯤 뛰어서 저편 강기슭으로 날아들었다. 현덕은 구름과 안개 속에서 솟구쳐오르는 것만 같았다.

서쪽 기슭에서 동쪽 기슭을 바라다보니 채모가 군사를 거느리고 달려들었다.

"유장군은 왜 연석을 피하셨습니까?"

"그대의 주군에게 나는 미움을 받을 까닭이 없는데, 어째서 내 목숨을 노렸느냐?"

"천만에! 어떤 놈이 터무니없는 말을 고해 바쳤소이다."

채모가 활에 화살을 꽂는 것을 보자 현덕은 재빨리 말머리를 돌려서 서쪽을 향하여 질풍같이 달아났다. 채모가 좌우의 병사를 보고 하는 말이,

"대체 무슨 신이 도와 주었을까?"

하고 성 안으로 되돌아가려고 했을 때, 서문에서부터 3백 명의 군사를 몰고 달려드는 조자룡. 이야말로 용구(龍駒)가 껑충 뛰어 주인을 구하고 쫓아온 호장(虎將)이 원수를 갚으려 한다.

35. 기재(奇才)를 찾아라

玄 德 南 漳 逢 隱 淪
單 福 新 野 遇 英 主

조자룡이 술을 마시고 있었는데, 난데없이 사람들이 웅성웅성하고 말이 움직이는 소리가 들리자, 대뜸 안으로 뛰어 들어가 보니 현덕이 보이지 않았다.

깜짝 놀라서 관사로 돌아갔더니, 사람들이 채모가 군사를 거느리고 서쪽으로 급히 달려갔다고 하는지라, 선뜻 창을 움켜잡고 말 위로 뛰어올라 미리 데리고 온 3백 명의 병사를 거느리고 서문 밖으로 달려나오다가, 마침 채모와 맞닥뜨리게 된 것이다.

"우리 주인은 어디 계시오?"

"유장군은 좌석에서 피해 나오셨는데, 어디로 가셨는지 모르겠소."

조자룡은 세심한 사람인지라 경솔하게 일을 시끄럽게 만들려 하지 않고, 말을 몰아 앞으로 더 나갔더니 넓은 강이 가로막히고 다른 길은 없는지라 또다시 말머리를 돌려서 돌아오며 채모에게 힐문했다.

"우리 주인을 연석에 초대한 당사자인 당신이 군사를 거느리고 뒤를 쫓아간 것은 무슨 까닭이오?"

"9군 42주현(州縣)의 관리들이 여기 모여 있는데, 내 상장
(上將)이 되어서 어찌 방비하고 보호하지 않겠소?"
 "우리 주인을 어디로 몰아낸 거요?"
 "유장군께서는 단지 혼자서 말을 타시고 서문 밖으로 나가
셨다고 하는지라, 여기까지 왔더니 보이지 않았소."
 조자룡이 이상하게 생각하고 다시 강가로 가서 바라다보니
건너편 기슭에 물이 출렁거린 흔적이 보였다.
 '설마, 말을 탄 채로 강을 건너가지 못했을 텐데…….'
 그래서 다시 말머리를 돌려서 돌아왔을 때는 채모가 벌써
성 안으로 들어가 버린 뒤였다.
 하는 수 없이 문을 지키는 병사들에게 물어 보았더니,
 "유장군은 말을 달려 서문 밖으로 나가셨습니다."
라고 할 뿐이었다. 다시 한번 성 안으로 들어가 볼까 하는 생
각도 했지만, 혹시 복병이라도 있을까 해서 그대로 신야로 말
을 급히 몰았다.

 현덕은 천리마 적로가 껑충 뛰는 바람에 강을 건너 뛰기는
했으나, 아직도 꿈을 꾸고 있는 것 같은 기분이었다.
 '이 넓은 강을 단숨에 뛰어 넘을 수 있었다는 것은 천우신조
가 아니고 뭣이랴!'
 현덕은 그대로 남장(南漳) 쪽을 향하여 말을 달리고 있노라
니 어느덧 해도 서산에 기울기 시작했다.
 그대로 앞으로 나가고 있는데, 목동 하나가 소 등에 걸터앉
아서 짧은 피리를 불며 이쪽으로 나오는 것이었다. 현덕은 자
신도 모르는 사이에,

'아! 나는 저 아이만도 못한 신세로구나!'

하고 탄식하며, 잠시 말을 멈추고 목동을 바라다보고 있었다.

그랬더니 그 목동도 소를 멈추고 피리를 입에서 떼면서 물끄러미 현덕을 바라보았다.

"장군은 황건적을 쳐부수신 유현덕이란 분이 아니십니까?"

현덕이 깜짝 놀랐다.

"너같이 이런 시골에 사는 아이가 어떻게 내 이름을 알고 있단 말이냐?"

"저는 잘 모릅니다만, 우리 스승께서 손님이 찾아오실 때마다 유현덕이란 사람은 키가 일곱 자 다섯 치, 손을 늘어뜨리면 무릎에 닿고, 눈은 자기 한편 눈을 바라다볼 수 있는데, 그야말로 당대의 영웅이라고 하셨습니다. 방금 장군의 모습을 뵙자니 분명히 그분이 틀림없다고 생각한 것입니다."

"그러면 그 스승이란 분은 누구냐?"

"우리 스승은 사마(司馬)라는 두 자 성이시고 이름은 휘(徽), 자는 덕조(德操)라 하시며, 영천(潁川)분으로 도호(道號)를 수경선생(水鏡先生)이라 하십니다."

"어떤 분들하고 친구로 지내시느냐?"

"양양의 방덕공(龐德公), 그리고 방통(龐統)이 친구이십니다."

"방덕공은 방통과 어떻게 되시는 사이냐?"

"숙질간이십니다. 방덕공의 자는 산민(山民)이라 하고, 우리 스승보다 열 살 위시며, 방통이란 분은 자를 사원(士元)이라고 하시는데, 우리 스승보다 다섯 살 아래이십니다. 어떤 날은 스승께서 뽕나무에 올라가셔서 잎을 따고 계신데, 마침 방통이란 분이 오셨다가 그대로 뽕나무 아래 앉아서 하루 진종

일 무슨 의논을 하신 일도 있었습니다. 스승께서는 이 방통이
란 분을 지극히 사랑하시며, 아우님이라고 부르십니다."
　"그 스승이란 분은 지금 어디 사시느냐?"
　"앞에 보이는 숲속이 바로 그분 댁입니다."
　"내가 바로 유현덕인데, 너의 스승님을 한번 만나 뵙게 해
줄 수 없겠니?"
　목동이 곧 현덕을 인도하여 2리쯤 가서 그 집 앞에 서자 현
덕은 말을 내렸다. 중문으로 들어서니 갑자기 멋들어진 거문
고 소리가 들려 왔다. 현덕은 목동더러 사람이 왔다는 것을
알리지 말라 하고 귀를 기울여, 그 거문고 소리를 듣고 있었
는데, 그 거문고 소리가 홀연 뚝 그치고 들리지 않았다. 그리
고 곧 한 사람이 웃으면서 나오더니 말했다.
　"거문고의 운이 맑고 고와지는 판인데, 별안간 뻣뻣한 소리
가 나기 시작했다. 반드시 어떤 영웅이 몰래 엿듣고 있는 모
양이다."
　목동이 손가락으로 가리키며 말했다.
　"저분이 바로 우리 스승이신 수경선생이십니다."
　현덕이 바라보니 소나무 같은 형체에 학 같은 골격(松形鶴
骨), 위인이 비범해 뵈는지라, 황망히 앞으로 나가서 절을 했
는데, 현덕의 의복은 아직도 젖은 채로 있었다. 수경선생이 말
했다.
　"공은 오늘 다행히 대난을 면하셨구려!"
　현덕은 놀라움을 금치 못했다. 이때 목동이 말했다.
　"이분이 유현덕이란 분이십니다."
　수경이 초당으로 청해 들이니, 주인과 손이 각각 자리잡고

앉았다. 시렁에는 책이 가득 차 있고 창 밖에는 소나무와 대나무가 심어져 있으며, 석상(石狀)에는 거문고 한 채가 놓여 있고 맑은 기운이 표현히 감돌고 있었다.

"공은 어디서 오시오?"

"이곳을 지나가다가 우연히 이 소동(小童)이 가르쳐 주어 존안을 뵙게 됐으니 정말 기쁩니다."

"공은 숨기실 것은 없소. 오늘은 위태로운 지경을 간신히 모면하시고 여기까지 오셨을 텐데……."

수경이 웃는지라, 현덕은 양양에서 생겼던 일을 차근차근 이야기했다.

"공의 안색을 보고 벌써 짐작했소."

하며 다시 말을 계속했다.

"공의 쟁쟁한 명성은 평소부터 듣고 있었는데, 어째서 지금은 이다지도 불우한 처지가 되셨소?"

"소인의 명도(命途)가 기구하여 이런 지경에 이르렀습니다."

"그럴 리 없소. 공의 좌우에 인재가 없는 탓이겠지!"

"소생은 부재(不才)라고는 하지만, 문(文)에는 손건·미축·간옹 등이 있고, 무(武)에는 관운장·장비·조자룡 등이 있어서 충성을 다하여 보필해 주어서 그들의 신세를 지는 일이 매우 많습니다."

"관운장·장비·조자룡은 과연 만인과 견줄 만한 사람들이지만, 가석하게도 그들을 잘 쓸 줄 아는 사람이 없는 것이오. 손건·미축 같은 사람들은 백면서생에 불과하고, 경륜제세(經綸濟世)할 만한 재목은 못 되오."

"소생도 일찍이 산 속에 파묻혀 계신 현인을 찾느라고 애썼지만, 아직도 그런 분을 만나 뵙지 못했습니다."

"공자가 '십실의 읍에는 반드시 충신이 있다(十室之邑必有忠臣)'고 말한 것을 듣지 못하셨소? 어째서 사람이 없다 하시오?"

"이 유현덕은 우매하여 사람을 알아보지 못하니 잘 가르쳐 주십시오."

"공은 형주와 양양 여러 고을 아이들이 재잘대는 소리를 듣지 못하셨소? 아이들은 이런 노래를 하고 있소. '8,9년 만에 비로소 쇠퇴하려 하고(八九年間始欲衰), 13년이 되니 아무 것도 남는 게 없다(至十三年無孑遺). 뭐란대도 천명은 결국 돌아가는 바가 있고(到頭天命有所歸), 흙 속의 반룡이 하늘을 향해 난다(泥中蟠龍向天飛)'고. 이 노래는 건안 초년부터 부르기 시작했는데 건안 8년에 유표의 선처가 세상을 떠난 뒤부터 집안에 분란이 일어났소. 이것이 바로 '비로소 쇠퇴하려 했다'는 것이고 '혈유(孑遺)가 없다'는 것은 불원간에 유표가 죽고 문무제관이 한 사람도 남지 않고 모조리 영락하여 혈유가 없어지리라는 것을 말하며, '천명은 돌아가는 바가 있다'고 한 것과 '용이 하늘을 향해서 난다'는 것은 아마 장군을 두고 하는 말일 것이오."

현덕은 그 말을 듣자 깜짝 놀랐다.

"소생이 어찌 이런 일을 감당할 만한 위인이겠습니까?"

"지금 천하의 기재(奇才)는 모두 이 고장에 모여 있소. 공은 마땅히 그들을 구해 봐야 할 것이오."

"그 기재라는 분들은 어디 계시며 또 어떤 분들이십니까?"

"복룡(伏龍)·봉추(鳳雛) 두 사람 중에서 한 사람만이라도 얻을 수 있다면 천하를 편안하게 할 수 있으리라."

"그러면, 그 복룡·봉추란 어떤 분들이십니까?"

수경은 손바닥을 비비면서 껄껄껄 소리내어 웃으며 좋아! 좋아! 할 뿐이었다.

현덕이 거듭 물었더니 수경이 또 말하기를,

"이미 날도 저물었으니 장군은 오늘밤 여기서 쉬시는 게 좋을 거요. 그것은 내일 이야기하기로 합시다."

하면서 소동에게 명령하여 식사를 대접하게 하고, 말을 뒤뜰로 끌어들여서 꼴을 먹이도록 했다.

현덕은 식사를 마치고 곧 초당 옆방에서 자리에 누웠다. 수경의 말을 되씹어 생각하느라고 엎치락뒤치락하며 잠을 이루지 못했다.

"원직(元直)! 어째서 왔소?"

수경이 묻는 말이었다. 현덕이 자리에서 벌떡 일어나 귀를 기울였더니, 그 사람이 대답했다.

"오래 전부터 유표란 사람이 착한 것은 좋아하고 악한 것을 미워하는 사람이라고 들어 왔기 때문에 모처럼 찾아가서 만나봤더니, 생각하던 바와는 딴판으로 허명무실한 위인이었습니다. 확실히 착한 것을 좋아하기는 하지만 그것을 쓸 줄을 모르며, 악을 미워하기는 하지만 그것을 제거하지도 못하는 형편이었습니다. 그래서 몇 줄 글을 써 놓고 그곳을 떠나 여기까지 온 것입니다."

"공은 왕좌지재(王佐之才)를 지닌 사람이니 사람을 잘 선택해서 섬겨야 할 것인데 어째서 경솔하게 유표를 찾아가셨단 말이오? 영웅호걸이란 바로 눈앞에 있는데, 공이 보지 못하는 것뿐이오."

"선생님의 말씀이 지당하십니다."

이런 말을 듣고 있던 현덕은 기뻐서 어쩔 줄 모르며, 이 사람이야말로 복룡이나 봉추에 틀림없으리라는 생각이 들었다. 그래서 당장 뛰어나가 인사를 하고 싶었지만, 경솔히 나설 일이 아니라 생각하고 그만두었다.

날이 밝기를 기다려서 현덕은 수경을 만나 보고 이렇게 말했다.

"어젯밤에 오셨던 분은 누구이십니까?"

"내 친구요."

현덕이 만나 보고 싶다고 했더니 수경이 말했다.

"그 사람은 명주(明主)를 찾아서 섬기고 싶다고 다른 곳으로 가 버렸소."

현덕이 그의 성명을 물었더니, 수경은 속시원히 말해 주지 않았다.

"복룡·봉추란 과연 어떤 분이십니까?"

수경은 여전히 명확한 대답을 하지 않고 웃기만 하는지라, 현덕은 그 앞에 꿇어앉아서, 이런 산 속에서 나와 자기를 도와서 함께 한나라 왕실을 일으켜 보자고 했다. 그랬더니 그제서야 수경이 말했다.

"나같이 산야에서 한산하게 지내는 사람은 이 세상에서는 쓸모가 없소. 나의 열 배나 더 공을 능히 도와줄 만한 사람이 있을 것이니, 공은 그런 사람을 찾아가는 게 좋을 것이오."

이렇게 이야기를 하고 있을 때, 홀연, 사람의 말소리와 말이 울부짖는 소리가 밖에서 들려 왔다. 소동이 들어와서 알렸다.

"어떤 대장 한 분이 수백 명의 군사를 거느리고 찾아오셨습니다."

　현덕이 깜짝 놀라 급히 뛰어 나가 보니 그것은 바로 조자룡이었다. 어젯밤 현(縣)으로 돌아갔다가 현덕이 보이지 않아 밤새도록 찾아다니다가 간신히 이곳까지 오게 된 것이었다. 곧바로 현으로 돌아가자고 하는지라, 현덕은 수경과 작별 인사를 하고, 조자룡과 말을 나란히 타고 신야로 떠났다.

　유현덕과 조자룡이 얼마 가지 못해서, 1대의 인마가 정면에서 달려오는 바람에 자세히 봤더니 관운장과 장비였다. 네 사람은 기뻐서 어쩔 줄 모르며, 현덕이 단계를 단숨에 껑충 뛰어서 건너온 이야기를 했더니, 모두들 감탄할 뿐이었다.

　현으로 돌아와서 손건과 선후책을 협의했더니, 그의 의견이 우선 유표에게 편지를 보내서 이번 사실을 알리도록 하자는 것이었다. 현덕은 그 즉시 손건에게 편지를 써 주어서 형주로 떠나 보냈다. 편지를 받아 든 유표는 격분을 참지 못하고 당장에 채모를 불러들였다.

　"네놈이 감히 우리 아우의 목숨을 노렸다니!"

　호되게 꾸지람을 하고 끌어내다가 목을 베라고 명령했다. 채부인이 나서서 목숨만을 살려 달라고 울며불며 애원하는데도, 유표는 좀처럼 용서하려 들지 않았다.

　손건이, 채모의 목을 베면 유현덕의 입장이 더욱 곤란하다고 유표에게 간곡히 만류하였기 때문에, 질책에 그치고 죽이지는 않았으며, 장남 유기를 손건과 동행시켜서 현덕에게 사죄하러 보내기로 했다.

　유기가 부친의 명령을 받들고 신야에 도착했더니 현덕은 그를 맞이하여 주연을 베풀고 대접했다. 주석이 한창 어울려 들어갈 때, 유기는 갑자기 눈물을 줄줄 흘렸다. 현덕이 그 까닭을 물었더니 유기가 대답했다.

"계모가 오래 전부터 저를 죽이려고 흉계를 꾸미고 있습니다. 저는 어찌해야 좋을지 모르겠습니다. 원컨대 무슨 좋은 방법을 좀 가르쳐 주십시오."

현덕이 권고했다.

"만사에 조심 조심, 효성을 극진히 하면 화는 저절로 없어질 것이오."

이튿날 유기는 눈물을 흘리며 작별했고, 현덕은 말을 타고 성 밖에까지 전송해 주었는데 그때 현덕은 자기 말을 가리키며 이런 말을 했다.

"이 말이 아니었다면 나는 벌써 황천 사람이 되었을 것을……."

유기가 말했다.

"말의 힘이 아니고 아저씨께서 홍복(洪福)을 타고나신 덕택이겠지요."

두 사람은 작별 인사를 하고, 유기는 눈물을 그치지 못한 채 돌아갔다. 현덕이 말을 몰아 성 안으로 들어서니 홀연 한 사람이 갈건포포(葛巾布袍)에 검정 띠, 검정 신을 신고 노래를 길게 뽑으면서 걸어오는 것이었다.

천지가 뒤집어 엎어졌으니
불은 꺼지려 하고,
큰 집이 무너지려 하니
한 나무로 버티기는 어렵도다.
산 속에 어진 사람 있어

현명한 주인에게 몸을 던지려 하는데,
현명한 주인은 어진 사람을 구하기는 하지만
나를 알아보지 못하네.

天地反覆兮　火欲殂　大厦將崩兮　一木難扶
山谷有賢兮　欲投明主　明主求賢兮　却不知吾

현덕은 이 노랫소리를 듣고 혼자 마음속으로 생각했다.
'이 사람이야말로, 수경선생이 말씀하신 복룡·봉추란 사람이 아닐까?'
말을 내려서 인사를 하고 그를 현의 아문으로 청해 들여 성명을 물어 봤다.
그랬더니 그 사람이 대답했다.
"나는 영상(潁上) 사람으로 성이 단(單)이요, 이름은 복(福)이라고 합니다. 평소부터 유장군께서 현사를 초청하신다는 소문을 들었기 때문에 한번 찾아 뵙고 싶은 생각도 했습니다만, 그럴만한 방법이 없던 차에 이렇게 거리에서 노래를 불러 시끄럽게 해드려서 죄송합니다."
현덕이 크게 기뻐하며 그를 빈객으로 대접했더니, 그가 또 말했다.
"조금 전에 유장군께서 타고 계시던 말을 한번 보여 주셨으면 합니다."
현덕이 안장을 내려놓고 말을 뜰로 끌어냈더니 단복이 말했다.
"이것은 적로라는 말이 아닙니까? 이것은 천리를 달리는 명마이긴 하지만 주인에게 해를 입히니, 타시지 않는 게 좋으실 겁니다."

"그런 경우는 이미 겪어 보았소."

현덕이 단계에서 겪은 일을 자세히 이야기해 주었다.

"그것은 주인을 구해준 것이고, 주인에게 해를 입힌 것은 아닙니다. 그러나 언제고 한 번은 꼭 해를 입히고야 말 겁니다. 저에게 이런 해를 입지 않도록 할 수 있는 한 가지 계책이 있습니다."

"그 계책을 좀 들어 봅시다."

"장군께서 마음속으로 미워하시는 사람이 있으시면, 먼저 이 말을 그에게 주셔서 그가 해를 입고 난 다음에 다시 장군께서 타시면 무사하실 수 있습니다."

현덕이 그 말을 듣더니 얼굴빛이 변하며 엄하게 말했다.

"공은 여기 오시자마자 나에게 옳은 길은 가르쳐 주시지 않고, 나의 이로움을 위해서 남을 죽이는 일을 가르쳐 주시는 거요? 이 유현덕은 감히 그런 말씀은 듣지 못하겠소."

단복이 웃으면서 사과했다.

"유장군께서 인덕을 갖추셨다는 말은 평소부터 많이 들었습니다만, 그래도 믿을 수 없어서 이런 말로 한번 속을 떠본 것입니다."

현덕이 안색을 고치고 몸을 일으켜 사과했다.

"이 현덕에게 어찌 남에게 미칠 만한 인덕이 갖추어져 있겠소만은, 오직 선생의 가르치심을 바랄 뿐이오."

"나는 영상에서 이리로 오는 동안에 신야의 사람들이 노래를 부르고 있는 것을 들었습니다. '신야의 목, 유황숙이 이리 온 다음부터는 백성들이 풍족하게 되었네.' 이것으로써 유장군

의 인덕이 얼마나 사람들에게 미치고 있다는 것을 가히 알 수
있습니다."

　이리하여, 유현덕은 단복을 군사(軍師)로 삼고 본부의 인마
를 조련시켰다.

　한편, 조조는 기주에서 허도로 돌아온 뒤에도 형주를 공략
하고 싶은 평소의 야망을 버리지 못했다. 조인·이전 그리고
투항해 온 장수 여광·여상에게 3만의 병력을 주어서 번성(樊
城)에 머무르며 형주·양양을 호시(虎視)하고 그 허실을 탐지
하도록 했다.

　이때, 여광·여상이 조인에게 품(稟)했다.

　"지금, 유현덕은 군사를 신야에 주둔시키고, 병사를 모집하
고 말을 사들이며, 초량(草糧)을 적둔(積屯)하고 있으니 그의
뜻이 만만치 않습니다. 불가불 시급히 서둘러야겠습니다. 저
희들 둘이 승상께 투항한 뒤에, 손톱만한 공로도 세우지 못했
으니, 이번에 정병 5천만 주시면 유현덕의 목을 베어서 승상
께 바치겠습니다."

　조인은 크게 기뻐하며 여광·여상 형제에게 군사 5천 명을
주어서 신야를 습격하게 했다.

　유현덕에게 급보가 날아들었다.

　단복을 불러서 대책을 강구했더니 단복이 말했다.

　"적병이 쳐들어온 이상, 경내에 들여 놓아서는 안 됩니다.
관운장은 1군을 거느리고 왼쪽에서 쳐나가 적군의 중로(中路)
를 찌르게 하고, 장비는 1군을 거느리고 오른쪽에서 쳐나가서

적군의 후로(後路)를 들이치게 하고, 유장군은 조자룡을 데리
시고 전로(前路)로 출병하시어 막아내시면 적을 무찌를 수 있
습니다.”

현덕은 단복의 의견대로 당장에 관운장·장비를 출전하게
하고 나서, 단복·조자룡과 더불어 인마 2천을 거느리고 관
(關)을 나서서 대적하기로 했다.

몇 리를 가지 않아서, 산 뒤로부터 먼지가 수선스럽게 일어
나더니 여광·여상이 군사를 거느리고 나타났다.

현덕은 문기 아래로 말을 몰고 나서서 큰 목소리로 호통을
쳤다.

“거기 온 것은 누구냐? 감히 우리 경지를 침범하다니!”

여광도 말을 몰고 나서며 소리쳤다.

“내가 바로 대장 여광이다. 승상의 명령을 받들고 특히 너
를 잡으러 온 길이다!”

현덕이 격분하여 조자룡을 내보내니 몇 합을 싸우지도 못하
고 여광은 조자룡의 창에 찔려 말 위에서 나동그러져 떨어지
고 말았다.

현덕이 군사를 지휘하고 총공격을 개시하니 여상도 견디다
못해서 퇴각했는데, 관운장과 맞닥뜨리게 되자 간신히 살 구
멍을 찾아서 달아나다가, 10리도 못 가서 장비가 사모로 찌르
고 덤비니 말 위에서 훌쩍 몸을 뒤집고 땅에 떨어져 죽어 버
렸다.

현덕은 도망치는 패잔병들을 태반이나 산채로 잡아 가지고
군사를 수습해서 현으로 돌아와 단복을 후히 대접하고, 3군
병사들에게 상을 베풀었다.

패잔병이 조인에게 돌아가서, 여씨 형제가 죽은 것과 군사가 태반이 붙잡혔다는 보고를 했더니 조인은 대경실색하며 이전과 대책을 협의했다.

"그들 형제는 적을 우습게 알았기 때문에 패한 것입니다. 우선 싸움을 일단 중지하고 승상께 이런 사실을 보고하여 대군을 동원해서 토벌해 주시도록 하는 게 상책인가 합니다."

이전은 이렇게 말했지만, 조인이 신야 같은 작은 성에 승상의 대군을 동원할 것까지 없다고 반대하고 나오자 이전이 또 말했다.

"병법에도 남을 알고 나를 알면 백전백승(知彼知己 百戰百勝)이라 했습니다. 저는 싸움을 겁내는 것이 아니라, 반드시 이기지 못할까 걱정하는 겁니다."

"공은 다른 맘을 먹고 있군? 나는 반드시 유현덕을 산채로 잡고야 말겠소!"

조인이 호통을 치는 바람에 이전도 어쩔 수 없이 조인과 함께 2만 5천의 군마를 정비해 가지고 강을 건너 신야로 내달았다.

이야말로 편장(偏將—偏裨)이 욕을 보고 죽게 되니, 주장(主將)이 다시 설욕의 군사을 동원하는 셈이다.

36. 어머니의 편지

玄 德 用 計 襲 樊 城
元 直 走 馬 薦 諸 葛

조인은 격분을 참지 못하고 부하를 총동원시켜 출전했다.

밤중의 어두운 틈을 타서 강을 건너서자, 일거에 신야를 짓밟아 버릴 작정으로 밀고 나갔다.

이때, 단복은 싸움에 승리를 거두고 현으로 돌아와서 현덕에게 이런 말을 했다.

"현재, 번성을 든든히 방비하고 있는 조인은 그의 대장이 두 사람이나 목숨을 빼앗긴 것을 알게 되면 반드시 대군을 동원하여 우리 현으로 쳐들어 올 것입니다."

현덕이 물었다.

"그럼, 어떻게 막아냈으면 좋겠소?"

"만약에 적이 전체 군사를 동원해서 쳐들어온다면 번성의 방비를 소홀히 할 것만은 틀림없습니다. 그러니까 이 기회에 그들의 허를 찔러서 빼앗아 버리는 게 좋겠습니다."

현덕이 거기에 대한 계책을 또 물었더니, 단복은 현덕의 귀에다 대고 여차여차 하라고 나지막한 음성으로 속삭였다.

현덕이 크게 기뻐하며 만반 준비를 갖추고 있으려니까, 느닷없이 보마(報馬)가 급히 달려들어오며 보고했다.

“조인이 대군을 거느리고 강을 건너서 쳐들어오고 있습니다!”

이 소식을 듣자 단복이,

“과연 저의 생각과 어긋나지 않았습니다.”

하며 현덕에게 출전하기를 권했다.

양군이 각각 진을 치고 나자, 조자룡이 선뜻 말을 타고 달려나가 어떤 대장이라도 나오라고 호령을 했더니, 조인 편에서는 이전을 출마시켜서 조자룡과 싸우게 했다.

싸움은 10합도 채 못 갔다. 이전이 도저히 조자룡을 감당해내기 어려워 자기 진영으로 뺑소니를 쳐버렸다. 조자룡은 말을 몰아서 이전을 추격했지만, 좌우 양쪽에서 화살이 맹렬히 날아드는 바람에 어쩔 수 없이 진지로 돌아와 버렸다.

도망쳐서 진지로 돌아간 이전이 조인의 앞에 나서며 말했다.

“적병은 굉장한 정예들입니다. 경솔히 덤벼들어서는 안 되겠습니다. 우선, 번성으로 군사를 되돌리시는 게 상책일까 합니다.”

이 말을 듣더니 조인이 노발대발했다.

“그대는 출전도 하기 전부터 우리 편의 군심을 풀이 죽게 하더니 이번에는 또 진지를 팔아먹자는 건가!”

당장에 도부수에게 소리를 질러 이전을 끌어내서 목을 베라고 야단을 쳤다. 여러 대장들이 권고를 해서 가까스로 목숨만은 살려 주어, 후군을 인솔하라고 뒤로 밀어냈으며, 조인이 친히 군사를 거느리고 선두를 담당했다.

그 이튿날, 조인은 북소리도 요란스럽게 진군을 개시하여 한 개의 진세(陣勢)를 펼친 다음에, 현덕에게 사람을 보내서 물어 보도록 했다.

"우리 편의 진세를 아는가, 모르는가?"

단복은 높은 데 올라가서 두루두루 관망하고 나더니 현덕에게 말했다.

"이것은 팔문금쇄진(八門金鎖陣)이라고 하는 겁니다. 팔문이란 곧 휴(休)·생(生)·상(傷)·두(杜)·경(景)·사(死)·경(驚)·개(開)인데, 만약에 생문(生門)·경문(景門)·개문(開門)으로 쳐들어가면 우리 편에 이롭지만, 상문(傷門)·경문(驚門)·휴문(休門)으로 들어가면 상처를 입게 되고, 두문(杜門)·사문(死門) 두 문으로 들어가면 살아 나올 수 없습니다. 여기서 보건대 과연 여덟 문이 그럴듯하게 정돈되어 있습니다만, 한 가운데 주지력(主持力)이 결핍되어 있습니다. 동남각의 생문(生門)으로 쳐들어가서 정서(正西) 편의 경문(景門)으로 빠져 나오시면, 저편 진지는 흩어질 것이 틀림없습니다.!"

현덕은 전군에 명령을 전달시켜서, 군사들이 진각(陣角)을 단단히 지키고 있도록 하고 조자룡에게 명령하여 군사 5백 명을 거느리고 동남쪽에서 쳐들어가서 서쪽으로 빠져 나가라고 했다.

조자룡은 명령을 받자, 창을 뻗쳐 들고 말을 달려 군사를 거느리고 동남각으로 달려가서 호통을 치며 중군(中軍) 속으로 뚫고 들어갔다.

조인은 견디다 못해서 북쪽으로 도주했다. 조자룡은 그것을 추격하지 않고, 그대로 서쪽 문으로 빠져서, 다시 동남각으로 되돌아왔다.

조인의 군사가 동요를 일으키자 그것을 기다렸다는 듯이, 현덕이 전군에 명령을 내려 쳐들어가게 하니 적군은 형편없이 대패하여 군사를 철수했다.

단복은 더 깊숙이 들어가지 말도록 지시하고 수습해 가지고 돌아오게 했다.

한편, 조인은 패전의 고배를 마시고 나서야 비로소 이전의 말을 믿게 되어 다시 이전을 불러들여서 대책을 협의했다.

"유현덕의 군중에는 반드시 싸움에 능한 자가 있을 것이오. 우리 진지를 마침내 쳐부숴 버렸으니……"

이전이 걱정했다.

"저는 이곳에 있으면서도 번성의 일이 심히 걱정스럽습니다."

조인이 말했다.

"오늘밤에 영채를 몰래 습격하여 승리를 얻게 되면 다시 계책을 협의하기로 합시다. 만약에 승리를 거두지 못할 때는 군사를 물려 번성으로 돌아가기로 합시다."

"그건 안 됩니다. 유현덕에게도 반드시 준비가 있을 겁니다."

"그렇게 의심이 많고 망설이기만 해가지고야 어떻게 용병(用兵)을 해보겠소?"

조인은 드디어 이전의 말을 듣지 않고, 친히 군사를 거느리고 앞장을 서서 이전에게는 후군을 맡기고 그날밤 2경에 현덕의 영채를 몰래 습격할 작정을 했다.

단복은 그때 마침 현덕과 영채 안에서 대책을 상의하고 있는데, 홀연 사나운 바람이 휘몰아쳐 일어났다.

단복의 예견했다.

"오늘밤에 조인이 반드시 영채를 몰래 습격해 올 것입니다."

"어떻게 막아내면 되겠소?"

"저는 벌써 다 예산이 서 있습니다."

밤 2경이 되어서 조인의 군사가 현덕의 영채로 접근해 들어오는가 하는 순간에, 난데없이 영채 사방에서 불길이 맹렬히 일어나더니 채책(寨柵)이 불붙기 시작했다.

조인은 이편에도 준비가 있는 줄 알고 급히 군사를 뒤로 물리라고 명령을 내렸다. 이때 조자룡이 또 군사를 몰고 노도처럼 밀려드니 조인은 군사를 수습하여 후퇴할 겨를도 없이 북하(北河)를 향하여 말을 몰고 뺑소니를 쳐버렸다. 강기슭에까지 와서 배를 찾아서 건너가려고 하는 순간에 또 1대의 군마가 쇄도했다. 선두에 버티고 나서는 대장은 바로 장비.

조인은 필사적으로 장비와 싸워서 간신히 이를 물리쳤으며, 이전은 조인을 거들어서 가까스로 배를 태우기는 했으나, 나머지 군사들은 모조리 강물에 빠져 죽어 버렸다.

건너편 기슭까지 가까스로 건너선 조인은 걸음아 날 살려라 하고 번성으로 달려가서 문을 열라고 고함을 질렀다.

그러나 어찌 알았으랴!

성위에서 북소리가 요란스럽게 들리더니 대장 한 사람이 군사를 몰고 나와 호령을 했다.

"내가 이미 번성을 점령한 지 오래다!"

모든 사람이 깜짝 놀라 쳐다보니 그는 바로 관운장이었다. 조인이 당황하여 말머리를 돌리니 관운장은 이를 굳이 추격하지 않았다. 그래서 조인은 무수한 인마를 잃은 채 밤낮을 헤아리지 않으며 허창으로 도주했다.

도주하는 도중에서 사람들의 전하는 말을 듣고, 현덕의 편에는 단복이 군사(軍師)가 되어서 계책을 세우고 있다는 사실을 알게 되었다.

현덕이 큰 승리를 거두고 번성으로 들어가니 현령 유필(劉
泌)이 나와 영접하는지라, 현덕은 우선 백성들을 안정시키는
데 전력을 기울였다.

이 유필은 장사(長沙) 사람이며 유현덕과 같이 한나라 종친
(宗親)이어서, 현덕을 자기 집으로 초청하고 환영의 주연을
베풀어 주었다.

이때, 유필의 곁에 젊은 남자가 하나 서 있는데, 생긴 품이
의태비범(意態非凡)했다.

"이분은 누구시오?"

"나의 조카 구봉(寇封)입니다. 본래 나후(羅侯) 구씨(寇氏)
의 아들이었는데, 양친이 모두 세상을 떠나, 이곳에 와서 의지
하고 있습니다."

현덕이 그를 귀엽게 여겨 양자를 삼고 싶다고 했더니, 유필
은 쾌히 승낙하고 구봉을 현덕에게 절하게 하여 아버지를 삼
게 하고, 유봉(劉封)이라고 개명했으며, 관운장과 장비에게
절하게 하여 삼촌을 삼게 했다.

그랬더니 관운장이 반대했다.

"형님은 이미 아드님이 있으신데, 양자를 삼으실 필요가 뭐
있습니까? 나중에 반드시 시끄러운 일이 생길 것입니다."

"내가 친아들같이 대해 주면 그도 반드시 나를 친아버지같
이 여길 걸세. 무슨 시끄러운 일이 생기겠는가?"

운장은 시무룩한 얼굴을 했다.

현덕은 단복과 계책을 세워서 조자룡에게 명령하여 군사 1

천 명을 거느리고 번성을 지키도록 하고, 자기는 다른 사람들을 인솔하고 신야로 돌아왔다.

　조인은 이전과 함께 허도로 돌아와서 조조 앞에 꿇어 엎드려서 울며불며 장병들을 잃어버린 결과를 자세히 이야기하고, 처벌만 바란다고 애원했다. 그랬더니 조조가 하는 말이,
　"승패는 병가(兵家)의 상사라지만, 유현덕에게 계책을 세워 주고 있는 사람은 대체 누구인가?"
　"단복이란 자입니다."
하고 조인이 대답했더니 조조가 물었다.
　"단복이란 누구요?"
　정욱(程昱)이 웃으면서 말했다.
　"그는 단복이 아닙니다. 그 사나이는 젊었을 적부터 검술을 좋아했는데, 중평(中平) 말년에 남의 원수를 갚아 주려고 사람을 죽인 일이 있습니다. 그때 머리를 흐트러뜨리고 얼굴에는 분칠을 하고 도망치려다가 관리에게 붙잡혔습니다. 성명을 물어 봐도 대답하지 않으니 그 관리가 수레 위에다 꽁꽁 묶어 가지고 북을 두드리며 거리로 나와서 사람들에게 아느냐고 물었지만, 그를 아는 사람들도 감히 입을 벌리지 못했습니다. 그러다가 친구가 슬며시 살려냈는데, 이때부터 성명을 바꾸고 도망쳐서 마음을 달리 먹고 학문에 뜻을 두고 두루두루 명사(名師)를 찾아다녔습니다. 항시 사마휘(司馬徽)와 담론을 잘 합니다. 이 사람은 영천의 서서(徐庶)로 자를 원직(元直)이라 하며, 단복이란 가짜 이름입니다."
　"그럼, 그 서서란 자의 재능은 그대와 비교하면 어느 정도요?"

"나의 10배나 됩니다."

"가석하게도 이런 현사가 유현덕에게 있군! 날개를 돋치게 해준 셈인데, 이 일을 장차 어떻게 하지?"

"서서가 저편에 있다고는 하지만, 승상께서 그 인물을 쓰시겠다면 불러오기는 그다지 어렵지 않습니다."

조조가 반가워서 물었다.

"어떻게 우리 편으로 오게 할 수 있단 말이오?"

"서서는 위인이 지극히 효성스럽습니다. 어려서 부친을 여의고 노모만이 살아계십니다. 그의 아우 서강(徐康)도 이미 죽었고, 노모를 봉양할 사람이 없습니다. 승상께서 사람을 보내셔서 서서의 모친을 허창으로 데려온 다음, 아들을 부르는 편지를 쓰게 하면 서서는 반드시 오고야 말 겁니다."

조조는 기뻐서 어쩔 줄 모르며, 당장에 서서의 어머니에게 사람을 보냈다. 하루도 안 돼서 서서의 모친이 끌려오자, 조조는 후대하고 이렇게 말했다.

"듣자니 아드님 서원직은 천하의 기재라 하는데, 현재 신야에서 역신(逆臣) 유현덕을 돕고, 조정을 배반하고 있으니 이야말로 미옥(美玉)이 진흙 속에 빠진 것입니다. 진실로 아까운 일입니다. 이제 번거로우시더라도, 노모님께서 편지를 쓰셔서 아드님을 허도로 불러오시면, 내 천자 앞에 보주(保奏)하여 반드시 큰 상을 받게 하겠습니다."

좌우의 사람들에게 명령하여 문방사보(文房四寶)를 가져다가 서서의 모친에게 편지를 쓰라고 했다.

서서의 모친이 물었다.

"유현덕이란 어떠한 분이시오?"

조조가 대답했다.

"패군(沛郡)의 대단치 않은 소인배로 황숙이라 함부로 떠들며, 신의라곤 전혀 없고, 소위 겉으로는 군자인 체하지만 실상은 소인밖에 안 되는 자입니다."

서서의 모친은 무서운 음성으로 호통을 쳤다.

"그대는 허황한 거짓말도 너무 심하오! 내가 듣기에는 유현덕이란 분은 중산정왕(中山靖王)의 후예로 효경황제(孝景皇帝) 각하의 현손이시며, 아랫사람에게는 몸을 굽히고 사람을 공경할 줄 하는 분이어서, 그 어진 명성이 전부터 뚜렷하신 분이오. 세상의 어린아이도 노인도 목동도 초부(樵夫)도 모두 이분의 성함을 알고 있으니 진실로 당대의 영웅이시오. 나의 아들이 이분을 보필하고 있다면 참말 주인을 만난 것이오. 그대는 한나라 승상이라는 명칭만 빙자하고 사실은 한나라의 역적이면서 도리어 유현덕을 역신이라 하고 나의 아들더러 현명한 주인을 배반하고 못된 주인에게로 오라 하니, 어찌 부끄러운 줄도 모르시오?"

말을 마치더니 벼룻돌을 집어서 조조에게 내던졌다. 조조는 격분하여 서서의 모친을 잡아내어 목을 베라고 무사에게 호령했다.

정욱이 급히 이것을 가로막으면서 간했다.

"서서의 모친이 승상께 역정을 자아내 드린 것은 죽으려고 하는 짓입니다. 그러니 승상께서 저 여자를 죽여 버리신다면 의롭지 않다는 욕을 듣게 되실 것이며, 도리어 서서의 모친이 죽게 되면 서서는 반드시 목숨을 바쳐서 유현덕을 도와서 보복을 하려 들 겁니다. 그대로 남겨 두어서 서서가 몸과 마음이 양쪽으로 갈라져서 유현덕을 돕는데 전력을 기울일 수 없게 하느니만 같지 못합니다. 서서의 모친을 잠시 여기 머물러 두시면, 이 욱이 서서를 속여서 이곳에 와서 승상님을 보필하도록 할 계책이 있습니다."

조조는 정욱의 말을 그럴듯하게 생각하여 서서의 모친을 죽이지 않고 별실을 주어서 생활하게 했다.

정욱은 자주 그곳에 가서 문안을 드리고 서서와는 일찍이 형제를 맺었다 거짓말을 하고, 마치 자기 친어머니를 대하듯 하여 항시 선물을 보내며 그럴 때마다 언제나 친필을 몇 줄 써서 보냈더니, 서서의 모친도 역시 친필로 답장을 써 보냈다. 정욱은 서서의 모친의 필적을 손에 넣어 가지고 그 자체를 모방하여 서서에게 보내는 편지 한 통을 위조해서 심복 하나를 시켜 신야현으로 달려가 단복의 행막(行幕)을 찾게 했다.

서서는 영문도 모르고, 모친에게서 편지 심부름꾼이 왔다는 연락을 받자 기뻐하며 나와서 그 사람을 안으로 맞아들였다. 심부름꾼이 말했다.

"관에서 주졸(走卒)로 있는 사람입니다. 노부인의 부탁을 받고 편지를 전해 드리러 왔습니다."

서서가 편지를 뜯어 보았다.

얼마 전 너의 아우 강(康)이 세상을 떠난 뒤, 어디 한 군데 몸을 의지할 곳도 없다. 슬프고 처참하게 나날을 보내고 있던 차에, 조승상이 사람을 보내어 허창으로 오라 하더니 네가 배반했다고 하며 나를 꽁꽁 묶어 죄인으로 다스리려고 했는데, 정욱이란 분의 힘으로 목숨을 건지기는 했다. 네가 와서 항복해야만 내가 죽음을 면할 수 있다니 이 편지가 도착되는 날로 어미의 은혜를 생각하고 밤중이라도 달려와서 효도를 다해 주기 바란다. 그러고는 서서히 옛 고장으로 돌아가 밭이나 갈고 지내면 큰 화를 면할 것 같다. 나는 지금 목숨이 실발에 걸려 있는 것만 같다. 네가 구원해 주기를 바랄 뿐이며 다른 말은 더하지 않겠다.

서서는 편지를 다 보고 나더니 눈물이 샘솟듯, 편지를 가지고 현덕에게로 가서 말했다.

"저는 사실 영천의 서서로 자를 원직이라 합니다. 난을 피하기 위해서 단복이라 개명을 했습니다. 오래 전에 유표가 현사를 초청한다는 말을 듣고, 특히 찾아가 보고 일을 논해 보았더니, 그제서야 변변치 못한 인물임을 알았습니다. 그래서 편지 한 장을 써 놓고 작별한 다음, 그날밤으로 사마수경(司馬水鏡)이란 분에게로 가서 이런 사실을 말씀드렸습니다. 수경선생께서는 저를 심히 꾸지람하시고 주인을 알아볼 줄 모른다 하시며 유현덕이란 분이 여기 계신데 어째서 모시려 들지 않느냐고 하셨습니다. 그래서 저는 일부러 미친 체를 하고 노래를 부르며 거리로 돌아다녀서 장군을 시끄럽게 해드린 것입니다. 다행히 저를 버리시지 않고 소중히 써 주셨는데, 천만뜻밖에도 노모님이 이제 조조의 간계에 빠지셔서 허창으로 속아서 끌려 가셨으며, 감금을 당하신 채 앞으로 생명을 해치려 한다고 어머님께서 친히 편지를 보내셔서 저를 부르시니 가지 않을 도리가 없습니다. 견마지로를 헤아리지 않고 유장군께 보답해 드리고자 했더니 어머님께서 붙잡히시게 되어 힘을 써

볼 수 없게 됐습니다. 이번에는 물러가지만 나중에 또다시 만나 뵙도록 해주십시오."

현덕이 이 말을 듣더니 방성통곡했다.

"아들과 어머니란 천성지친(天性之親)이오. 공은 이 현덕 때문에 걱정할 것 없이 노부인께 가서 만나 뵙고 나면, 혹 내가 또다시 가르침을 받게 될 기회가 있을지도 모르는 일이오."

서서는 곧 감사하다 절하고 떠나가려고 했는데 현덕이 안타까워했다.

"하루 저녁만 더 같이 지내고, 내일 전송해 드리고 싶소."

이때 손건이 남몰래 이런 말을 했다.

"원직은 천하의 기재요. 오랫동안 신야에 있으면서 우리 군중의 허실을 모조리 알고 있습니다. 이제 그를 조조에게 보낸다면 반드시 중용될 것이니 이렇게 되면 우리 편이 위태로운 지경에 빠지게 됩니다. 주공께서는 어떻게든지 그를 잡아 두시고 놓아 보내지 마시도록 하십시오. 조조는 원직이 가지 않으면 반드시 그의 모친의 목을 벨 것이니, 원직은 모친이 죽은 줄 알면 반드시 모친의 원수를 갚기 위하여 온갖 힘을 다해서 조조를 공격할 것입니다."

"그건 안 될 말이오. 남을 시켜서 그 어머니를 죽게 하고, 내가 그 아들을 쓴다는 것은 어진 일이 아니오. 여기에 머물러 두고 가지 못하게 해서 모자의 도를 끊게 한다는 것은 의리가 아니오. 나는 죽는 한이 있더라도, 불인 불의지사는 못하겠소."

이 말에 모든 사람이 감탄했다.

현덕은 서서를 청하여 술을 마셨는데 그때 서서가 말했다.

"지금 노모님이 감금당해 계시다는 말을 들으니 금파 옥액(金波玉液)도 삼켜지지 않습니다."

"이 현덕도 공이 간다는 말을 듣게 되니 좌우 양손을 잃는 거나 마찬가지요. 용간 봉수(龍肝鳳髓)라 할지라도 그 맛을 모르겠소."

두 사람은 서로 마주 앉아서 눈물을 흘리며 그대로 날이 밝기를 기다렸다. 여러 장수들은 벌써 성 밖에 연석을 마련해 놓고 그를 전송해 주었으며, 현덕은 서서와 말을 나란히 타고 성 밖으로 나와서 장정(長亭)에 이르러 말을 내리고 작별 인사를 했다. 현덕이 술잔을 들고 서서에게 말했다.

"이 유현덕은 인연이 이밖에 없어서 선생과 함께 지낼 수 없게 됐소. 선생은 새주인을 잘 섬기어 공명을 이룩하시기 바라오."

서서가 울면서 말했다.

"재지(才智)가 미약하고 천박한 사람을 장군께서 중용해 주셨으니 감사할 따름입니다. 이제 불행히 중도에서 헤어지게 됐으나 이는 노모님 때문입니다. 조조가 아무리 성가시게 군다 할지라도 죽는 날까지 한 가지 계책도 제공하지는 않겠습니다."

"선생께서 떠나시고 나면 이 유현덕도 멀리 산 속으로 몸을 숨겨 버릴 작정이오."

"제가 유장군과 왕패(王覇)의 대업을 도모한 것도 이 마음, 방촌(方寸) 하나를 믿었기 때문입니다. 이제 노모님 때문에 마음이 어지러워졌으니 이곳에 그대로 있는다 해도 일을 해나가는데 이로울 것이 없습니다. 장군께서는 마땅히 우수한 현사를 달리 구하셔서 보좌토록 하시고 함께 대업을 도모하실 일이지, 어째서 이렇듯 실망하십니까?"

"천하의 우수한 현사라 할지라도 선생보다 더 나은 사람은 없을 것이오."

"저 같은 용재(庸才)의 몸으로 어찌 그런 무거운 명예를 감당하겠습니까?"

작별하게 되자, 서서는 다시 여러 장군들을 돌아다보며 말했다.

"바라건대 제공은 유장군을 잘 섬기셔서 이름을 죽백(竹帛)에 남기고 공을 청사에 적어 넣도록 하시며, 결코 이 서서처럼 시종이 여일치 못한 일이 없도록 해주시오."

여러 장수들도 슬퍼하지 않는 사람이 없었다. 현덕은 차마 헤어지기 싫어서 또 일정(一程)을 전송했다. 서서가 사양했다.

"이렇게 먼곳까지 전송해 주실 것이 없습니다. 서서는 그만 작별하겠습니다."

현덕은 말 위에서 서서의 손을 잡았다.

"선생은 이번에 떠나가시면 각각 다른 하늘 밑에 살게 되니 언제나 다시 서로 만나게 될지 모를 일이오!"

현덕은 말을 마치더니 눈물이 비오듯 했다. 서서도 울먹이면서 헤어졌다.

숲에서 멀찌가니 떨어져 나온 현덕은 종자를 데리고 사라져 가는 서서의 뒷모습을 언제까지나 바라보고만 있었는데, 서서의 모습이 저편 숲속으로 들어간 채 보이지 않자 현덕이 투덜투덜했다.

"서원직의 떠나가는 모습을 보지 못하게 방해를 하니, 저편 숲의 나무를 모조리 베어 버렸으면 좋겠다!"

이런 말을 하고 있는데, 이상하게도 서서가 말을 달려 되돌아오는 모습이 뵈는지라 현덕은 역시 자기에게 머물러 있고 싶어서 그러는 줄 알고 기뻐서 어쩔 줄 몰랐다.

그러나 현덕의 앞에 다시 말을 멈추고 선 서서가 말했다.

"마음이 어찌나 갈피 잡을 수 없게 흩어졌던지, 가장 중요한 일을 한 가지 잊고 갔습니다. 양양에서 20리쯤 떨어진 융중(隆中)이란 곳에 기사(奇士) 한 분이 계신데, 유장군께서는 이분을 초청하도록 하십시오. 이분은 불러서 오실 분이 아니니 장군께서 친히 방문하십시오. 이분을 얻으시게 된다면 주나라가 여망(呂望)을 얻게 되고 한나라가 장량(張良)을 얻게 됐던 것과 다름이 없을 것입니다."

"그분은 선생께 비하면 재덕이 어떠하시오?"

"저와 비교한다면 마치 노둔한 말이 기린과 나란히 있고, 까마귀가 봉황을 따라 있는 것과 같습니다. 이분은 항상 자신을 관중(管仲)이나 악의(樂毅)에게 비교하고 계신데, 제가 보건대 관중이나 악의도 이분을 따르지는 못할 겁니다. 경천위지(經天緯地)의 재간을 지니고 있으니, 아마 천하에 이분 한 사람뿐일 겁니다."

현덕이 기뻐하며 또 물었다.

"그분의 성함을 알고 싶소."

"이분은 낭야군 양도(陽都) 사람으로, 두자 성인 제갈(諸葛)이요, 이름은 양(亮), 자를 공명(孔明)이라고 합니다. 한나라 사례교위(司隷校尉) 제갈풍(諸葛豊)의 후예입니다. 그의 부친은 이름이 규(珪)요. 자가 자공(子貢)이며, 태산군(泰山郡)의 승(丞)으로 있었는데, 일찍이 세상을 떠났고, 현(玄)이라고 하는 숙부를 따라서 있었습니다. 현이란 사람은 형주의 유표와 구교가 있었기 때문에 그를 의지하고 따라가서 양양에다 집을 마련했던 것입니다. 현이란 사람이 세상을 떠난 뒤에는 아우 제갈균(諸葛均)과 남양에서 농사를 짓고 항시 양부음(梁父吟)이란 시를 읊기 좋아했습니다. 살고 있는 곳에 와룡강(臥龍岡)이란 언덕이 있었기 때문에 스스로 호를 와룡선생(臥龍先生)이라고 했습니다. 이분은 절대적인 기재이니 장군께서는 시급히 찾아가 보십시오. 이분이 장군을 보좌해 주려 들기만 한다면 천하가 어지럽다 걱정하실 게 뭐가 있겠습니까?"

"그러면 지난번에 수경선생께서 복룡·봉추 두 사람 가운데서 한 사람을 얻을 수 있다면 천하를 안정시킬 수 있다는 말씀을 하셨는데, 지금 말씀하시는 게 바로 복룡·봉추가 아니오?"

"봉추라 함은 바로 양양의 방통이요, 복룡이란 바로 제갈공명입니다."

현덕이 기뻐서 펄쩍 뛰었다.

"오늘에야 비로소 복룡·봉추란 말을 알게 됐소. 대현(大賢)이 바로 눈앞에 있을 줄야 어찌 알았겠소? 선생의 말씀이 아니었다면 이 유현덕은 눈뜬 장님이 될 뻔했소."

뒷 사람이 서서가 말을 달려와서 제갈공명을 천거한 사실을 찬양하는 다음 같은 시구가 있다.

원통하고 분하다,
이토록 뛰어난 현사를 두 번 다시 만날 수 없게 되다니.

헤어지는 마당에 울며 작별하니
두 사람의 정리 더욱 두텁다.
몇 마디 말이 도리어
봄 하늘에 뇌성이 진동하듯
능히 남양의 와룡을 일어서게 한다.

痛恨高賢不再逢　臨歧泣別兩情濃
片言却似春雷震　能使南陽起臥龍

　서서는 제갈공명을 천거하고 나서 다시 현덕과 작별하고 말을 달려 떠나갔다. 현덕은 서서의 말을 듣고 비로소 사마덕조(司馬德操)가 말한 의미를 깨달았으며, 마치 꿈에서 깨어난 것 같은 심정으로 여러 장수를 거느리고 신야로 돌아오자, 당장에 제갈공명을 찾아가려고 했다.
　한편, 서서는 현덕과 작별하고 나서도 여전히 미련을 버리지 못하고, 공명이 세상에 나와 보좌해 주지 않을까 걱정스러워서 곧장 와룡강으로 말을 달려 초려(草廬)로 들어가 공명을 만나 봤다.
　공명이 찾아온 까닭을 묻자 서서가 대답했다.
　"저는 본래 유현덕장군을 섬기고 있으려 했더니, 노모님이 조조에게 붙잡히셔서 곧 돌아오라 하시니 부득이 유장군을 버리고 그리로 가게 됐습니다. 떠나가는 마당에서 공을 유장군에게 천거했습니다. 유장군이 당장에 찾아 뵈러 올 것이니 공께서는 거절치 마시고 평생의 대재(大才)를 발휘하시어 그를 보필해 주시면 다행인가 합니다."

공명이 그 말을 듣더니 안색이 변하며 소리쳤다.

"그대는 나를 제사 지내는 희생물로 만들겠다는 거요?"

말을 마치자 소맷자락을 뿌리치며 안으로 들어가 버렸다.

서서는 부끄러움을 이기지 못하고 물러나와 다시 말을 타고 길을 떠나 허창으로 가서 모친을 만났다. 이야말로 친구에게 한 마디 부탁을 한 것은 주인을 아끼는 까닭이요. 천리 길을 집으로 달리는 것은 모친을 생각하기 때문이다.

37. 만날 수 없는 사람

司馬徽再薦名士
劉玄德三顧草廬

서서가 급히 허창으로 달려갔다.

조조는 서서가 왔다는 것을 알자, 모사 순욱·정욱 등을 내보내서 영접하게 했다. 서서가 승상부로 나가 조조를 만나 보니, 조조가 말했다.

"그대와 같이 고명한 사람이 뭣 때문에 몸을 굽히고 유현덕과 같은 사람을 섬기고 계셨소?"

"저는 어렸을 적에 난을 피하여 강호 넓은 천지를 유랑해 다니다가 우연히 신야에서 유현덕을 만나게 되어서 친하게 된 것입니다. 이번에 저의 노모님께 여러 가지로 인자한 마음을 써 주셔서 부끄럽고 또한 감사할 따름입니다."

"공은 이제 이곳에 왔으니 조석으로 어머님을 잘 모시고, 나도 또한 그대에게 여러 가지로 좋은 가르침을 받을 수도 있을 테고."

서서는 감사하다 절하고 나와서 급히 모친을 찾아가 뵈었다. 눈물을 흘리며 당하(堂下)에 꿇어앉았다. 모친이 깜짝 놀라서 말했다.

"너는 어째서 여길 왔느냐?"

"그동안 신야에서 유현덕장군을 섬기고 있었는데, 어머님의 편지를 받아 보았기 때문에 밤낮을 헤아리지 않고 달려온 길입니다."

서서의 모친은 불끈 화를 내어 상을 치면서 꾸짖었다.

"너는 공부를 한 사람이면 충효를 두 가지 다 완전히 할 수 없다는 것쯤은 알겠구나. 어찌 조조가 인군을 속이고 윗사람을 업신여기는 역적이라는 것을 모르느냐? 유현덕장군으로 말하자면 인의(仁義)로써 명성이 사해에 떨친 사람이요. 또 한나라 왕실의 후예시니 네가 그분을 섬기게 된 것은 그야말로 올바른 주인을 만났다고 해야겠는데, 이제 거짓을 꾸며서 만든 편지 한 장을 보고 자세히 살펴보지도 않고 명군(明君)을 버리고, 못된 주인에게 몸을 던져 스스로 더러운 명예를 뒤집어 쓰다니 정말로 어리석은 놈이다!"

모친이 얼마나 호되게 꾸지람을 했던지, 서서는 땅에 꿇어 엎드린 채, 감히 얼굴을 들어 모친을 쳐다볼 수도 없을 지경이었다.

모친은 묵묵히 날카로운 시선으로 어리석은 아들을 쏘아보며 병풍 뒤로 들어가 버렸다. 얼마 안 되어서 하인이 나와서 알리는 말이,

"노부인께서 들보에 목을 매셨습니다."

서서가 당황해서 모친을 구하려고 달려들어갔을 때에는 모친은 이미 숨이 끊어진 뒤였다.

서서는 미칠 것만 같은 심정으로 땅을 치며 통곡해도 이미 소용없는 일이었다. 혼절하여 한동안 정신을 잃었다.

서서의 모친이 자결한 것을 알자, 조조는 뻔뻔스럽게도 사

신을 보내어 문상하게 했고, 자기 자신도 서서의 모친의 영전
에 서서 분향을 했다.

서서는 모친의 영구를 허창의 남원(南原)에 매장하고, 거상
수묘(居喪守墓)하면서 조조가 자기에게 보내는 물건은 일체
받지 않았다.

이때, 조조는 또 남쪽을 토벌할 궁리를 했다. 그러나 모사
순욱의 권고를 받아들여 우선 장하(漳河)의 물줄기를 끌어서
현무지(玄武池)라는 못을 만들어 놓고, 수군(水軍)을 교련하
면서 남정(南征)을 준비하고 있었다.

유현덕은 예물을 마련해 가지고 융중(隆中)으로 가서 제갈
양을 찾아 보려고 했다. 마침 그때 홀연 사람이 들어오더니
알려 주는 말이 있었다.

"문 밖에 어떤 선생 한 분이 계신데 아관박대(峨冠博帶)에
도사다운 풍채가 비범하십니다. 특히 찾아 뵙겠다고 하십니다."

"아마 이분이 제갈공명임에 틀림없을 게다."

현덕은 이렇게 생각하고 옷을 바로잡아 입고 밖으로 나가
영접했더니, 그는 사마휘(司馬徽)였다.

현덕은 자못 기뻐하면서 후당으로 모셔들여 높직한 자리에
앉게 했다. 그리고 인사를 했다.

"이 현덕은 지난번에 선안(仙顔)을 뵙고 난 뒤 군무에 총망
해서 한번 찾아 뵙지도 못했습니다. 오늘 이렇게 왕림해 주셨
으니 선생을 앙모하는 저로서는 여간 위안이 되지 않습니다."

"듣자니 서원직이 이곳에 있다기에 한번 만나 보러 온 길이오."

"얼마 전 서공의 모친께서 조조에게 붙잡히셨다고 사람을

시켜서 편지를 보내셨기 때문에 허창으로 갔습니다."

"그것은 조조의 계교에 떨어진 것이오. 그의 모친께서 얼마나 현명하신 분이라는 것을 나는 평소에 잘 알고 있소. 설사 조조에게 붙잡히셨다손치더라도 아들을 불러 올릴 편지를 쓰실 분은 아니시오. 그 편지란 것은 아마 위조한 것일 게요. 원직이 가지 않았다면 그의 모친께서도 살아 계시겠지만, 원직이 그곳으로 간 이상에는 모친께서는 목숨을 끊으셨을 것이오."

현덕은 깜짝 놀라며 그 까닭을 물어 봤다. 그랬더니 사마휘가 대답했다.

"서원직의 모친께서는 의(義)라는 것이 뭣인지를 분간하시는 분이시기 때문에 아들의 얼굴을 대면하시는 것을 수치스럽게 여기실 것이오."

"서공은 이곳을 떠나갈 때, 남양의 제갈양을 천거해 주셨는데, 그분은 대체 어떠한 인물이신가요?"

사마휘는 웃으면서 대답했다.

"원직은 떠나가겠으면 자기 혼자 떠나갈 것이지 왜 남까지 또 천거를 해서 속을 태우게 할고?"

"선생은 어째서 그런 말씀을 하십니까?"

"공명은 본래 박릉(博陵)의 최주평(崔州平), 영천(穎川)의 석광원(石廣元), 여남(汝南)의 맹공위(孟公威) 그리고 서원직, 이렇게 네 사람과 굉장히 친하게 지내는 친구였소. 이 네 사람들은 학문의 정순(精純)함을 파고드는데, 단지 공명만은 홀로 대략(大略)을 볼 줄 알았고, 항시 도사리고 앉아서 장음(長吟)하며, 네 사람을 가리켜 말하기를 '그대들은 벼슬을 한다면 자사(刺史)나 군수(郡守)쯤은 하겠군.' 하고 말했소. 그래서 여러 사람이 공명의 뜻은 뭣이냐고 물었더니 공명은 웃기만 하고 대답이 없었소. 항시 자기 자신을 관중과 악의에 비교하니, 그 재간이 이루 헤아릴 수 없는 인물이오."

"어째서 영천에는 이렇게 현사들이 많은가요?"

"예전에 은규(殷逵)란 사람이 천문(天文)을 잘 봤는데, 일찍이 군성(群星)이 영분(穎分)에 모였으니 이 땅에는 반드시 현사가 많으리라고 했소."

이때 관운장이 옆에 있다가 말했다.

"내, 듣건대 관중과 악의는 확실히 춘추·전국시대의 명인으로서 그 공적이 천하를 뒤덮은 바 있다고 하지만, 제갈공명을 이 두 사람과 비교한다는 것은 너무 지나친 일이 아니겠소?"

사마휘가 웃으면서 말하기를,

"내가 보건대, 이 두 사람과 비교하는 것은 부당하다고 생각하오. 나는 도리어 다른 두 사람과 비교하고 싶소."

"다른 두 사람이란 누구를 말씀하시는 겁니까?"

"주조(周朝) 8백 년을 일으킨 강자아(姜子牙—太公望), 한조(漢朝) 4백 년의 터전을 마련한 장자방(張子房—장량)이오."

여러 사람은 두 눈이 휘둥그래졌다.

사마휘는 섬돌 아래로 내려가서 작별하고 돌아가려고 하며 현덕이 만류해도 듣지 않았다. 사마휘는 문 밖으로 나가며 앙천대소했다.

"와룡이 주인을 얻기는 했지만, 때를 만나지 못했으니 가석한 일이로다!"

말을 마치자 표연히 돌아가 버렸다.

현덕이 감탄하며 하는 말이,

"정말로 은거현사(隱居賢士)로다!"

그 이튿날 현덕이 관운장·장비 그리고 몇 사람의 종인들과 함께 융중으로 와서 멀리 바라다보자니, 산기슭에서 몇 사람들이 밭을 갈면서 노래를 부르고 있었다.

현덕은 그 사람들에게서 제갈공명이 와룡강(臥龍岡)이란 숲 속 조그만 초가집에 살고 있다는 것을 알고 즉시 와룡강을 찾아갔다. 과연 청아한 경치였다.

현덕은 그 집 문앞에서 말을 내렸다. 친히 싸리 문을 두들겼더니 동자가 나와서 누구냐고 물었다. 현덕이 대답했다.

"한나라 좌장군(左將軍) 의성정후(宜城亭侯), 예주(豫州)를 맡은 목, 황숙 유현덕이 특히 선생을 찾아 뵈러 왔소."

"그렇게 많은 이름은 일일이 기억할 수 없습니다."

"유현덕이 왔다고만 해주시오."

"선생님께서는 오늘 아침 일찌감치 나가셨습니다."

"어디를 가셨소?"

"가시는 곳이 일정하지 않으시니까 어디를 가셨는지 모릅니다."

"언제쯤 돌아오시오?"

"돌아오시는 시간도 일정하지 않습니다. 4, 5일 될 때도 있고, 10여 일 될 때도 있습니다."

현덕이 못내 섭섭해서 어쩔 줄 모르고 있으려니까, 장비가 말했다.

"안 계시다면 돌아가는 수밖에 더 있소!"

현덕이,

"잠깐 기다려 보세."

관운장이 말했다.

"일단 돌아가고 사람을 보내서 댁에 계신 것을 알아보도록 하십시다."

현덕은 그렇게 하기로 하고, 동자에게 부탁했다.

"선생께서 돌아오시거든, 유현덕이 찾아뵈러 왔었다고 여쭈어 주시오."

다시 말을 타고 몇 리 길을 나와서 말을 멈추고 융중의 경치를 되돌아봤더니, 과연 산이 그다지 높지도 않으면서 수아(秀雅)하고, 물이 깊지도 않으면서 깨끗하며, 땅이 넓지도 않은데 평탄하며, 숲이 크지도 않은데 무성하며, 원숭이와 학이 서로 친하게 지내고 소나무와 대나무가 서로 푸른빛을 자랑하고 있으니, 아무리 보아도 싫증이 나지 않는 곳이었다.

홀연 사람의 그림자가 하나 나타났다.

얼굴이 깨끗하며 점잖게 생긴 품이 준수하고 시원스러우며, 머리에는 소요건(逍遙巾)을 썼고, 몸에는 검정 포포(布袍)를 입었으며, 명아주 지팡이를 짚고 산 속에서부터 좁은 길을 걸어서 오는 것이었다.

"저분이 반드시 와룡선생일 게다!"

현덕은 이렇게 말하며, 급히 말을 내려 앞으로 가서 절을 하고 물어 봤다.

"와룡선생이 아니십니까?"

그 사람이 대답했다.

"장군은 누구시오?"

"유현덕입니다."

"나는 제갈공명이 아니오. 공명의 친구인 박릉의 최주평이란 사람이오."

"오래 전부터 대명(大名)을 듣자왔습니다. 오늘 다행히 만나 뵙게 됐습니다. 즉석에서 죄송합니다만 이리 좀 앉으셔서 한 말씀 가르쳐 주시기 바랍니다."

두 사람은 숲속 돌 위에 마주 대하고 앉았고, 관운장·장비는 그 옆에 시립했다. 최주평이 말했다.

"장군은 뭣 때문에 공명을 만나려 하시오?"

"방금 천하가 몹시 어지럽고, 사방이 뒤숭숭한 이때에 와룡 선생을 만나 뵙고 나라를 안정시킬 방책을 구해 볼까 합니다."

최주평이 웃으며 하는 말이,

"공이 어지러운 세상을 안정시키겠다는 것은 비록 어진 마음이라고는 하지만, 자고 이래로 난을 다스린다는 것은 종잡을 수 없는 일이오. 고조(高祖)가 백사(白蛇)를 죽여서 의거를 일으키고 무도한 진(秦)나라를 친 것은 난에서 다스림(治)으로 들어간 것이오, 애(哀)·평(平) 두 인군의 시대에 이르러서 2백년 동안이나 태평한 날이 오래 계속되다가 왕망(王莽)이 찬역했기 때문에, 또 다스림에서 난으로 들어갔소. 광무(光武)가 중흥하여 기업(基業)을 다시 정돈하여서 다시 난에서 다스림으로 들어가서 오늘날까지 2백 년 동안 백성이 편안한 지 오래 되었는데 또 싸움이 사방에서 일어났소. 이것은 다스림에서 난으로 들어가는 때이니 갑작스레 진정시킬 수는 없소. 장군이 공명으로 하여금 천지를 알선하게 하고, 건곤(乾坤)을 보철(補綴)시킨다 해도, 그것은 아마 쉬운 노릇이 아닐 것이고, 헛되이 마음과 힘을 소모할 뿐일 것이오. '순천(順天)하는 자는 편하고 쉽지만 역천(逆天)하는 자는 힘이 들고 어렵다.' '수(數)가 있는 곳에서는 이치로써 그것을 뺏을 수

없고, 명(命)이 있는 곳에서는 사람이 그것을 억지로 못한다.'
는 말을 듣지 못하셨소?"
  "선생께서 말씀하시는 바가 진실로 고견(高見)이긴 합니다
만, 이 유현덕은 한나라 왕실의 후예로서 마땅히 왕실을 돕고
건져야 하겠거늘 어찌 수와 명에만 맡겨 두겠습니까?"
  "나 같은 시골뜨기가 천하를 논할 수 있겠소. 장군이 이것
저것 물으시는 바람에 그만 주책없는 소리를 했소이다."
  "선생의 여러 가지 말씀은 참 잘 들었습니다. 그런데 공명
께서는 어디를 가셨을까요?"
  "나 역시 그를 찾아가는 길이니 어딜 갔는지는 모르겠소이다."
  "저의 현까지 함께 가시면 어떻겠습니까?"
  "나는 한가히 돌아다니기를 즐기는 성질이라서, 공명에는
뜻이 없은 지 오래 됐소. 다음 기회에 또 만납시다."
  최주평이 이렇게 말하며 인사를 하고 가버리니 현덕도 관운
장·장비와 말머리를 나란히 하고 되돌아섰다. 장비가 말했다.
  "공명은 만나 보지도 못하고 이따위 변변치 않은 선비하고
쓸데없는 말을 이렇게 오래 하다니!"
  현덕이 타일렀다.
  "이 역시 은자의 말일세. 들어 두어도 해로울 것은 없지."
  세 사람은 그대로 신야로 돌아왔다.
  며칠 있다가, 현덕은 사람을 파견해서 공명의 소식을 알아
봤다. 그랬더니 제갈공명은 벌써 집에 돌아와 있다는 것이었
다. 현덕이 즉시 말을 준비하라고 명령했더니, 장비가 못마땅
해했다.
  "시골뜨기 한 사람을 만나는데 형님이 친히 가실 거야 있

소? 사람을 보내서 불러오면 될 일이지."

"맹자가 '현자를 만나 보는 데 도로써 하지 않는다는 것은 (欲見賢而不以基道) 들어가기를 바라면서도 문을 닫아 버리는 것과 같다(猶欲基入而閉之門也).'고 한 말을 듣지 못했나? 공명은 당대의 대현(大賢)이신데 어찌 불러온단 말인가?"

드디어 현덕은 말을 타고 다시 공명을 찾아갔다. 관운장과 장비도 말을 타고 따라갔다.

때가 마침 엄동이어서 날씨가 몹시 차고 붉은 구름(彤雲)이 잔뜩 끼어서 몇 리도 가지 못했는데, 홀연 모진 바람이 휘몰아치고 서설(瑞雪)이 휘날리니 산은 옥이 뭉쳐진 듯, 숲은 은빛으로 단장을 한 듯했다. 장비가 한 마디 했다.

"날이 차고 땅은 꽁꽁 얼어붙어서 싸움도 제대로 할 수 없는데 쓸데없는 사람을 먼곳에까지 만나러 간단 말이오? 신야로 돌아가서 바람과 눈을 피해 있는 것이 차라리 낫겠소."

현덕이 말했다.

"나는 공명에게 나의 간절한 성의나마 알리자는 걸세. 자네들은 추워서 견딜 수 없다면 그냥 먼저 돌아가게."

"죽음도 겁내지 않는 내가 추위쯤 견디지 못하다니요? 형님이 괜히 헛수고를 하실까봐 그러는 거요."

"잔소리 말고 날 따라서 같이 가기나 하세."

초가집 가까이 왔을 때, 홀연 길 옆에 있는 주점에서 노래를 부르고 있는 사람들이 있었다. 그들은 노래를 다 부르고 나더니 박장대소를 했다. 현덕은,

"와룡선생이 여기 계신 모양인가?"

하면서 말을 내려서 그 주점으로 들어섰다.

주점 안을 살펴보니, 두 사람이 상에 의지하고 앉아서 술을 마시고 있는데, 한 사람은 흰 살결에 수염이 기다랗고, 한 사람은 이상야릇하게 괴상한 모습을 하고 있었다. 현덕이 읍(揖)을 하고 물었다.

"두 분 중에 어떤 분이 와룡선생이십니까?"

수염이 기다란 사람이 물었다.

"공은 와룡선생을 찾아서 뭐하시려는 거요?"

"저는 유현덕입니다. 선생을 찾아 뵙고 제세안민(濟世安民)의 방법을 배울까 합니다."

"우리들은 와룡이 아니오. 모두 와룡의 친구요. 나는 영천의 석광원(石廣元), 이분은 여남의 맹공위(孟公威)요."

현덕이 매우 기뻐하며 말했다.

"두 분의 대명은 오래 전부터 잘 듣고 있었습니다. 우연히 만나 뵙게 되어서 참 다행합니다. 제가 끌고 온 말이 여기 있으니 감히 두 분을 모시고 함께 와룡선생 댁으로 가서 말씀이라도 좀 듣고 싶습니다."

"우리들은 모두 시골뜨기, 게으름뱅이가 되어서 나라를 다스리고 백성을 편안하게 하는 일을 생각해 본 일도 없으니 그런 걸 물어 보신들 소용없소. 공이나 혼자 말을 타고 와룡을 찾아가시오."

현덕은 두 사람과 작별하고, 말을 타고 와룡강으로 달려왔다. 그 집 문앞에서 말을 내려 문을 두드리며 동자에게 물었다.

"선생께서 오늘은 댁에 계시오?"

동자가 대답했다.

"지금 방안에서 책을 보고 계십니다."

　현덕은 기뻐서 어쩔 줄 모르며 동자를 따라 안으로 들어갔다. 중문에 이르러 보니 문위에 일련(一聯)의 글이 큼직하게 써 붙여져 있었다. '마음이 담백해야만 뜻을 밝힐 수 있고(淡泊以明志), 조용하게 가라앉아야 먼 일을 내다볼 수 있다(寧靜而致遠).'

　현덕이 그것을 보며 음미하고 있노라니, 어디에선가 시를 읊는 소리가 들려 왔다. 문 옆에 서서 몰래 안을 들여다보니 초당 위에 한 젊은이가 화로를 끼고 앉아서 노래를 부르고 있었다.

봉황은 천 길 만 길 높은 하늘을 날아도
오동나무가 아니면 깃들이지 않고
선비는 한 곳에 엎드려 있어도
주인이 아니면 의지하지 않는다.

鳳翱翔於千仞兮　非梧不樓
士伏處於一方兮　非主不依

　노랫소리가 그치자, 현덕은 초당으로 들어가서 절을 했다.
　"이 유현덕은 오래 전부터 선생을 앙모해 왔습니다만, 만나 뵐 기회가 없었습니다. 지난번에는, 서원직선생께서 천거해 주시기에 댁으로 찾아왔었습니다만, 뵙지 못하고 그대로 돌아갔습니다. 이제 풍설을 무릅쓰고 왔다가 이렇게 뵙게 되니 정말 다행입니다!"
　그 젊은이가 황망히 답례를 하면서 말했다.

"장군은 예주 목으로 계시던 유현덕장군이 아니십니까? 우리 형님을 만나 보시렵니까?"

현덕이 깜짝 놀라며 물었다.

"선생께서도 와룡선생이 아니십니까?"

젊은이가 말했다.

"저는 와룡선생의 아우인 제갈균(諸葛均)입니다. 저희들은 3형제인데, 장형이신 제갈근(諸葛瑾)은 현재 강동의 손중모(孫中謀—손권) 밑에서 막빈(幕賓) 노릇을 하고 있으며, 공명은 바로 둘째형이십니다."

현덕이 또 물었다.

"와룡선생은 지금 집에 계시오?"

"어제 최주평 선생과 상약한 바 있으셔서 밖으로 놀러 나가셨습니다."

"어디로 놀러 가셨소?"

"조그만 배를 타시고 강에서 노시는 일도 있고, 혹은 산꼭대기로 중이나 도사(道士)를 찾아가시는 일도 있으시며, 혹은 마을로 친구를 찾아가시기도 하고, 혹은 동부(洞府) 속에서 거문고나 바둑을 즐기시는 일도 있으셔서, 내왕하시는 것을 추측하기 어려우니 가신 곳은 모르겠습니다."

"유현덕은 이렇게도 연분이 없는 모양이군. 두 번씩이나 와서도 대현을 만나 뵐 수 없다니!"

"좀 앉으셔서 차라도 한 잔 드십시오."

장비가 화를 내며 말했다.

"그 선생이 안 계시다면 형님, 어서 말이나 도로 타시오."

"여기까지 온 이상, 어떻게 말 한 마디도 없이 그냥 돌아간단 말인가?"

제갈균에게 또 물어 봤다.

"듣자니, 중씨(仲氏) 와룡선생께서는 도략(韜略)에 능통하시며 매일 병서를 보신다는데, 그게 사실이오?"

"잘 모르겠습니다."

장비가 소리를 질렀다.

"그런 것까지 물어서 뭘 하시오! 눈바람이 심해지는데 빨리 돌아가느니만 같지 못하오."

"자네는 좀 가만히 있게나."

현덕이 꾸지람을 했더니 제갈균이 말했다.

"형님이 집에 안 계시니 오래 머무르시랄 수도 없습니다. 다음에 찾아 뵙고 답례를 하겠습니다."

"어찌 감히 선생께서 왕림해 주시기를 바라겠소. 며칠 안으로 유현덕이 다시 오겠소. 종이와 붓을 빌려 주시면 몇 자 적어 놓고 갈 테니 중씨께 좀 전해 주시오. 유현덕이 찾아왔었다는 성의나 표시해 두고 싶소."

제갈균은 마침내 문방사보를 내주었다. 현덕이 언 먹을 풀어 가지고 운전(雲箋)을 펼쳐 놓고 두 번이나 찾아왔었다는 말과, 나라를 위하여 큰 재주를 발휘해 달라는 간곡한 사연을 적었다.

유현덕은 그 편지를 제갈균에게 주고 잘 전해 달라고 몇 번이나 부탁을 했다.

말을 타고 돌아가려고 하는데, 울타리 밖에 서 있던 종자가 홀연 손을 흔들면서,

"선생께서 돌아오십니다."

라고 하여서 얼른 바라다보았더니, 조그마한 다리 서편에서부터 한 사람이 난모(煖帽)로 머리를 가리고 호피옷(狐裘)을 입고 노새를 타고 오는 것이었다. 바로 그 뒤로는 한 청의소동(靑衣小童)이 술을 담은 호로(葫蘆)를 손에 들고 눈을 밟으면서 걸어오고 있었다. 조그마한 다리를 건너면서 그 사람은 시를 읊고 있었다.

'이분이야말로 정말 와룡선생이구나!'

현덕은 이렇게 생각하고 얼른 말을 내려서 절했다.

"선생께서는 이렇게 혹독한 추위를 무릅쓰시고 다니시니 정말 장하십니다. 이 유현덕이 기다린 지 오래 됐습니다."

그 사람이 당황해서 얼른 노새에서 내리더니 답례를 하니까, 제갈균이 뒤에서 말했다.

"이분은 형님이 아니십니다. 형님의 장인 되시는 황승언(黃承彦)이라는 분이십니다."

현덕은 이 말을 듣자, 장인이라도 만나게 된 것이 다행해서 사위의 행방을 물어 봤지만, 그 역시 사위를 만나고 싶어서 오는 길이라고 했다. 현덕은 하는 수 없이 와룡강을 몇 번이나 돌아보면서 돌아가는 도리밖에 없었다.

현덕이 신야로 돌아온 뒤, 시간이 쏜살같이 흘러서 또 새봄이 됐다. 복자(卜者)에게 길을 택해서 사흘 동안이나 목욕재계하고 옷을 갈아입고, 다시 제갈공명을 찾아가 보려고 했다.

그랬더니 관운장과 장비가 그 말을 듣고 마땅치 않게 생각하여, 현덕에게 권고하러 들어왔다. 이야말로 고명한 현사는 영웅의 뜻을 알아주지 않고, 겸손하게 머리를 굽히니 걸사(傑士)들에게 의심을 사게 되는 셈이다.

38. 세 번이나 찾아간 초가집

定三分隆中決策
戰長江孫氏報仇

　제갈공명을 세번째 찾아가려는 유현덕은 그것을 못마땅해하는 관운장과 장비를 설복시켜서, 세 사람은 다시 말을 타고 종자를 거느리고 융중으로 떠났다.

　공명의 초가집이 아직도 반 리쯤은 남아 있는 곳에서 현덕 일행은 말을 내려서 걸어가다가, 도중에서 마침 제갈균을 만났다. 현덕은 얼른 절을 하고 물어보았다.

　"중씨께서는 댁에 계십니까?"

　"어제 날이 어두울 무렵에야 돌아오셨습니다. 장군께서 오늘은 만나 뵐 수 있으실 겁니다."

　말을 마치자 표연히 가 버렸다.

　"오늘은 요행히 선생을 만나 뵐 수 있겠다!"

　현덕이 이렇게 말하니 장비가 불만스러워했다.

　"그 사람은 무례하오! 우리를 그 집까지 안내해 주어도 상관없을 텐데, 어째서 혼자 가 버리는 걸까요!"

　"사람에게는 각각 자기 볼일이 있지 않느냐? 그렇게 말할 일이 아니다."

　세 사람은 그 집 앞에 와서 문을 두드렸다. 동자가 문을 열고 나와서 무슨 일이냐고 물었다. 현덕이 대답했다.

"선동(仙童)은 수고스럽지만 유현덕이 선생님을 뵈러 왔다고 좀 여쭈어 주시오."

동자가 말했다.

"오늘 선생님은 댁에 계시기는 하지만 지금 초당에서 낮잠을 주무시며 아직 깨시지 않으셨습니다."

"그렇다면, 당장 여쭙지는 마시오."

현덕은 관운장과 장비에게 밖에서 기다리도록 명령하고, 혼자서 천천히 걸어들어가니, 선생은 초당 잠자리에 반듯이 누워서 잠이 들어 있었다. 현덕은 섬돌 아래에서 손을 맞잡고 서 있었다.

꽤 오래 됐는데도 선생은 잠을 깨지 않았다. 관운장과 장비가 밖에서 오래 기다려도 아무런 동정이 없자 안으로 들어가 보니 현덕은 아직까지도 옴쭉 않고 시립하고 있는 것이었다. 장비가 화가 치밀어서 관운장에게 말했다.

"이 선생은 어째서 이렇게 오만하단 말이오! 우리 형님이 섬돌 아래 시립하고 계신데도 그는 편안히 누워서 자는 체하고 일어나질 않다니. 내 방 뒤로 돌아들어가서 불을 붙여 보리다. 일어나나 안 일어나나……"

운장이 재삼 그러지 말라고 말렸다.

현덕은 여전히 두 사람에게 명령하여 문 밖에 나가 기다리고 있으라고 했다. 다시 방안을 들여다보자니 선생은 몸을 뒤치락거리더니 다시 안쪽 벽을 향하여 잠이 드는 것이었다. 동자가 알려 주려고 하는 것을 현덕이 말렸다.

"잠시 놀래 드리지 마시오."

그대로 한 시간 동안이나 서 있었더니, 공명은 그제야 잠이 깬 듯 몸을 뒤집더니 동자에게 물었다.

"어떤 속객(俗客)이 왔느냐?"

"유황숙께서 찾아와 계십니다. 오랫동안 기다리셨습니다."

공명이 그제서야 몸을 일으켰다.

"왜 진작 알려 주지 않았느냐? 옷을 좀 갈아입어야겠다."

이렇게 말하고 후당으로 들어간 지 한참 만에야 겨우 의관을 정제하고 나와서 맞았다. 공명은 신장이 8척, 얼굴이 관옥(冠玉) 같은데, 머리에는 윤건(綸巾)을 썼으며 몸에는 학창(鶴氅)을 입었고 표연한 품이 신선의 기개가 있었다.

현덕이 정중하게 꿇어앉았다.

"한나라 왕실의 후예, 탁군(涿郡)의 우부(愚夫), 선생님의 쟁쟁하신 명성을 오래 전부터 듣고 있었습니다. 지난번에 두 차례나 왔었지만 공교롭게 만나 뵙지 못해 천명(賤名)을 몇 자 적어 두었사온데 보셨습니까?"

"나는 남양야인(南陽野人)으로서 매사에 소홀하고 게으른 버릇이 있어 여러 차례 장군께서 찾아오시게 해서 정말 죄송합니다."

두 사람은 인사를 마치고 각각 주객의 자리를 잡고 앉았다. 동자가 차를 가져와서 그것을 마시고 나서 공명이 말했다.

"써 놓고 가신 글을 보고, 장군의 우민우국(憂民憂國)의 마음은 잘 알았으나, 이 제갈양은 아직도 나이 어리고 재주도 없는 몸이니 기대에 어긋나리라 생각됩니다."

"사마덕조나 서원직 두 분의 말씀이 어찌 실없은 말씀이겠습니까? 바라건대 선생께서는 이 변변치 않은 사람이나마 버리지 마시고 잘 지도해 주십시오."

"덕조와 원직은 세상에 고명한 선비들이고, 이 제갈양은 일개 농부에 지나지 못한데 어찌 감히 천하대사를 논하겠습니까? 그들 두 사람이 잘못 천거했습니다. 장군은 어째서 미옥(美玉)을 버리고 하잘것없는 조약돌을 구하려 하십니까?"

"대장부로 태어난 자, 경세기재(經世奇才)를 지니고 있으면서, 어찌 헛되이 산골짜기에서 늙어 버리겠습니까? 원컨대 선생께서는 천하창생을 생각하셔서 이 유현덕의 우로(愚魯)함을 깨우쳐 주시며 잘 지도해 주십시오."

그제야 공명은 빙그레 웃으면서 말했다.

"그렇다면 장군의 뜻하는 바를 듣고 싶습니다."

현덕은 기쁨에 넘쳐서 자리를 앞으로 바싹 다가앉으며 말했다.

"한나라 왕실이 기울어 쇠퇴하고, 간신배들이 저마다 날뛰는데, 이 유현덕이 힘이 모자라서 대의를 천하에 뻗치고 싶으면서도 지술(智術)이 천박하고 부족하여 지금까지 이루지 못하고 있습니다. 오직 선생께서 어리석음을 깨우쳐 주시고 재난을 물리쳐 주신다면 실로 천만다행이겠습니다."

"동탁이 반역적 행위를 감행한 이래, 천하의 호걸들이 계속해서 일어났습니다. 조조가 그 세력이 원소만 못하면서도 마침내 능히 원소를 물리친 것은 단지 천시(天時)를 탄 까닭만이 아니고, 역시 사람의 꾀에 있었습니다. 이제 조조는 이미 백만이나 되는 대군을 옹유하고 천자를 끼고 제후를 호령하고 있으니, 진실로 그와 더불어 대결해 볼 수가 없는 것입니다. 손권은 강동 땅을 근거지로 삼고 벌써 3대나 내려왔으며, 땅이 험준한데 민심까지 파악하고 있으니, 이는 힘을 빌리는 데 쓸지

언정 없애 버릴 생각은 하지 못할 것입니다. 형주는 북쪽으로 한(漢)·면(沔) 양수(兩水)에 의지하여 남해(南海)의 이(利)를 모조리 차지하고 동쪽은 오회(吳會)로 연결하고 서쪽은 파촉(巴蜀)으로 통하여 이야말로 무력을 발휘해 볼 만한 땅이긴 하지만, 그 주인이 아니고는 지키지 못할 것입니다. 이곳이야 말로 하늘이 장군께 주신 바이니, 장군께서는 어찌 생각하십니까? 익주(益州)는 험난한 요새지대로 옥야천리, 천부지국(天府之國)으로 고조(高祖)께서 이곳 때문에 제업(帝業)을 성취하신 것입니다. 이제 유장(劉璋)은 암약(闇弱)하여 백성과 나라가 모두 번창하고 풍성한데도, 어려운 사람을 구할 줄 몰라서 지혜있고 능한 신하들이 명군(明君)을 그리워하고 있습니다. 장군께서는 제실(帝室)의 후예로서 신의의 명성이 사해에 뚜렷하시고 영웅을 골고루 모으셔서 현사(賢士)를 생각하심이 간절하시니, 만약에 형주와 익주에 걸쳐서 그 방어선을 든든히 지키고 서쪽으로는 여러 오랑캐와 화하고, 남쪽으로는 이월(彝越)의 번족(蕃族)을 구슬리시고, 밖으로는 손권과 결탁하고 안으로는 정사를 올바르게 매만지셨다가 천하에 변고가 일어나기를 기다려 상장(上將) 한 사람에게 형주의 군사를 주시어 완성(宛城)·낙양(洛陽)으로 향하게 명령하시고, 장군은 몸소 익주의 수많은 군사를 거느리시고 진천(秦川)으로 쳐나가시면 백성들이 장군을 환영하지 않는 자 있겠습니까? 진실로 이렇게만 되면 대업을 이룩하실 수 있고 한나라 왕실도 일어설 수 있습니다. 이것이 바로 이 제갈양이 장군을 위해서 계책을 드리는 것이니 장군께서 잘 계획해 보시기 바랍니다."

말을 마치자 동자에게 명령하여 지도 한 장을 가져오게 해서 중당(中堂)에다 걸어 놓고 현덕에게 가리키며 설명했다.

"이것은 서촉(西蜀) 54주(州)의 지도입니다. 장군께서 천하 제패의 대업을 성취하시려면, 북쪽은 천시(天時)를 쥐고 있는 조조에게 양보하시고, 남쪽은 지리(地利)를 쥐고 있는 손권에게 양보하시고 장군께서는 인화(人和)를 쥐셔야 합니다. 먼저 형주를 손에 넣으셔서 근거지를 삼으신 다음에 곧 서천(西川)을 손에 넣으셔서 대업의 기초를 세우면서 정족지세(鼎足之勢)를 만들어 놓으신 후에야 중원을 제패하실 수 있을 겁니다."

현덕은 이 말을 듣자 자리에서 일어서서 두 손을 맞잡고 고맙다는 뜻을 표시했다.

"선생님 말씀은 여태까지 답답하던 것을 풀어 주셨고, 이 유현덕으로 하여금 구름과 안개를 헤쳐 버리고 청천을 바라보게 해주셨습니다. 그러나 형주의 유표, 익주의 유장은 모두 한나라 왕실의 종친이오니 이 현덕이 어찌 빼앗겠습니까?"

"이 제갈양이 밤마다 천상을 보니, 유표는 인간 세상에 오래 있을 사람이 못 됩니다. 그리고 유장은 업을 세울 만한 위인이 못 되니 오래 되면 반드시 장군에게로 돌아올 것입니다."

현덕은 이 말을 듣고 돈수(頓首)하며 절했다. 이 한 자리의 이야기로 미루어보아 공명이 초가집 밖에 나서지도 않은 채 천하가 3분됨을 이미 알고 있는 것이었다. 실로 만고의 사람도 미칠 수 없는 바이다.

현덕은 또 절하며 공명에게 청을 드렸다. 자기를 위하여 재간을 발휘해 달라고 매달렸으며, 공명도 그 간곡한 부탁을 거절할 도리가 없었다.

현덕 일행 세 사람은 공명과 함께 신야로 돌아왔다. 이때부터 현덕은 공명을 스승으로 섬겼고, 식사도 같이 하고 잠자리도 함께 하며 진종일 천하대사를 서로 의논했다. 공명이 말했다.

"조조가 기주에서 현무지(玄武池)를 만들고 수군(水軍)을 훈련하고 있는 것은 강남을 침범하려는 의도임이 틀림없습니다. 비밀리에 사람을 시켜서 강을 건너가 동정을 살펴보도록 하십시오."

현덕은 그 즉시 사람을 시켜서 강동 땅에 가서 동정을 탐지하도록 했다.

한편, 손권은 손책이 죽은 뒤에 강동을 다스리며, 부형의 유업을 계승하고 널리 모사들을 모아들이고, 오회(吳會)에 영빈관(迎賓館)을 설치하고, 고옹·장굉에게 명령하여 사방의 빈객들을 접대하도록 했다. 이리하여 불과 몇 해 동안에 피차간에 서로 추천한 모사급 인물들만도 수십 명, 거기다가 또 양장(良將)도 여러 사람을 거느리게 되어서 그야말로 문무(文武) 양면에 있어서 쟁쟁한 인재들이 그를 보좌하게 되었다. 이리하여 강동 땅은 인재가 풍부하다고까지 일컫게 되었던 것이다.

건안 7년(202년).

조조는 원소를 격파하고 나서, 사람을 강동 땅으로 파견하여 손권에게 그의 아들을 입조수가(入朝隨駕) 하라는 명령을 내렸다. 손권이 결정을 짓지 못하고 망설이고 있을 때, 오태부인(吳太夫人)이 주유·장소 등을 모아 놓고 이 문제를 상의했다.

그 자리에서 장소가 대답했다.

"조조가 인질을 보내라고 하는 것은 제후를 견제하자는 계책입니다. 만약에 이것을 거절했다가는 즉시 군사를 몰고 쳐들어

올 테니, 이렇게 되면 형세는 반드시 위태로워질 것입니다."

그러나 주유는 인질을 보내라는 조조의 계교에 절대 반대했다.

오태부인이 말했다.

"주유의 의사가 모두 지당한 생각인 것 같소."

마침내 손권은 주유의 의사대로 사자(使者)를 돌려보내고 아들은 보내지 않았다.

이때부터 조조는 강남으로 쳐내려갈 생각을 했는데, 마침 이때 북쪽이 어지러웠기 때문에 남쪽을 칠 만한 여가가 없었다.

건안 8년 11월에 손권은 군사를 거느리고 황조(黃祖)를 토벌하려고 장강(長江)에서 대결한 결과, 마침내 황조를 격파해 버렸다. 이 싸움에서 손권의 부장 능조(凌操)는 배를 타고 선두에 서서 하구(夏口)까지 진격했을 때 황조의 부장 감녕(甘寧)의 화살을 맞고 쓰러졌다. 그리고 아들 능통(凌統)은 그때 나이 불과 15세였는데 결사적으로 부친의 시체를 탈취해 왔다. 손권은 정세가 불리하다는 판단을 내리자 곧 군사를 수습해 가지고 돌아왔다.

손권의 아우 손익(孫翊)은 단양(丹陽) 태수로 있었는데, 성품이 거칠고 술을 좋아해서 술이 취하기만 하면 병사들을 채찍으로 때리곤 했다. 단양의 독장(督將) 위람(嬀覽)과 군승(郡丞) 대원(戴員)은 평소부터 손익을 죽여 버릴 마음을 먹고 있었는데, 그의 심복 변홍(邊洪)과 합심 협력하여 모살할 계획을 세우고 있었다.

그때 마침 여러 장수들과 현령들이 단양에 모이게 되어서, 손익은 연석을 베풀고 여러 사람을 대접하려고 했다. 그런데 그의 아내 서씨(徐氏)는 미모일 뿐만 아니라, 현명하고 점을 잘 쳤기 때문에, 이날 일진을 보니까 대흉(大凶)이라고 나오는 바람에 손익에게 연석에 나가지 말라고 권고했다. 그러나 손익은 아내의 말을 듣지 않고 여러 사람과 성대한 잔치를 베풀고 있었다.

밤이 되어서 연석이 끝나자, 변홍이 칼을 들고 손익의 뒤를 따르다가, 문 밖으로 나왔을 때 찔러 버렸다. 그런데 위람·대원은 죄를 변홍 한 사람에게 뒤집어씌우고 그를 장터로 끌어내어 목을 베었다. 두 사람은 내친 걸음에 손익의 재물과 시녀들까지 수중에 넣어 버렸는데, 위람은 서씨의 미모에 눈독을 들이고 이런 말을 했다.

"나는 그대의 원수를 갚아 주었으니 그대도 내 말을 들으시오. 싫다고 하면 죽여 버릴 것뿐이오."

서씨가 말했다.

"남편이 세상을 떠난 지 얼마 되지도 않는데 지금 당장 명령에 복종하기는 어렵습니다. 그믐날까지 기다려서 제사를 지내고 거상을 벗고 난 다음에 당신께 간들 늦지 않습니다."

위람은 서씨의 의사대로 했다. 서씨는 남몰래 손익의 심복 부장이던 손고(孫高)·부영(傅嬰)을 부중(府中)으로 불러들여 울면서 호소했다.

"선부(先夫)가 살아 계실 때에는 항시 두 사람의 충의를 말씀하시더니, 이제 위람과 대원은 나의 남편을 모살하고 죄를 변홍 한 사람에게 들씌워 놓고 우리 집 동비(童婢)까지 모조리 나누어 가졌습니다. 그리고 위람은 내 몸까지 강제로 제것을 만들려 하니 나는 거짓 승낙을 해서 그자의 마음을 가라앉혀 놓았습니다. 장군께서는 사람을 파견하셔서 밤중에라도 오후(吳侯)께 보고하시고, 또 비밀리에 계책을 세워 두 도둑놈을 없애버려, 이 구욕(仇辱)을 갚도록 해주시면 그 은혜를 죽더라도 잊지 않겠습니다."

말을 마치자 두 사람 앞에 엎드려 또 절을 했다.

손고와 부영도 다같이 눈물을 흘리며 대답했다.

"우리들은 평소에 부군의 은혜를 입었는데 오늘날 죽지 못하고 있는 것은, 바로 이 원수를 갚을 계획을 하고 있기 때문입니다. 부인의 명령이시라면 어찌 감히 힘쓰지 않겠습니까?"

이리하여 그 즉시 비밀리에 심복의 사자를 파견하여 손권에게 보고했다. 그믐날이 되자, 서씨는 먼저 손고와 부영 두 사람을 불러서 밀실 휘장 뒤에 숨겨 놓았다. 그러고 나서 집 안에다 제단을 마련하고 제사가 끝난 다음에, 즉시 거상을 벗어버리자 목욕을 하고 향내를 풍기며 짙은 화장에 화려한 옷차림을 하고 천연스럽게 말도 하고, 웃기도 하고 있었다.

밤이 되자 서씨는 술상을 차려 놓고 위람을 불러왔다. 술기운이 거나하게 돌고 있을 때 그를 안으로 인도했더니, 위람은 취한 김에 좋아라고 밀실로 들어섰다.

이때 서씨가 불렀다.

"손·부 두 장군은 어디에 계십니까?"

두 사람은 휘장 뒤에서 칼을 들고 뛰어나왔다.

위람은 어찌할 도리가 없이 부영의 한칼에 찔려 나가 떨어졌고, 손고가 또 큰칼로 찔러서 절명케 했다. 서씨는 또 계속해서 대원을 술 좌석에 불러 가지고 방안으로 들어서자마자 손고·부영을 시켜 죽여 버리고 말았다.

며칠 후에 친히 군사를 거느리고 단양으로 달려온 손권은 서씨가 이미 위람·대원을 죽여 버린 것을 알고, 손고·부영을 아문장(牙門將)으로 기용하여 단양의 수비를 명령했다. 손권은 서씨를 데리고 자기 고을로 가서 여생을 보내도록 했으니, 강동의 사람치고 서씨의 덕을 칭찬하지 않는 사람이 없었다.

동오(東吳) 각처의 산적들은 모조리 진압되었고, 대강(大江)에 전선(戰船)이 7천여 척이나 떠 있게 됐다. 손권은 주유를 대도독으로 삼고, 강동의 수륙 양군을 통솔하도록 했다.

건안 12년 겨울, 10월에 손권의 모친 오태부인은 병세가 위독해지자 주유와 장소를 불러 놓고 손권을 잘 보필해 주라는 유언을 한 끝에 세상을 떠났다.

이듬해 봄에 손권은 황조를 토벌하려고 주유·장소 등과 상의했다. 장소가 반대했다.

"모친의 거상을 아직 벗지 않으셨으니 군사를 일으키는 일은 삼가심이 좋겠습니다."

그러나 주유는 원수를 갚는데 거상을 벗고 아니 벗고가 문제냐고 강력히 싸울 것을 주장하니 손권이 결단을 내리지 못하고 망설이고 있었다. 이때에 마침 평북도위(平北都尉) 여몽(呂蒙)이 나타나서 손권에게 보고했다.

"몽(蒙)이 용추수구(龍湫水口)를 지키고 있으려니까, 황조의 부장 감녕이란 자가 투항해 왔습니다. 자세히 물어·보았더니, 이자는 자를 흥패(興覇)라 하고, 파군(巴郡) 임강(臨江) 사람으로서 서사(書史)에 꽤 통하고 힘도 세고 유협(遊俠)을 즐겨 해서 일찍이 싸움을 하다가 망명하여 강호 천지를 이리저리 돌아다녔는데, 허리에다 쇠방울을 차서 사람들이 방울소리를 듣고 모두 피했다고 합니다. 또 서천의 비단으로 돛을 만들어서 그때 사람들이 '금범적(錦帆賊)'이라고 불렀다 합니다. 과거의 잘못을 뉘우치고 행실을 고쳐서 착한 일을 해보려고 부하를 거느리고 유표에게 투족한 것입니다. 그런데 유표가 일을 제대로 해내지 못하는 것을 보자 동오로 와서 투항하려고 하다가 하구(夏口)에서 황조에게 가로막혀 버렸습니다. 먼젓번에 우리 동오에서 황조를 토벌했을 적에도 왕조는 감녕의 힘을 얻어 군사를 건져 가지고 하구로 돌아갈 수 있었던 것입니다. 그런데 황조는 감녕을 몹시 푸대접했기 때문에, 도독 소비(蘇飛)가 여러번 감녕을 황조에게 천거했지만, 황조는 '감녕이란 강 위에서 도둑질이나 해먹던 놈인데 어떻게 중용할 수 있겠소?' 할 뿐이었습니다. 감녕은 이것 때문에 원한을 품게 되었고, 소비는 그런 심정을 눈치채고 자기 집에 술상을 차려놓고 감녕을 불러다가 이런 말을 했다고 합니다. '나는 공을 여러번 천거했지만 주공께서 쓰지 않으시겠다니 어찌하겠소. 이대로 허송세월만 하면 인생이 얼마나 사는 거라고 ……. 공도 원대하게 앞날을 내다보시오. 내가 보증을 서서 공을 악현(鄂縣) 현장을 시켜 줄 것이니 자신이 거취를 잘 결정하시오.' 감녕은 이렇게 되어서 하구에서 빠져 나와서 우리 강동에 투항하려고 하는데, 먼저 황조를 구하려고 능조(凌操)를 죽인 사실을 걱정하고 있는 것입니다. 이 몽이, '우리 주공께서는 목마른 사람이 물을 찾듯이 현사를 구하고 계시니까 옛날 원한을 생각지 않으실 것이고, 하물며 각각 그 주인을 위해서 한 노릇이니 무엇을 원한으로 생각하시겠느냐?'고 했더니, 감녕은 흔연히 부하를 거느리고 강을 건너 주공님을 뵈러 왔습니다. 가부간 결정을 지어 주시기 바랍니다.”

손권이 크게 기뻐하여 여몽에게 감녕을 데리고 와서 만나 보도록 하라고 명령했다.

감녕이 와서 절을 하자 손권이 말했다.

“그대가 이곳으로 왔으니 어찌 지난날의 원한을 생각할 리 있겠소? 의심하지 말아 주기 바라오. 그리고 나에게 황조를 격파할 계책이나 가르쳐 주시오.”

감녕은 서슴지 않고, 황조를 격파하기 위해선 조조에게 선수를 빼앗겨서는 안 된다는 점을 역설했다. 그리고 재물을 긁어 모으기에만 골몰해서 백성들의 원성이 자자한 이때 황조를 일거에 격파해 버리고 서쪽으로 진출해서 초관(楚關)에 발을 붙이고 파촉(巴蜀) 땅을 수중에 넣으면 천하제패의 대업도 이룩할 수 있을 것이라고 주장했다.

“이건 정말 금옥(金玉) 같은 말이오!”

손권은 이렇게 말하고, 당장에 주유를 대도독(大都督)으로 삼아 수륙 양군을 통솔하게 하고, 여몽을 선봉으로, 동습(董襲)과 감녕을 부장으로 하고, 손권은 친히 대군 10만을 거느리고 황조를 토벌하러 나섰다.

강하(江夏)에도 이런 정보가 날아들었다. 황조는 강하의 전군을 총동원해서 대결할 결심을 했다. 소비를 대장으로, 진취(陳就)와 등룡(鄧龍)을 선봉으로 내세웠다.

진취와 등룡은 각각 전함(戰艦) 1대씩을 거느리고 면구(沔口)를 가로막아 놓고, 전함 위에는 각각 강한 활과 센 쇠뇌 천여 벌을 마련해 두었다. 그리고 굵은 동아줄로 전함을 연결시켜서 수면에 배치해 두었다.

동오의 병사가 배를 몰고 나타나자, 전함 위에서는 북을 울리고 궁노(弓弩)를 일제히 쏘아대니 동오의 병사들은 감히 쳐들어가지 못하고 몇 리 밖 수면으로 후퇴하고 말았다.

감녕이 동습에게 말했다.

"사태가 이에 이르렀으니 앞으로 나가지 않을 도리가 없소!"

조그만 배 백여 척에다 각각 정병 50명씩을 태워, 그 중 20명은 배를 젓고 30명은 갑옷을 입고 손에는 강도(鋼刀)를 들고, 화살과 돌을 무릅쓰고 적의 전함 옆으로 돌진해 들어가서 동아줄을 끊어 전함을 뿔뿔이 흩어 놓았다.

감녕은 전함 위로 뛰어올라가서 등룡의 목을 베어 죽이니 진취는 배를 버리고 도주했다.

여몽은 이 광경을 보고 있다가, 조그만 배 위로 뛰어올라 적군의 전함 속으로 돌진하면서 불을 지르며 돌아다니는데, 진취가 당황하여 강기슭으로 기어 올라가려고 하는 바람에 결사적으로 쫓아가서 한칼에 목을 쳐 버렸다.

이리하여 소비가 군사를 거느리고 싸움을 거들러 강기슭에 나타났을 때에는 동오의 대장들은 일제히 상륙해 버린 뒤라 싸워 볼 상대도 없었다. 소비는 도주하다가 동오의 대장 번장(潘璋)에게 산채로 붙잡혀서, 선중에 있는 손권의 앞에 끌려 나왔다.

손권은 좌우에 명령하여 그를 함거(檻車)에 가두어 놓고, 황조를 산채로 잡은 다음에 함께 목을 베기로 하고 다시 3군을 격려하여 밤낮을 헤아리지 않고 하구로 쳐들어갔다.

이야말로 금범적을 채용하지 않았기 때문에 큰 동아줄의 전함이 흩어지고 만 것이다.

39. 교묘한 유도작전

荊 州 城 公 子 三 求 計
博 望 坡 軍 師 初 用 兵

손권이 대군을 격려하여 하구를 공격하는 바람에 황조는 병사를 잃고 도저히 막아낼 수 없다는 것을 알자, 강하를 버리고 형주로 도주하려고 했다.

감녕은 황조가 틀림없이 형주로 달아나리라는 것을 알아차리고 동문 밖에 군사를 매복시키고 대기하고 있었다.

황조가 수십 기를 거느리고 동문 밖으로 돌출하여 쏜살같이 달아날 때, 요란스런 함성이 일어나고 감녕이 내닫더니 딱 버티고 섰다.

황조가 말 위에서 감녕에게 애걸했다.

"평소에 내 그대를 소홀히 대접한 일이 없거늘, 이제 어째서 맞서는 거냐?"

감녕이 호통을 쳤다.

"나는 옛적에 강하에서 공적을 많이 세웠는데도 네놈은 나를 강적(江賊)으로 다루고, 오늘 또 뭐라고 입을 놀리느냐?"

황조는 피할 도리가 없다는 것을 알아차리고 말머리를 돌려 달아나려고 했다.

감녕이 병사를 헤치고 말을 달려 쫓아가려고 했을 때, 뒤에서 고함소리가 일어나더니 몇 기가 달려들었다.

감녕이 자세히 보니 그것은 정보였다. 감녕은 정보가 달려온 것은 공로를 다투려 드는 것인 줄 알고 황망히 활을 재어서 황조의 등을 쏘았다. 화살을 맞고 말 위에서 나뒹구는 황조의 목을 베어 가지고 말을 다시 돌려 정보와 병력을 합쳐서 손권에게로 돌아가서 수급을 바쳤다.

손권은 그 수급을 나무상자 속에 넣어 두라 명령하고 강동으로 돌아가서 망부(亡父)의 영전에 바쳐 제사지내기로 했다. 그리고 3군에게 후히 상을 베풀고, 감녕을 도위(都尉)로 승진시켜서 강하에 1군을 남겨 두고 수비하게 하려고 했다. 그랬더니 장소가 말했다.

"고성(孤城)이란 지키기 어렵습니다. 우선 강동으로 돌아가는 게 좋겠습니다. 유표는 황조가 싸움에 패한 것을 알게 되면 반드시 복수하러 올 겁니다. 우리 군사가 자리잡고 앉아서 피로한 적군을 맞아 싸우게 되면 반드시 유표를 격파할 수 있습니다. 유표가 패배한 틈을 타서 그 기세로 쳐들어가면 형주·양양을 수중에 넣을 수 있습니다."

손권은 이 의견대로 강하를 버리고 강동으로 돌아갔다.

소비(蘇飛)는 함거 안에 갇혀서 몰래 사람을 시켜 감녕에게 구원을 청했더니, 감녕이 위로의 말을 했다.

"소비가 말하지 않아도 내 어찌 잊어버리겠소?"

대군이 오회(吳會)에 이르자, 손권은 소비의 목을 베어 황조의 수급과 함께 제사에 바치라고 명령했다.

이때 감녕이 들어와서 손권을 만나 보고 머리를 수그리고 울면서 호소했다.

"이 녕이 지난번에 소비가 아니었더라면 뼈를 시궁창에 묻었을 것이며, 어찌 장군 휘하로 달려올 수 있었겠습니까? 이제 소비의 죄는 마땅히 주살해야 할 것이오나, 이 녕은 옛날의 은혜와 정리를 생각하고 저의 관작을 환납하여서 소비의 죄를 대신 속죄하고자 합니다."

"그가 그대에게 은혜를 베푼 일이 있다면 그대를 위하여 사해 주겠지만, 만약에 그가 도주한다면 어찌하겠소?"

"소비는 죽을 죄를 사해 주시면 그 은혜를 감격하여 어찌 도주하겠습니까? 만약에 소비가 도주한다 하오면 이 감녕의 수급을 섬돌 아래 바치겠습니다."

손권은 소비를 사해 주었고, 황조의 수급만 제사에 바치는 데 그쳤다. 의식이 끝난 다음 연석을 베풀어 문무백관을 모아 놓고 공로를 축하했다.

술을 마시고 있을 때, 갑자기 좌중에서 한 사람이 소리내어 울면서 일어서더니 칼을 손에 뽑아 들고 다짜고짜 감녕에게 대들었다. 감녕은 얼떨결에 의자를 집어서 그것을 막았다. 손권이 깜짝 놀라 바라다보니 그는 바로 능통(凌統)이었다. 감녕이 강하에 있었을 적에 그의 부친 능조(凌操)를 쏘아 죽였는데, 오늘 이 자리에서 만났기 때문에 복수를 하려고 한 것이었다. 손권이 얼른 가로막으며 능통을 말렸다.

"홍패(興覇—감녕)가 그대의 부친을 사살한 것은 그때 각각 주인을 위해서 힘쓰지 않을 수 없었기 때문이었소. 이제 한 집안 사람이 된 이상 어찌 옛날의 원수를 따지겠소? 만사에 내 체면을 봐 주시오."

능통이 머리를 조아리고 통곡했다.

"불공대천지 원수입니다. 어찌 복수하지 않겠습니까?"

손권과 중관(衆官)이 재삼 만류했더니, 능통은 어쩔 수 없이 노한 눈초리로 감녕을 쏘아볼 뿐이었다. 손권은 그날로 감녕에게 명령하여 병력 5천과 전선 백 척을 거느리고 하구로 가서 그곳을 지키며 능통을 피하라고 했다. 감녕은 고맙다 절하고 군사를 거느리고 하구로 떠났다.

한편 손권은 능통을 승렬도위(丞烈都尉)로 승진시켜 주어 능통은 원한을 품은 채 일단 복수를 단념하게 됐다.

이리하여 동오에서는 이때부터 전선을 대규모로 만들고 군사를 분배해서 장강 연안을 든든히 방비했다. 한편 손정(孫靜)에게는 1대를 인솔하고 오군(吳郡)을 지키도록 하고, 손권 자신은 대군을 거느리고 시상현(柴桑縣)에 주둔하고, 주유는 연일 파양호(鄱陽湖)에서 수군을 훈련하여 적군의 공격에 대비하고 있었다.

이야기는 두 갈래로 갈라져서, 현덕은 사람을 파견해서 강동의 소식을 탐지하고 있었는데, 돌아와서 보고하는 말이 동오에서는 이미 황조를 죽였고, 현재 시상현에 병사를 주둔시키고 있다고 하니 곧 공명과 대책을 강구했다.

한창 둘이 이야기를 하고 있는데, 갑자기 유표가 사람을 파견하여 현덕더러 상의할 일이 있으니 형주까지 오라는 것이었다.

공명이 말했다.

"이것은 반드시 강동이 황조를 격파했기 때문에 주공님을 청해다 놓고, 복수할 계책을 상의하자는 것입니다. 이 공명이 주공님과 동행해서 눈치껏 좋은 계책을 생각해 보겠습니다."

현덕은 관운장에게 자기 없는 동안에 신야를 잘 지켜 달라

부탁하고, 장비에게 병사 5백을 거느리고 함께 따라가도록 명
령하여 형주로 향했다. 말을 몰면서 현덕이 물었다.

"유표를 만나게 되면 어떻게 대답을 하면 좋겠소?"

공명이 대답했다.

"우선 양양에서 있었던 일을 사과하셔야 합니다. 강동을 토
벌하러 나서자는 일이라면 결코 승낙하시면 안 됩니다. 신야
로 돌아와서 군사를 정돈하겠다고만 대답해 두시면 됩니다."

현덕은 그 말대로 하기로 하고, 형주에 도착하여 관역(館
驛)에 자리잡고 나서 장비의 군사를 성 밖에 머물러 두고, 현
덕은 공명과 함께 성 안으로 들어가서 유표를 만나 봤다. 인
사가 끝나자, 현덕이 섬돌 아래 꿇어앉아 사과했더니, 유표가
당황하여 말했다.

"우리 아우님이 해를 입은 사실을 나는 이미 잘 알고 있소.
그 당시에는 채모의 목을 베어서 아우님께 바치려고 했더니,
여러 사람들이 용서해 주라고 하기에 우선 용서해 준 것이니,
아우님은 과히 꾸지람하지 마시오."

"채장군에게 죄가 있을 리 없습니다. 모두 아랫사람들이 저
지른 노릇인가 합니다."

"이번에는 강하가 싸움에 패하고 황조를 희생당했기 때문에
복수의 계책을 상의하고자 오시라고 한 것이오."

"황조는 성품이 거칠고 사람을 잘 쓰지 못했기 때문에 이런
화를 입게 된 것입니다. 그런데 지금 남정(南征)의 군사를 일
으켰다가 조조가 북쪽에서 습격해 오기라도 한다면 어찌 하시
렵니까?"

"나는 이제 몸은 늙고 병이 많아서 일을 잘 보기가 어려우

니 아우님이 와서 좀 도와 주시오. 내가 죽은 다음에는 아우님이 눌러앉아 이 형주의 주인이 되어 주시고."

"무슨 말씀이십니까? 이 유현덕이 어찌 그런 중임을 감당해 내겠습니까?"

이때 공명이 꿈쩍하고 눈짓을 하니 현덕이 말하기를,

"서서히 좋은 대책을 생각해 보도록 하겠습니다."

하고는 그대로 자리를 물러나 관역으로 돌아왔다.

공명이 물었다.

"유공이 형주를 주공님께 주시겠다 하는데, 어째서 거절하셨습니까?"

"나는 유공의 은혜를 많이 입었고 신세도 졌는데, 어찌 그가 위태로운 기회를 노려서 땅을 뺏을 수 있겠소?"

공명이 감탄해서 말했다.

"정말로 인자하신 주군이십니다!"

이런 이야기를 주고받고 할 때, 홀연 형주의 공자(公子) 유기(劉琦)가 찾아왔다. 현덕이 안으로 맞아들였더니 유기는 눈물을 흘리며 현덕의 앞에 꿇어앉았다.

"저는 계모에게 미움을 받아서 언제 죽을지도 모릅니다. 바라건대 숙부님께서 불쌍히 여기시고 구해 주십시오."

"그것은 조카님의 집안 일인데, 나에게 말하시면 어찌하겠소?"

공명이 미소를 띠고 있는지라, 현덕은 공명에게 대책을 물어 봤다. 그랬더니 공명이 대답했다.

"이것은 남의 집안일이니, 이 공명이 이러쿵저러쿵 할 수 없습니다."

한참만에 현덕은 유기를 전송해 주면서 귀에 대고 몇 마디를 속삭여 주었다. 그것은 내일 공명을 자기 대신 답례차 보낼 테니 그때에 어떻게 어떻게 하면 공명이 반드시 좋은 방법을 가르쳐 주리라는 귀띔이었다.

그 이튿날 현덕은 배가 아프다는 핑계를 하고 공명을 대신 보내서 답례를 하게 됐다. 공명이 공자댁 앞에서 말을 내리자 공자는 후당으로 모셔들여 차를 권했다. 유기가 말했다.

"저는 계모와 뜻이 맞지 않아서 난처한 입장에 있사오니, 선생의 말씀 한 마디로 구해 주신다면 다행하겠습니다."

"이 제갈양은 손님으로 이곳에 들른 사람이니 어찌 남의 집 안 골육지사(骨肉之事)에 상관하겠습니까? 만일 누설이 되는 날에는 해로움이 이만저만이 아닐 것입니다."

공명이 자리를 떠서 작별 인사를 했더니 유기가 붙잡았다.

"이처럼 왕림해 주셨는데, 어찌 아무 대접도 못한 채 돌아가시게 할 수 있겠습니까?"

공명은 다시 자리에 주저앉았고, 유기는 공명을 밀실로 안내해서 함께 술을 마셨다. 술을 마시면서 유기가 또 말을 꺼냈다.

"계모와는 뜻이 맞지 않아서 난처하오니 선생님의 한 마디 말씀으로 저를 구해 주실 수 있다면 다행하겠습니다."

"이는 제갈양이 감히 꾀를 짜낼 일이 아닙니다."

작별 인사를 하고 돌아서려 했더니 유기가 또,

"선생님께서 말씀하시지 않는다면 그뿐이지 이렇게 급히 돌아가실 것까지야 없지 않습니까?"

하니 공명은 다시 자리에 주저앉았다.

"저에게는 고서(古書)가 한 가지 있는데, 선생께서 좀 봐 주십시오."

공명을 데리고 한 군데 소루(小樓)로 올라갔다. 공명이 물었다.

"책은 어디 있습니까?"

유기가 절하고 울먹였다.

"계모의 눈밖에 나서 저의 목숨은 경각에 달렸습니다. 선생께서는 그래도 저를 구해 주실 말씀을 못해 주시겠습니까?"

공명은 정색을 하고 일어서더니 그대로 아래층으로 내려가려고 했다. 그러나 이때 이미 사다리를 어디로 가져가 버리고 없었다.

유기가 또 호소했다.

"선생께서는 누설될 것을 겁내시고 말씀해 주시지 않는데, 이곳은 하늘로도 통할 수 없고 땅으로도 내려갈 수 없는 곳입니다. 선생님의 말씀은 단지 저의 귀에만 들어올 것이니 말씀해 주십시오."

그러나 공명은 막무가내, 시종여일 남의 집안일에 자기가 관여할 바 아니라고만 고집했다.

유기는 하다 못해서 칼을 뽑아 들고 자기 목을 베려고 했다. 공명은 그것을 말리면서 그제야 계책을 말해 주는 것이었다.

"지금 황조는 쓰러졌고, 강하의 수비가 소홀해졌으니, 이 기회에 그곳으로 주둔하시도록 왜 위에 말씀드리지 않으십니까? 그렇게 하시면 화를 피하실 수 있을 것입니다."

유기는 그제야 사닥다리를 가져오게 해서 공명을 전송했다. 공명이 돌아와서 이런 사연을 현덕에게 말했더니 현덕도 대단히 기뻐했다.

그 이튿날, 유기가 강하를 지키러 그곳으로 가고 싶단 말을 꺼내니, 유표는 결정을 못하고 망설이다가 결국 현덕을 청해서 이 문제를 상의했다. 현덕이 강하 수비의 중요성을 역설하고 유기를 파견하도록 극력 권고했음을 두말 할 것도 없는 일이다.

현덕은 곧 신야로 돌아왔고, 유기는 군사 3천을 거느리고 강하를 수비하러 떠났다.

한편, 조조는 삼공(三公)이라는 직책도 없애 버리고, 자신이 승상으로서 겸임을 하고 모개(毛玠)를 동조연(東曹掾), 최염(崔琰)을 서조연(西曹掾), 사마의(司馬懿)를 문학연(文學掾)을 삼았다. 사마의는 자를 중달(仲達)이라 하며 하내군(河內郡) 온현(溫縣)사람으로서 영천(穎川) 태수 사마전(司馬雋)의 손자요, 경조윤(京兆尹) 사마방(司馬防)의 아들이요, 주부(主簿) 사마랑(司馬朗)의 아우이다.

이렇게 인재들을 문관으로 삼고, 한편으로 무장들을 소집하여 남정(南征)할 일을 상의했더니, 하후돈이 신야에 있는 유현덕을 그대로 둔다는 것은 나중에 화근이 될 것이니 시급히 토벌하자는 것이었다.

조조는 당장에 하후돈을 도독에 임명하고, 이전·우금·하후란(夏侯蘭)·한호(韓浩)를 부장으로 삼아서 군사 10만을 거느리고 박망성(博望城)으로 진출하여 신야의 동정을 엿보도록 명령했다.

이때, 순욱이 나서면서 반대했다. 그 이유는 현덕도 영웅이지만, 근래에 그에게는 제갈양이라는 군사가 있으니 경솔히 처사해서는 안 된다는 것이었다. 그러나 하후돈은,

"그따위 유현덕 하나쯤야, 내가 산채로 잡아오리다!"
하고 고집을 부렸다. 그러나 서서는 절대로 유현덕을 경시해서는 안 되며, 그에게 제갈양이라는 보좌의 인물이 있다는 것은 호랑이에게 날개를 돋친 것과 같은 사실이라고 역설했다. 그랬더니, 조조가 물었다.

"제갈양이란 도대체 어떤 인물이오?"

"자를 공명이라 하며, 도호(道號)를 와룡선생이라고 합니다. 경천위지(經天緯地)의 재간과 귀신도 맘대로 주무르는 계교를 지니고 있는 당대의 기사(奇士)이니 얕잡아 봐서는 안 됩니다."

"공과 비교한다면 어느 정도요?"

"어찌 감히 서서가 제갈양과 비길 수 있겠습니까? 서서를 반딧불이라고 한다면 제갈양은 밝은 달만큼이나 빛나는 존재입니다."

하후돈이 말하고 나섰다.

"원직(서서)의 말은 틀렸소. 내가 보건대 제갈양 따위는 초개와 같은 존재일 뿐이오. 뭣이 두렵겠소! 내 단번에 현덕과 제갈양을 산채로 잡아서 그 수급을 승상께 올리리다."

조조가 분부를 내렸다.

"빨리 첩보를 전해서 내 마음을 위로해 주기 바라오."

하후돈은 분연히 조조의 앞을 물러나 군사를 거느리고 떠나갔다.

현덕은 공명을 맞아들인 다음부터 마치 스승을 섬기듯 대해 왔는데, 관운장과 장비는 그것을 못마땅하게 여기고 있었다.

학문도 그다지 대단할 리도 없으며, 또 우리를 위해서 무슨 일을 힘써서 봐 준 일도 없는 사람을 너무 떠받들 필요가 없다는 것이 그들 두 사람의 주장이었다.

"내가 공명을 얻은 것은 마치 물고기가 물을 얻은 거나 마찬가지니 자네들이 이러쿵저러쿵 말할 일이 아닐세!"

유현덕이 이렇게 상대도 하지 않으니 관운장과 장비는 시무룩해서 자리를 물러나고 말았다.

하루는 어떤 사람이 검정소의 꼬리털을 현덕에게 보내 왔다. 현덕은 그것으로 손수 모자를 짜고 있었는데, 공명이 들어오더니 그것을 보고 정색을 했다.

"주공님! 원대한 뜻은 어떻게 하시고, 이런 시시한 일을 하고 계십니까?"

현덕이 짜던 모자를 땅에 던지며 사과했다.

"하도 심심해서 이것으로써 답답한 시름을 잊어 볼까 한 것이오."

"주공께서는 자신을 조조와 비교하시어 어떻게 생각하십니까?"

"그를 따를 수 없소."

"주공님의 군사는 불과 수천 명이온데, 만일에 조조의 군사가 쳐들어오면 무엇으로 막아내실 작정이십니까?"

"나도 이 일 때문에 근심 걱정을 하고 있는데 아직도 좋은 대책을 세우지 못하고 있소."

"시급히 민병(民兵)을 모집하십시오. 이 제갈양이 친히 가르쳐서 적을 막아내도록 하겠습니다."

현덕은 드디어 신야의 백성들 가운데서 군사를 3천 명이나 얻게 되어, 공명이 조석으로 그들에게 진법(陣法)을 교련했다.

그런데 갑자기 조조가 하후돈을 내세워서 10만 대군을 거느리고 신야로 쳐들어온다는 정보가 날아들었다. 이 소식을 알게 된 장비가 관운장에게 말했다.

"어디 이번에는 제갈공명더러 나가서 적과 맞서보라고 하면
될 게 아니오?"

이런 말을 하고 있을 때, 현덕이 두 사람을 불러들였다.

"하후돈이 군사를 거느리고 공격해 온다는데 어떻게 하면
좋겠나?"

그러나 관운장과 장비는 시무룩한 표정을 하고 만사를 공명
에게다 밀 뿐이었다. 현덕이 또 타일렀다.

"지모에선 공명을 믿고, 용맹에선 자네들을 믿는데, 그렇게
남에게 밀기만 하면 일이 되겠나!"

관운장과 장비가 물러난 다음에 현덕은 공명을 불러들여서
대책을 강구했다. 공명이 말했다.

"관운장과 장비 두 사람이 이 제갈양의 명령을 듣지 않을까
걱정스럽습니다. 주공께서 만약에 제갈양에게 행병(行兵)하라
신다면 검인(劍印)을 빌려 주시기 바랍니다."

현덕은 그 자리에서 검인을 공명에게 빌려 주었고, 공명은
명령을 전달하려고 여러 장수들을 소집했다.

이때, 장비가 관운장에게 말했다.

"어떻게 하려는 셈인지, 어디 가서 한번 들어보기나 합시다."

공명이 계책을 말했다.

"박망(博望) 왼쪽에 예산(豫山)이란 산이 있고, 오른쪽에
안림(安林)이라는 숲이 있는데, 다같이 군사를 매복시키기 좋
은 곳이오. 운장은 군사 1천 명을 거느리고 예산에 매복했다
가 적군이 나타나거든 못본 체하고 내버려두고 싸우지 마시
오. 치중양초(輜重糧草)가 반드시 뒤를 따라올 것이니 남쪽에
불길이 뻗쳐오르거든 곧 달려들어서 적의 군량차에 불을 지르

시오. 장비는 군사 1천을 거느리고 안림 배후에 있는 산골짜기에 매복해 있다가, 남쪽에서 불길이 이는 것을 보거든 곧 달려나와서 박망성에 있는 군량 둔적처(屯積處)에다 불을 질러 태워 버리시오. 관평·유봉은 군사 5백 명을 거느리고 인화물을 준비해 가지고 박망파 뒤에 양쪽으로 갈라져서 대기하고 있다가 초경이 되어서 적군이 나타나면 곧 불을 지르시오."

또 번성에서 조자룡을 돌아오게 해서 선봉을 서도록 명령하고 싸움에 이기지 말고 지는 체만 하고 뒤로 물러서라고 지시했다.

그리고 유현덕에게는 1대를 거느리고 후군의 책임을 지도록 했다. 그랬더니, 관운장은 어째서 모든 사람을 싸움터로 내보내고 공명 한 사람만이 남아 있느냐고 불평이 만만했으며, 장비도 남은 모조리 싸움판으로 몰고 자기 혼자만이 편안히 남아 있자는 수작이라고 공명의 지시를 못마땅하게 여겼다. 그러나 공명은 분연히 위엄 있는 음성으로 말했다.

"검인이 여기 있으니 복종하지 않는 자는 목을 베는 것뿐이오!"

현덕이 덧붙였다.

"'군장(軍帳) 가운데서 일을 교묘하게 꾸미고, 천리 밖에 나가서 승부를 결한다(運籌帷幄之中, 決勝千里之外).'는 말도 못 들었나? 두 아우는 명령에 어긋나서는 안 되오."

이 말을 듣고 장비는 냉소했으며, 관운장은 이렇게 말했다.

"어쨌든 제갈양의 계책이 뭣인지 한번 보세. 그때 가서 다시 따져도 늦지는 않을 테니."

관운장과 장비뿐만이 아니라, 사실 다른 여러 장수들도 제갈양의 지모가 과연 어느 정도의 성과를 거둘는지 지극히 의 아스런 마음을 품고 있었다.

그러나 공명은 유현덕에게 또 이런 말을 했다.

"주공께서는 오늘 중으로 박망산 기슭에 진을 치고 계십시오. 내일 저녁때면 적군이 반드시 나타날 것이니, 그때에는 진지를 버리고 후퇴하셨다가 불길이 일어나는 것을 보시거든, 그 즉시 진지로 되돌아가셔서 적을 무찔러 주십시오. 제갈양은 미축·미방과 군사 5백 명을 거느리고 이 성을 지키고, 손건·간옹에게는 축하의 잔치나 마련하도록 하고 공로자의 명단이나 만들면서 주공이 돌아오시기를 기다리게 하겠습니다."

모든 배치가 끝났다. 현덕 자신도 의혹을 품고 망설일 지경이었다.

한편, 하후돈은 우금과 군사를 거느리고 박망에 도착했는데, 정병을 선봉으로 내세우고 나머지 군사는 모조리 군량을 호위케 하고 진군해 왔다.

박망파 앞까지 와서 진주로 나선 하후돈은 현덕의 군사들이 접근해 오는 것을 보자, 껄껄대고 웃기만 할 뿐이었다. 옆에서 웃는 까닭을 물으니 하후돈이 대답했다.

"서원직은 승상 앞에서 제갈양이 귀신도 맘대로 주무른다고 하더니, 저따위 군사들을 선봉에 내세워서 우리와 대결하려 들다니 어디 될 말이오? 이는 마치 개나 양을 호랑이 앞에 내세우는 거나 마찬가지요! 나는 승상께 유현덕과 제갈양을 산채로 잡아가지고 가겠다 했더니, 꼭 내 말대로 되고야 말 것이오!"

저편에서 조자룡이 나오는 것을 보자, 하후돈은 또 호통을 치며 매도했다.

"네놈들이 유현덕을 따르는 것은 마치 고혼(孤魂)이 귀신을 따르고 있는 것과 같구나!"

조자룡은 격분을 참지 못하고 말을 달려 덤벼들었다. 두 필의 말이 맞부딪쳐서 몇 합을 싸우다가 조자룡은 감당할 수 없는 체하고 달아났다. 하후돈이 말을 몰아 추격하자, 조자룡은 10리쯤 달아나서 다시 말머리를 돌려서 잠시 싸우다가 또 달아났다.

한호가 뒤쫓아오더니 하후돈에게 말했다.

"조자룡은 우리 편을 유인하려는 것 같습니다. 복병이 있을지도 모릅니다."

그러나 하후돈은 그런 말에는 귀도 기울이지 않고 단숨에 박망파까지 달려들어갔다. 이때, 포 소리가 한번 일어나더니 현덕이 군사를 몰고 달려들어 조자룡을 대신하여 앞을 가로막았다. 하후돈은 그것도 대수롭게 여기지 않고 그날밤 중에 신야까지 쳐들어갈 기세로 그대로 밀고 나갔으며, 현덕과 조자룡은 패하여 달아나기만 했다.

밤이 되면서 바람이 사납게 불었다.

하후돈은 앞장을 서서 맹렬히 추격하고, 우금·이전이 뒤를 따르며 갈대가 무성한 산곡간에 이르렀다.

이전이 조심스럽게 말했다.

"적군을 우습게 여기는 자는 반드시 싸움에 패하는 법이오. 산과 강이 접근해 있고, 수목이 울창하니 만약에 적군이 불이라도 지른다면 어떻게 한단 말이오?"

우금이 동조하고 나섰다.

"그 말이 옳소. 내가 앞으로 가서 도독에게 말씀드릴 테니, 그대는 후군을 멈추도록 해주시오."

이전은 그 즉시 말머리를 돌리고,

"후군은 멈추어라!"

하며 큰 소리로 외쳤다. 그러나 노도 같은 기세로 밀려오는 인마는 좀처럼 멈추려 들지 않았다.

우금은 목청이 터지게 고함을 질렀다.

"전군의 도독님! 잠시 군사를 멈추도록 하십시오!"

고함을 지르면서 말을 여전히 앞으로 몰았다.

하후돈은 영문도 모르고 의기양양해서 앞으로만 달리고 있었는데, 우금이 쫓아 온 것을 보고 대뜸 무슨 일이냐고 물었다.

우금이 제안했다.

"앞으로 그대로 나가시면 길이 좁고, 산과 강이 임박해 있으며, 수목이 울창합니다. 화공(火攻)을 조심하셔야 합니다!"

하후돈은 그 말을 듣고야 퍼뜩 깨닫는 바 있었다. 시간을 지체치 않고 말머리를 돌려 군사에게 진군을 정지하라는 명령을 내렸다.

바로 이 순간에 이상하게도 뒤쪽에서 요란스런 고함소리가 일어나며 불길이 치밀어오르더니 양편 갈대 숲으로 퍼져 나갔다.

사나운 바람에 불길은 미친 듯이 휘몰아쳤으며 조조 편의 군사들은 일대 혼란 속에 빠져서 제편 사람을 짓밟으면서 도주할 길을 찾기에 바빴다. 무수한 인마가 순식간에 죽어 자빠졌다.

그 광경을 목격하자 조자룡은 유유히 부하를 거느리고 진지로 돌아왔으며, 하후돈은 연기와 불 속을 헤치고 간신히 목숨만 건졌다.

이전은 사태가 불리함을 깨닫자, 황망히 박망성으로 도망치려고 했으나, 앞길에는 훤한 불빛 속에서 가로막고 나서는 1대의 군사들이 있었다.

선두에 나서며 버티는 것은 관운장.

이전과 우금은 결국 자기 편 군량이 불 속에 타 버리는 광경을 확인하고, 쥐구멍을 찾아서 간신히 도주했다. 하후돈과 한호는 군량을 건져내 볼까 하고 달려 들었지만, 장비의 한칼에 하후돈은 말 위에서 나둥그러 떨어졌으며, 한호는 가까스로 몸을 피했을 뿐이었다.

날이 훤히 밝아올 무렵까지 양군이 격전을 계속하고 나서 피차간에 군사를 철수했을 때에는, 인마의 죽어 넘어진 것이 벌판을 뒤덮고, 피가 강물처럼 흘렀다. 하후돈은 패잔병을 수습해 가지고 허창으로 되돌아갔다.

"공명은 과연 영걸(英傑)이다!"

관운장과 장비가 감탄하여 돌아오고 있을 때, 미축·미방이 군사를 거느리고 조그마한 수레 한 채를 밀고 오는 것이었다.

그 수레에 타고 있는 것은 바로 공명이었다. 관운장도, 장비도, 말을 내려서 그 수레 앞에 꿇어앉지 않을 수 없었다.

현으로 돌아와서, 공명은 현덕에게 이런 말을 했다.

"하후돈은 도망쳤지만, 이번에는 조조가 친히 대군을 거느리고 쳐들어올 것입니다."

"그렇게 되면 어찌하면 좋겠소?"

"이 제갈양에게 또 한 가지 계책이 있습니다. 조조의 군사와 대결할 수 있습니다."

이야말로 적군을 격파하고 숨도 채 돌리기 전에 도망쳐 간 병사는 또다른 궁리를 하게 되는 판이다.

40. 불과 물로 싸우다

蔡 夫 人 議 獻 荊 州
諸 葛 亮 火 燒 新 野

유현덕은 조조의 군사를 물리칠 대책을 제갈공명과 더불어 협의하게 됐다.

공명이 의견을 말했다.

"신야는 작은 현으로서 오래 머물러 계실 곳이 못 됩니다. 요즈음 유표는 병세가 위독하여 언제 어떻게 될지 모르는 형편이라 하오니, 이번 기회에 형주를 수중에 넣으셔서 근거지를 만드시면 조조를 막아내기도 무난하리라고 생각됩니다."

"공의 말씀이 좋기는 하지만, 이 유현덕은 유공에게 가지가지 은혜를 입은 몸으로서 도저히 그런 일은 못하겠소."

"이때에 형주를 수중에 넣지 않으시면 후회막급이십니다."

"나는 죽는 한이 있다손치더라도 의리에 벗어나는 짓은 못하겠소."

"정 그러시다면 다시 상의하기로 하십시다."

한편에서는 싸움에 보기좋게 고배를 마시고 허창으로 돌아온 하후돈이 자기 스스로 몸뚱이를 꽁꽁 묶어 가지고 조조와 대면하고는 땅에 꿇어 엎드려서 사죄(死罪)을 내려 달라고 했다.

조조는 그래도 관대한 마음으로 묶은 것을 풀어 주었다. 하후돈이 말했다.

"제갈공명의 계책에 빠져서 화공을 당하게 되어 패하고 말 았습니다."

"소시적부터 싸움터에 많이 나가 본 그대가 산골짜기로 쳐 들어가서, 화공을 조심해야 한다는 것쯤을 예측하지 못했을 리 없었을 텐데……. 어쩐 일이오?"

"우금과 이전이 미리 깨닫고 알려 주었습니다만, 그때에는 이미 시기가 늦었습니다."

조조는 이전·우금 두 사람에게 은상(恩賞)을 베풀었다. 하 후돈이 계속해서 말했다.

"유현덕이 이렇게 설치고 나선다면 실로 복심지환(腹心之 患)이 아닐 수 없습니다. 불가불 시급히 제거해야겠습니다."

"나도 마음에 늘 걸리는 것은 유현덕과 손권이오. 그 나머 지야 개의할 만한 것이 못 되오. 이번 기회에 강남을 소탕해 버려야겠다."

조조는 당장에 50만 대군을 소집했다.

그 50만 대군을 다시 5대로 나누었다.

제1대 — 조인·조홍

제2대 — 장요·장합

제3대 — 하후연·하후돈

제4대 — 우금·이전

제5대 — 조조

이렇게 조조는 친히 제5대가 되어서 각대에 병력 10만씩 배치하고, 한편 허저를 절충장군(折衝將軍)에 임명하여 병력 3천을 거느리고 선봉에 나서도록 명령하고, 건안 13년(208

년) 가을, 7월 병오일(丙午日)에 군사를 출동시키기로 했다.

태중대부(太中大夫) 공융이 말했다.

"유현덕이나 유표는 다같이 한나라 왕실의 종친이니 경솔히 토벌한다는 것은 좋지 못합니다. 또 손권으로 말하더라도, 6군(郡)을 손에 넣고 있으며, 대강의 요새지대에 의지해 있으니, 쉽사리 탈취하기는 어렵습니다. 이번에 이렇게 명분도 서지 않는 싸움을 일으키신다는 것은 천하의 인망을 상실하시는 일이 될 것입니다."

조조는 이런 권고의 말을 듣더니 노발대발하여,

"유현덕·유표·손권은 모두 역적인데 토벌하지 않고 어찌겠소!"

하며 호통을 쳐서 공융을 물러가게 했다. 그리고 만약에 거듭 간언을 하는 자가 있으면 반드시 목을 베겠다고 펄펄 뛰었다.

공융은 승상부를 나와서,

"불인(不仁)으로써 지인(至仁)을 토벌하려 드니 어찌 패하지 않을소냐?"

하고 안타까운 심정을 어찌해야 좋을지 몰라 하늘을 우러러 탄식했다.

이때, 어사대부(御史大夫) 극려(郤廬)의 가객(家客)이 중얼거리는 공융의 말을 듣고 극려에게 알렸다. 극려는 평소에 공융에게 업신여김을 받고 내심 원한을 품고 있던 차인지라 대뜸 이런 사실을 조조에게 고해 바치고 덧붙여서 이렇게 말했다.

"공융이란 자는 요즈음 무슨 일에나 승상을 멸시하고 있으며, 또 예형(禰衡)과 절친하게 왕래하고 있습니다. 예형이 공융을 가리켜 '안회(顔回)가 되살아났다.'고까지 말하고 있습니다. 먼젓번에 예형이 승상께 괘씸한 언사를 올렸던 것도 모두 공융의 탓입니다.”

조조는 화가 치밀어서 정위(廷尉)에게 명령하여 공융을 잡아들이도록 했다.

공융에게는 두 아들이 있는데 아직 나이가 어렸으며, 이때 집안에서 바둑을 두고 있었다.

좌우의 사람들이 두 아들을 보고,

“존군(尊君)께서 정위에게 붙잡혀 가시게 되어 참(斬)을 당하신다 하는데, 두 분 공자께서는 어찌하여 빨리 몸을 피하지 않으십니까?”

두 아들이 말했다.

“둥우리가 부서졌는데 알인들 탈없이 있을 수 있겠습니까?”

이 말이 채 끝나기도 전에 정위가 달려들어 가족을 모조리 붙잡아서, 두 아들은 말할 것도 없고, 온 집안 사람을 깡그리 목을 베고, 공융의 시체를 장터에 동댕이쳐서 구경거리를 만들었다.

그랬더니 경조(京兆)의 지습(脂習)이 공융의 시체를 붙들고 통곡을 했다.

이 소식을 알게 된 조조는 격분을 참지 못하고 지습까지 죽여 버리려고 했다.

이때 순욱이 말렸다.

“지습은 평소에도 공융을 충고해 왔다는 말을 들었습니다. ‘공은 성격이 지나치게 강직해서 그것이 화근이 될 것이요.’ 하고 충고해 왔다고 합니다. 또 오늘은 공융의 죽음 앞에 통곡하는 것은 의리를 아는 사람이라고 하겠습니다. 그를 죽여서는 안 됩니다."

　조조는 지습을 죽일 생각을 단념했다. 지습은 공융 부자의 시체와 수급을 거두어서 모두 매장했다. 뒷 사람이 공융을 찬양하는 다음과 같은 시구가 있다.

　공융은 북해에서 살며,
　그 호탕한 기개, 무지개를 꿰뚫을 듯했다.
　좌상에는 항시 손이 가득 찼고,
　독 속에는 언제나 술을 비우지 않았다.
　문장은 세속을 놀라게 했고,
　웃고 떠들면 왕공도 대단하게 생각지 않았다.
　역사의 붓이 그의 충성되고 강직함을 칭찬하고,
　벼슬은 대중으로 기록되어 남아 있다.

　　孔融居北海　豪氣貫長虹
　　坐上客常滿　樽中酒不空
　　文章驚世俗　談笑侮王公
　　史筆褒忠直　存官紀大中

　조조는 공융을 죽이고 나서 5대의 군사들을 차례차례 출동하도록 명령하고, 순욱을 남겨 두어 허창을 지키도록 했다.
　형주에 있는 유표는 병세가 위독해져서 사람을 보내어 현덕을 청해다가 뒷일을 부탁하려고 했다.
　현덕은 관운장과 장비를 함께 데리고 형주로 가서 유표를 만났다. 유표가 현덕에게 당부했다.

"나의 병은 이미 약으로 고칠 수 없는 지경에 이르렀으니 오래지 않아서 죽을 것이오. 아우님에게 아들놈들 일을 잘 부탁하오. 내 아들놈은 아무 재간도 없는 놈이라서 아비의 사업을 계승하지 못할 것이오. 내가 죽은 다음에는 아우님이 이 형주를 맡아서 다스려 주시오."

현덕은 울면서 그 앞에 절했다.

"이 현덕이 전심전력을 다하여 조카를 돕는 일뿐 어찌 감히 다른 마음이야 있겠습니까?"

이때, 마침 조조가 대군을 거느리고 쳐들어온다는 정보가 날아들었다. 현덕은 경각을 지체치 않고 유표의 앞을 물러나 신야로 달려왔다.

유표는 병상에서 이런 소식을 듣고 대경실색하고 유서를 썼는데 현덕을 보좌역으로 삼고, 유기(劉琦)에게 형주의 주인이 되라고 했다.

채부인은 이 소식을 알자 격분했다. 관저의 안문을 잠가 버리고 채모·장윤에게 명령하여 바깥문도 단단히 방비하도록 했다.

이때, 유기는 강하에서 부친의 병세가 위독한 줄 알고 형주로 병문안차 달려왔더니, 바깥문에서 채모가 가로막으며 말하는 것이었다.

"공자께서는 부친의 명령을 받으시고 강하를 지키고 계시니 그 책임이 심히 중하십니다. 이제 함부로 수비의 직책을 떠나셨으니 만약에 동오의 군사가 쳐들어온다면 어찌 하실 작정이십니까? 만약에 안에 들어가셔서 주공님을 만나 뵙는다면 반드시 역정을 내실 겁니다. 병세가 더 위독해지시면 이는 효도의 길이 아니오니 시급히 돌아가십시오."

유기는 문 밖에 서서 한바탕 통곡을 했다. 다시 말을 타고 강하로 돌아가는 수밖에 없었다. 유표는 병세가 점점 더 위독해져서 고대하던 유기를 만나 보지도 못하고, 8월 무신일(戊申日)에 큰 소리를 몇 번 내지르고는 세상을 떠났다.

유표가 세상을 떠나자, 채부인은 채모·장윤과 협의하고 둘째아들 유종(劉琮)을 형주의 주인으로 삼으라는 가짜 유언장을 만들어 가지고 목청을 뽑아 슬피 울면서 초상난 것을 알렸다.

이때 유종은 겨우 열네 살.

그러나 매우 총명했다. 여러 사람을 모아 놓고 말했다.

"부친께서는 세상을 떠나셨지만, 지금 형님이 강하에 계시고, 또 아저씨 유현덕이 신야에 계시오. 그대들은 지금 나를 주인으로 내세웠지만, 만약에 형님이나 아저씨께서 나의 버릇없는 짓을 꾸지람하시고 군사를 일으켜 쳐들어오신다면 뭐라고 변명할 수 있겠소?"

여러 사람들이 대답할 말을 찾고 있을 때, 막관(幕官) 이규(李珪)가 나섰다.

"공자의 말씀이 심히 옳은 말씀입니다. 이제 시급히 애서(哀書)를 강하로 보내서 대공자(大公子)께 형주의 주인으로 나서시라 청하고, 유장군께서도 나라일을 잘 돌봐 주시도록 부탁드리는 것이 지당하다고 생각합니다. 이렇게 되면 북으로는 조조를 막고, 남으로는 손권을 방비할 수도 있을 것이니, 이야말로 만전지책이라 생각합니다."

채모는 이런 의견을 호되게 꾸짖었다.

"그대는 누구인가? 감히 쓸데없는 소리를 해가지고 주공님이 유언하신 명령에 거역하겠단 건가!"

이규가 격분하여 매도했다.

"너야말로 안팎으로 음모를 꾸며 가지고, 유언 중의 명령이라 가칭하고 장자를 폐하고 어린 아들을 세워 형주·양양 9군을 넘겨다보고 채씨의 수중에 들어가도록 하자는 것이지! 돌아가신 주공의 영혼이 계시다면 반드시 네놈을 주멸하실 것이다!"

채모는 대로하여 호통을 쳤다. 좌우 사람들에게 명령하여 이규를 끌어내어 목을 베게 했다. 이규는 죽을 때까지 소리를 지르며 채모를 매도했다.

이리하여 채모는 유종을 형주의 주인으로 세우고, 채씨 일족은 형주의 군사를 분배하여 차지하고, 치중(治中) 등의(鄧義)와 별가(別駕) 유선(劉先)에게 명령하여 형주를 수비하게 하고, 채부인은 친히 유종과 함께 양양에 가서 주둔하고, 유기·유현덕의 침범에 대비하기로 했다.

유표의 시체를 양양성 동쪽 한양(漢陽)의 묘지에 매장했는데, 유기와 현덕에겐 통 알리지도 않았다.

유종이 양양에 도착하여 인마를 쉬게 하려고 하는데, 마침 조조가 대군을 거느리고 양양으로 향했다는 급보가 날아들었다. 유종은 대경실색하여 괴월과 채모를 불러 가지고 대책을 협의했더니, 동조연(東曹掾) 부손(傅巽)이 나서서 말했다.

"조조가 쳐들어오는 것만이 근심스러운 일이 아닙니다. 지금 대공자(유기)께서는 강하에 계시고, 유현덕은 신야에 버티고 있습니다. 이편에서는 초상난 소식도 전해드리지 않았습니다. 만약에 저편에서 군사를 몰고 쳐들어온다면 형주·양양도 위태로울 것입니다. 이 부손에게 한 가지 계책이 있사온데, 능

히 형주·양양의 백성을 태산같이 편안하게 하고 또 주공님의
명작(名爵)을 보전할 수 있을 것입니다.”

유종이 물었다.

“그 계책이란 어떻게 하는 것이오?”

“형주와 양양 9군을 조조에게 바치느니만 같지 못합니다. 그
렇게 하면 조조는 반드시 주공님을 정중히 대우하실 것입니다.”

채모가 꾸짖었다.

“그게 무슨 말이오? 내 선군(先君)의 기업(基業)을 계승하
여 아직 자리도 잡지 못했는데 어찌 이것을 남에게 내주겠소?”

괴월이 말했다.

“부공(傅公)의 말씀이 지당하다고 생각됩니다. 역(逆)이든
순(順)이든간에 모두 대체(大體)라는 것이 있고, 강약(强弱)
에도 정세(定勢)라는 것이 있습니다. 이제 조조가 남정북벌
(南征北伐)을 하는 것은 조정이란 것을 명분으로 내세우는 노
릇인지라, 주공께서 이를 거역하심은 그 명분이 불순해지는
것입니다. 또 주공께서는 새로 서신 지 얼마 안 되어 외환이
시끄러운데 내우(內憂)마저 일어나고 있습니다. 형주·양양의
백성들은 조조의 군사가 쳐들어온다는 말을 듣게 되면 싸우기
도 전에 부들부들 떨 것이니 어찌 대적해 볼 수 있겠습니까?”

유종의 말이,

“제공의 말은 모두 좋은 말이오. 내가 듣지 않겠다는 것은
아니오. 그러나 선군의 대업을 일조일석에 포기하여 남의 손
에 넘겨 둔다면 아마 천하의 웃음거리가 될 것이오.”

하고 채 끝나기도 전에 분연히 앞으로 나서며 말하는 사람이
있었다.

"부공·괴공의 말씀이 지당하온데 무엇을 주저하십니까?"

누군가 하고 보니, 그것은 산양군(山陽郡) 고평(高平) 사람, 성은 왕(王)이요, 이름은 찬(粲), 자를 중선(中宣)이라고 하는 사람이었다. 왕찬은 용모가 깡 말랐고 몸집이 작고 빈약했다. 어렸을 적에 중랑(中郎) 채옹(蔡邕)을 찾아간 일이 있었는데, 그때 자리에 꽉 차 있던 여러 명사들과 이야기를 하고 있던 채옹이, 왕찬이 찾아왔다는 말을 듣자 신을 거꾸로 신고 급히 뛰어나가 그를 영접했기 때문에, 빈객들이 모두 놀라서 이런 말을 한 적이 있었다.

"채중랑은 어째서 하필 이런 볼품없이 작은 아이에게 극진하신 걸까?"

채옹이 대답했다.

"이 아이는 이재(異才)를 지니고 있는 사람이오. 나도 그를 따르지 못하오."

왕찬은 견문이 넓고 기억력이 놀라운 점에서 그를 따를 만한 사람이 없었다. 어느 때는 길 옆에 서 있는 비문(碑文)을 한번 지나가며 슬쩍 보기만 했는데 당장에 외기도 했고, 남의 바둑 두는 것을 구경하다가 다 흐트러진 바둑판을 처음과 꼭 같이 하나도 틀리지 않게 벌여 놓은 일도 있었다. 또 산술을 잘했고, 문사(文詞)가 묘하기 이를 데 없었다. 17세에 황문시랑(黃門侍郎) 자리에 불려가게 됐으나 나가지 않았고, 그 후에 난을 피해 형주·양양으로 왔다가 유표에게 상빈의 대접을 받게 됐었다.

이날, 유종을 보고 물었다.

"장군은 스스로 조공(曹公)과 비교하셔서 어떻게 생각하십니까?"

유종이 대답했다.

"그를 당할 수 없소."

"조공은 군사가 세고 장수들이 용감하며 지모가 굉장합니다. 여포를 하비에서 옴쭉 못하게 했고, 원소를 관도(官渡)에서 무찌르며, 유현덕을 농석(隴石)으로 쫓아 버렸고 오환(烏桓)을 백등(白登)에서 격파했으며, 그가 소탕하고 진압한 자 부지기수입니다. 이제 대군을 거느리고 남쪽으로 쳐내려 형주·양양으로 대든다면 도저히 이를 대적하기는 어려운 형편입니다. 부·괴 두 분이 꾀하심이 장책(長策)이오니 장군께서는 망설이기만 하시다가는 반드시 후회하실 것입니다."

유종의 마음이 기울어지는 듯했다.

"모친께 한번 품하여 본 뒤에 정하겠소."

이때, 채부인이 병풍 뒤에서 나타나며 유종에게 말했다.

"세 분의 의견이 똑같으시다면 나에게 더 말할 게 뭐 있겠느냐?"

이리하여 유종은 마침내 결심을 하고 항서(降書)를 써서 송충(宋忠)에게 명령하여 비밀리에 조조의 진중으로 보내기로 했다.

명령을 받은 송충은 당장에 완성으로 가서 조조를 만나 보고 항서를 바쳤다. 조조는 크게 기뻐하며 송충에게 후히 상을 베풀고, 유종이 성 밖까지 나와서 영접하게 하면 길이 형주의 주인으로 있도록 하겠다고 분부했다.

송충이 조조의 앞을 물러나 형·양(荊襄)을 향하고 돌아가는 길인데, 한강을 건너려고 했을 때 난데없이 1대의 인마가 달려들었다. 자세히 보니 그것은 바로 관운장이었다.

"누구냐? 게 섰거라!"

도망칠 구멍을 찾으며 허둥지둥하던 송충은 관운장에게 잡히고야 말았다. 형주의 사정을 샅샅이 질문했다. 송충은 처음에는 어물어물해 넘기려고 했지만, 관운장의 힐문에 못 견디어 자초지종을 낱낱이 고해 바쳤다.

관운장은 대경실색, 송충을 잡아 가지고 신야로 가서 현덕 앞에 내세우고 이런 사실을 보고하게 했다.

현덕은 이런 사실을 알게 되자 심히 통곡했다. 장비가 말했다.

"이렇게 된 바에는 우선 송충의 목을 베고 군사를 동원하여 강을 건너 양양 땅을 빼앗아 가지고 채부인과 유종을 죽여 버린 다음에 조조와 싸워 보기로 합시다!"

"자네는 잠자코 있게. 내 다 생각해서 할 테니."

장비에게 이렇게 말하고 나서 송충을 향하여 꾸짖었다.

"그대는 여러 사람이 농간을 부리는 것을 알고도 어째서 나한테 빨리 알리지 않았단 말인가? 이제 그대의 목을 벤댔자 아무 이로운 일도 없으니, 빨리 물러가거라!"

송충은 고맙다 절하고, 쥐구멍을 찾듯이 뺑소니를 쳐 버렸다.

현덕이 근심걱정을 하고 있을 때, 마침 공자 유기가 이적(伊籍)을 보냈다는 소식이 들어왔다. 현덕은 먼젓번에 이적의 힘으로 죽음을 면하게 된 은혜를 항시 잊어버리지 않고 있었기 때문에, 섬돌 아래까지 내려와서 영접하고 거듭 그 당시의 고마움을 사례했다.

이적이 말했다.

"큰 공자님께서는 강하에 계시면서, 유형주(劉荊州)께서 이미 작고하시고, 채부인과 채모가 서로 짜고 초상난 소식도 전하지 않았으며, 결국 유종을 형주의 주인으로 세웠다는 사실을 아시게 됐습니다. 그래서 공자께서는 사람을 양양으로 파견하여 사실을 탐문해 보셨더니 틀림없었습니다. 유장군께서 모르고 계신가 해서 특히 이 이적을 보내셔서 부음(訃音)을 전해 드리도록 하신 겁니다. 또 유장군께서 휘하의 정병을 거느리고 함께 양양으로 가시어 문죄(問罪)토록 해주십사 하십니다."

현덕이 유기의 편지를 다 보고 나더니 이적에게 말했다.

"유종이 유기를 무시하고 형주의 주인으로 나섰다는 사실만 아시고, 이미 형주·양양 9군을 조조에게 바쳤다는 사실을 모르시는구려!"

이적이 대경실색했다.

"유장군께서는 그것을 어떻게 아십니까?"

현덕은 송충을 붙잡아 온 사실을 이야기해 주었다. 이적이 물었다.

"그렇다면, 유장군께서는 조상을 핑계로 하시고 양양으로 나가시어 유종이 영접하러 나오거든 붙잡으시고, 그 일당을 모조리 처치해 버리시면 형주를 수중에 넣으실 수 있지 않겠습니까?"

공명이 옆에서 말했다.

"이적의 말이 옳습니다. 주공께서는 그 말대로 하십시오."

현덕이 울먹였다.

"유표형이 임종시에 그 아들을 나에게 부탁했는데, 이제 만약에 그 아들을 잡아 놓고 그 땅을 빼앗는다면, 다음날 죽어서 구천에 가면 무슨 면목으로 유표형을 다시 대할 수 있겠소?"

"이렇게 하지 않고는 지금 조조의 군사가 이미 완성까지 와 있으니 어떻게 대적하시겠습니까?"

"번성으로 가서 몸을 피하느니만 같지 못하오."

이렇게 상의하고 있을 때, 탐마의 정보가 날아들었다. 조조의 군사가 이미 박망에 도착했다는 것이었다.

현덕은 당황하여 이적에게 강하로 돌아가서 군사를 정돈하도록 분부하고, 한편 공명과 적을 물리칠 계책을 상의했다.

"주공님께서는 마음을 턱 놓으십시오. 지난번에는 불로써 하후돈의 인마를 절반이나 태워 버렸는데, 이번에는 조조의 군사가 쳐들어오거든 또 한번 그들이 계교에 빠지도록 하십시다. 우리는 이미 신야에서는 견딜 수 없으니 시급히 번성으로 가는 게 좋겠습니다."

곧 성의 사방 문에다 방문을 써 붙여서 백성들에게 다음과 같이 알리도록 했다.

'남녀노소를 불문하고 우리를 따르기 원하는 자는 오늘 당장에 모두 우리를 따라서 번성으로 잠시 피할 것이며, 실수함이 없도록 하라.'

또 손건을 강변으로 파견하여 선박을 풀어 놓도록 해서 백성을 구제하고, 미축을 파견하여 여러 관리들의 가족을 번성까지 호송하도록 했다.

한편 여러 장수들을 모아 놓고 명령을 내렸다.

우선 관운장을 시켜서 1천 명의 군사를 거느리고 백하(白河) 상류에 매복하도록 하고 다음 같은 명령을 내렸다.

"각각 포대를 마련하여 모래를 많이 담아 가지고 백하의 물

을 막아 놓도록 하고 내일 3경이 지난 뒤에 강 하류에서 인마
의 아우성 소리가 들리나 주의하고 있다가, 급히 포대를 거두
어 내어 물줄기가 뻗쳐 내려가게 하고, 그 물줄기를 따라서
싸움에 응하도록 하게."

또 장비에게도 계책을 알렸다.

"군사 1천을 거느리고, 박릉(博陵)의 건널목에 숨어 있도록 하게.
그곳은 물줄기가 제일 느리게 흘러가는 곳이니까 조조의 군사
는 물에 떠내려가다가 반드시 이곳으로 피난을 할 것이니 이
때에 쳐부수도록 하게."

그 다음 조자룡에게 일렀다.

"3천의 군사를 4대로 나누어서 친히 1대를 거느리고 동문
밖에 숨어 있으면서, 다른 3대는 서·남·북 세 문에 나누어
매복시키고, 미리 성 안의 인가 지붕 꼭대기에 유황(硫黃)·
염초(焰硝) 등 인화물을 많이 얹어 두도록 하시오. 조조의 군
사가 성 안으로 들어오면 반드시 인가에서 쉬게 될 것이며,
내일 저녁 때쯤 해서 반드시 큰 바람이 일 것이오. 바람이 이
는 것을 보거든 그 즉시 서·남·북 3대에게 명령하여 화전
(火箭)을 일제히 성 안으로 쏘도록 하시오. 성 안에 불길이
맹렬히 일어나기를 기다려 성 밖에서는 함성을 올려 싸움을
거들게 하고, 동문만 틔워 놓아서 적군이 달아나도록 하시오.
그리고 조장군은 친히 동문 밖에서 적을 뒤로부터 습격하시
오. 날이 밝거든 관운장·장비 두 장수와 군사를 거두어 가지
고 번성으로 돌아오시오."

또, 미방·유봉 두 사람에게는 군사 2천 명을 거느리고, 절
반은 붉은 깃발, 절반은 푸른 깃발을 올리고 신야성 밖 20리

지점인 작미파(鵲尾坡)에 주둔하게 해서, 조조의 군사가 도착하는 즉시 홍기군(紅旗軍)이 왼쪽으로 가고, 청기군(靑旗軍)이 오른쪽으로 가게 하면 적군은 이상하게 생각하고 감히 추격을 못할 것이니, 그때에 미방과 유봉 두 사람은 양편으로 갈라져서 숨어 있다가 성 안에서 불길이 일어나는 것을 보거든 곧 적의 패잔병을 추격하여 몰살시켜 버린 다음에 다시 백하 상류로 달려와서 싸움에 응하도록 하라고 명령했다.

공명은 이렇게 모든 배치를 끝내자, 현덕과 함께 높은 곳에 올라가서 멀리 바라다보며 첩보가 돌아오기만 기다렸다.

한편, 조인·조홍은 10만 대군을 거느리고 선봉에 나섰다.

그 앞으로는 3천의 철갑군(鐵甲軍)을 거느린 허저가 길을 열면서 선봉으로 앞장 서서 길을 틔우면서 진군을 하니, 실로 호호탕탕(浩浩蕩蕩), 노도와 같은 기세로 신야를 향하여 밀고 나갔다.

이 날 오시(午時)쯤 되어서 작미파에 다다르니 앞으로 푸른 깃발과 붉은 깃발을 휘날리는 1대의 군사가 보였다. 허저가 부하를 급히 몰고 쳐들어갈 때, 저편에서 유봉과 미방의 군사는 4대로 갈라져서 붉은 깃발, 푸른 깃발이 각각 좌우 양쪽으로 돌아갔다.

허저가 말을 멈추고 지시했다.

"잠시 전진을 중지해라! 앞에는 반드시 적군의 복병이 있다. 우리 군사는 잠시 여기 머물러 있기로 하자."

허저는 말을 달려 전대(前隊)를 거느리고 있는 조인에게 알렸더니 조인이 반대하고 나섰다.

"이것은 의병(疑兵)이오. 군사가 매복해 있지는 않을 것이오. 빨리 군사를 앞으로 모시오. 나도 곧 뒤를 따르리다."

허저는 다시 작미파 앞으로 돌아와서 군사를 몰고 쳐들어갔다. 숲 가까이 가서 살펴 보았으나 적군이라곤 하나도 보이지 않았다. 해는 이미 서녘에 기울고 있었다. 허저가 앞으로 더 나가려 했을 때 산 위에서 뇌석차(擂石車) 소리가 요란스럽게 일어났다. 머리를 쳐들어 보니 산꼭대기에 무수한 깃발이 휘날리며 깃발 속에 두 개의 산개(傘蓋)가 있는데, 왼쪽은 현덕, 오른쪽은 공명, 두 사람이 마주 앉아서 술을 마시고 있는 것이었다.

허저는 대로하여 길을 찾아 산으로 밀고 올라가려고 했다. 산 위에서는 큰 나무가 굴러 내려오고 포석이 마구 쏟아져 내려오니 도무지 올라갈 수가 없었다. 이때 산 뒤에서 고함소리가 요란스럽게 들려 왔다. 길을 찾아 무찔러 보고 싶지만 날이 이미 어두웠다. 조인은 군사를 거느리고 달려들어서 우선 신야성을 탈취해 가지고 인마를 쉬도록 했다. 군사가 성 아래 이르렀을 때에는 사방문이 활짝 열려 있었다. 조인의 군사가 몰려 들어가도 가로막는 군사는 아무도 없었다. 성 안에는 사람이라곤 하나도 보이지 않았고, 그야말로 완전히 빈 성이었다.

조홍이 자신만만해서 말했다.

"힘도 대단치 않고 계책도 없고 해서 백성을 데리고 모조리 도망친 모양이다. 우리 군사는 우선 성 안에서 쉬고 나서 내일 날이 밝으면 일찌감치 진군하기로 하자."

병사들은 이미 피로했고, 시장함을 참기 어려웠던 까닭에 너나 할 것 없이 민가를 점령하고 밥을 짓기에 바빴다.

조인과 조홍은 아문 안에서 쉬기로 했다. 초경이 지났을 때, 광풍이 사납게 일어났다. 문을 지키는 병사가 불이 났다는 급보를 전했다. 조인은,

"이는 반드시 병사들이 밥을 짓다가 부주의해서 새어 나온 불일 테니 수선을 떨 일이 아니다."

라고 말하는데, 그 말이 채 끝나기도 전에 급보가 몇 차례나 연거푸 날아들었다. 서·남·북 세 문에서 모두 불길이 일어나고 있다는 것이었다. 조인이 여러 장수들에게 시급히 말을 타라고 명령했을 때에는 현 안에는 온통 불길이 치밀어오르고 천지가 시뻘겋다. 그날밤의 불길은 지난번에 박망산의 진지를 태우던 불보다도 훨씬 더 맹렬했다.

조인은 여러 장수를 거느리고 연기 속을 헤치고 불 속을 무릅쓰며 뚫고 나갈 길을 찾다가 동문에 불이 없다는 소식을 듣고 급히 동문 밖으로 달려갔다.

조인의 군사가 간신히 불바다를 헤치고 벗어났을 때 뒤에서 별안간 조자룡이 군사를 거느리고 고함을 지르며 추격해 오니, 살아 있는 병사들도 싸울 생각은 없이 그저 도망칠 뿐이었다.

조인의 군사가 숨도 제대로 못 쉬고 도주하고 있는데, 미방의 1대가 측면에서 공격하고 덤벼드니 조인은 꼴사납게 목숨만 붙어서 뺑소니를 쳤다.

거기다 또 유봉의 1대가 밀고 나왔다. 4경이 됐을 때, 조인의 군사는 기진맥진했으며 머리와 얼굴을 불에 데어서 그 모습이 처참했다.

백하 강기슭까지 오니 다행히 물의 깊이가 얼마 되지 않아,

인마가 모조리 강으로 뛰어들어 물을 마셨으며, 사람들은 서로 부르고 아우성을 치고, 말들은 울부짖고 있었다.

밤 4경이 되어서 백하 하류에서 일어나는 인마의 아우성 소리를 들은 관운장이 당장에 병사에 명령하여 모래 포대를 걷어올리니, 뻗쳐 나가는 물줄기에 조조의 군사는 순식간에 물속에 휘말려 버렸고, 목숨을 잃은 자 부지기수.

조인이 여러 장수를 거느리고 물줄기가 다소 느리게 흐르는 박릉 건널목에 도착했을 때, 또 요란한 고함소리가 일어나더니 1대의 군사가 앞을 가로막았다. 선두에 나서는 장수는 바로 장비. 호통소리도 무서웠다.

"조적(曹賊)아! 빨리 와서 목숨을 바쳐라!"

이야말로 성 안에서 불길을 토하는 광경을 바라다보는 판인데, 강가에서는 또 사나운 바람을 만나게 된 셈이다.

옮긴이 약력

중국 남양대학에서 수업
경향신문 문화부장 및 편집부국장 역임

저   서
단 편 집 ≪결혼도박≫ ≪연애백장≫ ≪혼혈아≫
장편소설 ≪태양은 누구를 위하여≫ ≪석방인≫ ≪장미의 침실≫

삼국지 (2)　　　　　　　　　〈서문문고 56〉

개정판 인쇄 / 1996년 6월 25일
개정판 발행 / 1996년 6월 30일
옮긴이 / 김 광 주
펴낸이 / 최 석 로
펴낸곳 / 서 문 당
주 소 / 서울시 마포구 성산1동 20-12호
전 화 / 322—4916~8 팩스 / 322-9154
등록일자 / 1973. 10. 10
등록번호 / 제13-16

초판 발행 : 1972년 12월 15일 * 잘못된 책은 바꾸어 드립니다

서문문고 목록

001~303
◆ 번호 1의 단위는 국학
◆ 번호 홀수는 명저
◆ 번호 짝수는 문학

<table>
<tr><td>001 한국회화소사 / 이동주</td><td>034 토마스만 단편집 / 토마스만</td></tr>
<tr><td>002 헤세 단편집 / 헤세</td><td>035 독서술 / 에밀파게</td></tr>
<tr><td>003 고독한 산책자의 몽상 / 루소</td><td>036 보물섬 / 스티븐슨</td></tr>
<tr><td>004 멋진 신세계 / 헉슬리</td><td>037 일본제국 흥망사 / 라이샤워</td></tr>
<tr><td>005 20세기의 의미 / 보울딩</td><td>038 카프카 단편집 / 카프카</td></tr>
<tr><td>006 가난한 사람들 / 도스토예프스키</td><td>039 이십세기 철학 / 화이트</td></tr>
<tr><td>007 실존철학이란 무엇인가 / 볼노브</td><td>040 지성과 사랑 / 헤세</td></tr>
<tr><td>008 주홍글씨 / 호돈</td><td>041 한국 장신구사 / 황호근</td></tr>
<tr><td>009 영문학사 / 에반스</td><td>042 영혼의 푸른 상혼 / 사강</td></tr>
<tr><td>010 쯔바이크 단편집 / 쯔바이크</td><td>043 러셀과의 대화 / 러셀</td></tr>
<tr><td>011 한국 사상사 / 박종홍</td><td>044 사랑의 풍토 / 모로아</td></tr>
<tr><td>012 플로베르 단편집 / 플로베르</td><td>045 문학의 이해 / 이상섭</td></tr>
<tr><td>013 엘리어트 문학론 / 엘리어트</td><td>046 스탕달 단편집 / 스탕달</td></tr>
<tr><td>014 모옴 단편집 / 서머셋 모옴</td><td>047 그리스, 로마신화 / 벌핀치</td></tr>
<tr><td>015 몽테뉴수상록 / 몽테뉴</td><td>048 육체의 악마 / 라디게</td></tr>
<tr><td>016 헤밍웨이 단편집 / E. 헤밍웨이</td><td>049 베이컨 수상록 / 베이컨</td></tr>
<tr><td>017 나의 세계관 / 아인스타인</td><td>050 미농레스코 / 아베프레보</td></tr>
<tr><td>018 춘희 / 뒤마피스</td><td>051 한국 속담집 / 한국민속학회</td></tr>
<tr><td>019 불교의 진리 / 버트</td><td>052 정의의 사람들 / A. 까뮈</td></tr>
<tr><td>020 뷔뷔 드 몽빠르나스 / 루이 필립</td><td>053 프랭클린 자서전 / 프랭클린</td></tr>
<tr><td>021 한국의 신화 / 이어령</td><td>054 투르게네프단편집 / 투르게네프</td></tr>
<tr><td>022 몰리에르 희곡집 / 몰리에르</td><td>055 삼국지 (1) / 김광주 역</td></tr>
<tr><td>023 새로운 사회 / 카아</td><td>056 삼국지 (2) / 김광주 역</td></tr>
<tr><td>024 체호프 단편집 / 체호프</td><td>057 삼국지 (3) / 김광주 역</td></tr>
<tr><td>025 서구의 정신 / 시그프리드</td><td>058 삼국지 (4) / 김광주 역</td></tr>
<tr><td>026 대학 시절 / 슈토름</td><td>059 삼국지 (5) / 김광주 역</td></tr>
<tr><td>027 태초에 행동이 있었다 / 모로아</td><td>060 삼국지 (6) / 김광주 역</td></tr>
<tr><td>028 젊은 미망인 / 쉬니츨러</td><td>061 한국 세시풍속 / 임동권</td></tr>
<tr><td>029 미국 문학사 / 스필러</td><td>062 노천명 시집 / 노천명</td></tr>
<tr><td>030 타이스 / 아나톨프랑스</td><td>063 인간의 이모저모 / 라 브뤼에르</td></tr>
<tr><td>031 한국의 민담 / 임동권</td><td>064 소월 시집 / 김정식</td></tr>
<tr><td>032 비계 덩어리 / 모파상</td><td>065 서유기 (1) / 우현민 역</td></tr>
<tr><td>033 은자의 황혼 / 페스탈로치</td><td>066 서유기 (2) / 우현민 역</td></tr>
<tr><td></td><td>067 서유기 (3) / 우현민 역</td></tr>
<tr><td></td><td>068 서유기 (4) / 우현민 역</td></tr>
<tr><td></td><td>069 서유기 (5) / 우현민 역</td></tr>
<tr><td></td><td>070 서유기 (6) / 우현민 역</td></tr>
<tr><td></td><td>071 한국 고대사회와 그 문화 / 이병도</td></tr>
<tr><td></td><td>072 피서지에서 생긴일 / 슬론 윌슨</td></tr>
</table>